Les courants fourbes du lac Tai

Du même auteur,
chez le même éditeur

Mort d'une héroïne rouge, 2001

Visa pour Shanghai, 2002

Encres de Chine, 2004

Le Très Corruptible Mandarin, 2006

De soie et de sang, 2007

La Danseuse de Mao, 2007

Cité de la Poussière Rouge, 2008
(et « Piccolo n° 69 », 2010)

Qiu Xiaolong

Les courants fourbes du lac Tai

Traduit de l'anglais (États-Unis)
par Fanchita Gonzalez Batlle

Liana Levi

Remerciements de l'auteur

Comme toujours, la liste des personnes que j'aimerais remercier est longue. En particulier Anne Guérand, pour la conversation que nous avons eue à Saint-Malo et qui, des années plus tard, a conduit à l'écriture de ce livre ; Liana Levi, pour son fidèle soutien à la série consacrée à l'inspecteur Chen ; Fanchita Gonzalez Batlle pour ses merveilleuses traductions ; et Sandrine Thévenet, pour son remarquable travail d'édition.

Titre original : *Don't cry, Tai Lake*

ISBN : 978-2-86746-545-1

www.lianalevi.fr

1

L'inspecteur principal Chen Cao, de la police criminelle de Shanghai, se tenait à l'entrée du Centre de détente pour cadres de Wuxi. Ces vacances étaient tout à fait inattendues. Le matin de ce dimanche-là, il se trouvait encore à Zhenjiang, où il assistait à un séminaire de formation intensive pour futurs dirigeants du Parti appelés à de « nouvelles responsabilités », quand il avait reçu un coup de téléphone du camarade secrétaire Zhao, ancien secrétaire général du Comité de discipline du Parti. Bien que retraité, Zhao restait un des personnages les plus influents à Pékin. Trop occupé pour profiter d'un forfait vacances au Centre de Wuxi, il souhaitait que Chen en bénéficie à sa place. Celui-ci ne pouvait pas refuser une proposition aussi bien intentionnée, décidée dans la Cité interdite.

Il avait donc quitté immédiatement le séminaire à l'école du Parti de Zhenjiang, pris un autocar jusqu'à la gare de Wuxi, puis un taxi pour le Centre.

Il avait beaucoup entendu parler de l'endroit, entre hôtel de luxe et sanatorium, situé dans un secteur touristique de la ville et connu pour offrir un traitement de choix aux cadres de haut rang. Les conditions d'admission étaient strictes et Chen ne les remplissait pas. Il savait qu'il devait tout cela à Zhao.

À son arrivée, Qiao Liangxin, le directeur du Centre, n'était pas là. Une réceptionniste le conduisit à une villa blanche de style occidental avec une colonnade de marbre en façade, clôturée par une grille aux piques dorées fermée par une porte en acier. La villa, indépendante des autres bâtiments, se tenait sur une hauteur ombragée. La réceptionniste lui témoigna tout le respect qui lui était dû, comme si l'attribution de la villa déterminait le statut de Chen et non l'inverse, et, faute d'instructions particulières de la part de Qiao, elle s'attela à une présentation détaillée des lieux.

« Notre Centre se trouve dans Yuantouzhu, le parc de la Tête de Tortue qui tire son nom d'un énorme rocher qui surplombe le lac Tai, comme une tortue qui aurait la tête penchée au-dessus de l'eau. Le parc a été ouvert en 1918, il s'étend sur cinq cents hectares et constitue une péninsule pittoresque sur la côte nord-ouest du lac. Entouré de collines vertes et d'eau claire, il est considéré comme le meilleur lieu de vacances de Wuxi. Quant au Centre proprement dit, au sud de la péninsule, il a été construit au début des années cinquante, pour les cadres de haut rang. »

En écoutant son exposé, Chen se dit que tout cela venait de la conviction que les communistes détenaient tous les pouvoirs, et que les dignitaires du Parti devaient jouir d'un traitement de faveur. En Chine, cela allait de soi.

« Dernier avantage et non des moindres, les personnes qui logent ici peuvent facilement entrer dans le parc, tandis que les touristes ne peuvent que regarder à travers la grille. Alors, passez de bonnes vacances », conclut la réceptionniste dans un sourire en laissant la clé de la villa et le passe du parc sur une table en acajou du vestibule avant de fermer soigneusement la porte derrière elle.

Depuis la fenêtre de devant, Chen apercevait une allée courbe bordée d'arbustes et d'arbres verts, et une autre menant à une villa plus petite, située un peu plus bas sur la colline boisée. De l'autre côté, des bâtiments de plusieurs étages alignaient des balcons identiques, comme autant de boîtes d'allumettes, à la façon d'un grand hôtel moderne. De là où il se tenait, il n'avait pas une vue panoramique du Centre, mais cette maison était sans nul doute l'une de celles que l'on réservait aux cadres haut placés du Parti.

Cela n'était pas si agréable de rester seul dans une aussi grande et belle demeure. Neuf pièces en tout. Il se promena de haut en bas en visitant chacune d'elles. l se demanda quoi en faire.

Il déposa finalement sa petite valise dans la grande chambre du rez-de-chaussée qui offrait une vue magnifique sur le lac Tai. Dans le spacieux living qui jouxtait la chambre se trouvaient une cheminée en marbre avec un pare-feu en cuivre au dessin raffiné, un canapé en cuir et une télévision à écran plat. De hautes fenêtres s'ouvrant sur le lac occupaient tout un côté de la pièce.

Le bureau attenant possédait des rayonnages avec quelques livres ainsi qu'une table où était posé un ordinateur portable tout neuf. Mais ici les grandes fenêtres donnaient sur l'allée et la colline.

Il arpenta le living en foulant tantôt un tapis persan couleur abricot, tantôt le sol nu, ses pas résonnant dans toute la maison.

Puis il décida de prendre un bain. La fenêtre de la salle d'eau offrait également une vue superbe. Il prit un verre et une bouteille de Perrier sur le plateau en argent posé sur une table d'angle.

Sur la colline, une grenouille coassait par intermittence. Il fut aussi salué par le murmure agréable d'une cascade qu'il ne sut pas localiser. En regardant dehors il découvrit que le chant mélodieux venait d'un petit magnétophone caché dans une pierre sous la fenêtre. Le dispositif était ingénieux. Mais l'illusion était-elle nécessaire ? En se plongeant dans le bain et en observant les petites bulles monter dans son verre, il eut la sensation voluptueuse de ne faire qu'un avec le lac.

Depuis quelque temps il se sentait facilement épuisé. Les « affaires spéciales » s'étaient succédé, il n'avait pas fait de pause depuis des mois. Des vacances étaient sans doute bienvenues. Du moins l'aideraient-elles à penser à autre chose qu'à ses responsabilités et obligations. En outre, la brigade des affaires spéciales ne menait pas d'enquête véritablement importante en ce moment. Et Wuxi n'était qu'à une heure de train de Shanghai, il pourrait rentrer très vite si nécessaire. Entre-temps, son partenaire de longue date, l'inspecteur Yu Guangming, devait pouvoir prendre les choses en main.

Mais il ne fallut pas longtemps avant que l'inspecteur principal éprouve à nouveau un sentiment de solitude – provoqué par l'eau immobile de la baignoire ? – accentué par la taille de la maison vide.

Les bulles de l'eau minérale française avaient disparu. Il émergea du bain, s'habilla, glissa un livre dans la poche de son pantalon et sortit.

Comme l'avait annoncé la réceptionniste, on pouvait accéder au parc grâce à une entrée située à l'arrière du Centre. À travers la grille, il aperçut des touristes qui tendaient le doigt ou posaient pour des photos. Il prit la direction opposée, sur une petite route tranquille.

Il était probablement arrivé par le même chemin, mais du taxi il n'avait pas pu voir grand-chose. L'endroit était à présent désert, à l'exception d'une voiture qui passait de temps en temps à toute allure. La chaussée était assez étroite. D'un côté, un grillage se dressait comme un mur et, plus loin, une pente broussailleuse plongeait vers une route plus large. De l'autre côté, les collines s'élevaient ici et là, parsemées de panneaux d'informations touristiques.

La route déboucha sur une sorte de petite place avec des arrêts de bus, un stand de thé – des bols sur une table de fortune et deux bancs –, et un kiosque à souvenirs bâti dans le style traditionnel, le toit soutenu par des poteaux vermillon. Un groupe de touristes descendait d'un autocar gris, la plupart d'entre eux munis d'un plan.

Chen goûtait la joie de se sentir anonyme et sortit de sa poche le plan de Wuxi qu'il avait acheté avant de partir.

En traversant la place, il remarqua des panneaux indicateurs en dehors du secteur touristique. Il n'était pas venu à Wuxi depuis des années. L'endroit lui parut très différent du souvenir qu'il conservait d'une excursion en compagnie de ses parents lorsqu'il était enfant. Ils étaient allés d'un site touristique à l'autre. Mais cette place devait se trouver dans une partie de la ville qu'il n'avait pas visitée.

Malgré le plan, il fut bientôt perdu. Beaucoup de rues étaient nouvelles et la majorité n'étaient pas mentionnées dans ce vieux plan. Tout comme Shanghai, Wuxi avait changé de façon spectaculaire au cours des dernières années.

Il n'était pas inquiet. S'il ne retrouvait pas son chemin, il pourrait toujours héler un taxi. Il aimait marcher, surtout avec le sentiment de regarder autour de lui en touriste, de posséder une identité différente en quelque sorte. Peut-être n'avait-il pas encore surmonté le fait d'avoir été poussé dans une carrière de policier à la sortie de l'université.

Après avoir tourné à un coin de rue occupé par un bazar ouvert vingt-quatre heures sur vingt-quatre, il s'aventura dans une allée transversale, puis dans une autre, plus pauvre, sombre, presque déserte, mais avec du charme, qui lui sembla correspondre au souvenir qu'il gardait de la ville.

Vers le bout de la ruelle il ralentit à la vue d'une gargote délabrée : une porte en bois peinte en rouge et des murs blancs, un moulin à vent en papier orange qui tournait à la fenêtre rustique, deux tables et deux bancs grossiers dehors et plusieurs autres à l'intérieur.

Soit parce que l'heure du déjeuner était passée, soit en raison de l'emplacement de la gargote, Chen était le seul à s'attarder là, à l'exception d'un chat blanc au front taché de noir qui somnolait sur le seuil usé.

À l'extérieur, une rangée colorée de cuvettes en bois ou en plastique remplies d'eau exposaient des poissons et des anguilles de rizière vivants. Ces dernières étaient généralement présentées sans eau, remarqua Chen.

Il décida de s'installer dehors, devant un pot de bambou contenant des baguettes jetables en guise de bouquet de fleurs. Il faisait chaud pour un mois de mai. Chen avait beaucoup marché, tout en s'essuyant le front, et la brise fraîche qui parcourait la rue par intermittence était la bienvenue.

Un vieil homme sortit de l'arrière-cuisine en traînant les pieds et lui apporta un menu écorné. Il cumulait vraisemblablement les fonctions de propriétaire, cuisinier et serveur.

« Vous désirez quelque chose, monsieur ?

– Deux petites portions, de n'importe quelle spécialité locale, répondit Chen qui n'avait pas vraiment faim. Et une bière.

– La spécialité locale, ce sont les Trois Blancs. Le poisson risque d'être trop gros pour vous tout seul. Et je ne vous recommanderais pas les crevettes, pas très fraîches aujourd'hui. »

Chen se souvenait que lors de l'excursion familiale à Wuxi, son père s'était extasié sur les Trois Blancs, crevettes blanches, poisson blanc, mais il ne se rappelait pas quel était le troisième. Il avait aussi beaucoup aimé les brioches à la soupe parsemées de gingembre émincé, et à la fin de ce voyage, sa mère en avait rapporté à Shanghai dans un panier de bambou. Mais pas de « Blanc ». Avec un brin d'autodérision, il se dit qu'il était peut-être un incorrigible gourmet, comme disaient ses amis, pour ne tirer que de tels détails de sa mémoire…

« Alors je suivrai vos recommandations.

– Que diriez-vous de travers de porc Wuxi et de racines de lotus farcies au riz gluant ?

– Parfait.

– Et une bière locale… une Lac Tai ?

– Très bien. »

Le lac était réputé pour son eau limpide, qui pouvait garantir une bière supérieure.

Le vieil homme ne mit pas plus d'une minute pour revenir avec la bouteille de bière et une petite coupelle de cacahuètes salées.

« Offertes par la maison. Vous êtes ici en vacances ? »

Chen leva son plan en hochant la tête.

« Vous logez à Kailun ? »

Ce devait être un hôtel à proximité, mais Chen en ignorait tout.

« Non, au Centre de détente pour cadres. Ça n'est pas loin d'ici.

– Oh, fit le vieil homme en retournant à la cuisine, vous êtes jeune pour cet endroit-là. »

Sa surprise était compréhensible puisque le Centre n'était accessible qu'aux cadres de haut rang et donc âgés pour la plupart, alors que Chen affichait la trentaine.

Ces vacances étaient une surprise pour Chen lui-même. Il ne répondit pas. Il sortit son livre et le posa sur la table. Mais au lieu de l'ouvrir il se mit à siroter sa bière.

La vie pouvait décidément être plus absurde que la fiction. À l'université il avait étudié l'anglais, mais le gouvernement lui avait attribué un poste dans la police de Shanghai où, au grand étonnement de tous, y compris le sien, il n'avait cessé de monter en grade. À l'école du Parti de Zhenjiang, certains lui prédisaient une brillante carrière qui pourrait le mener beaucoup plus loin que son actuel poste d'inspecteur principal.

Mais à cette table il était tout à fait satisfait de n'être qu'un touriste anonyme, devant une bouteille de bière et un roman policier. Su Shi, un de ses poètes préférés de la dynastie des Song, avait déclaré très regrettable de « n'avoir aucune identité à revendiquer », mais ce n'était peut-être pas toujours vrai. En tout cas pas pour Chen à ce moment-là.

Le vieil homme revenait avec la commande.

« Merci. Comment vont les affaires ?

– Pas très bien. On raconte des histoires, mais à vrai dire c'est pareil partout. »

Quelles histoires ? se demanda Chen. Probablement à propos de la mauvaise qualité de la nourriture. Ce n'était pas rare dans une ville touristique, où les clients revenaient rarement une seconde fois dans un restaurant, avec ou sans histoires.

Mais les travers de porc étaient délicieux, bien préparés avec beaucoup de sauce mélangée, riche en couleur et en goût. Les racines de lotus se révélèrent fraîches et croquantes, et elles se mariaient étonnamment bien avec le moelleux du riz gluant.

C'était en outre un rare privilège d'être le seul client quelque part, se dit-il en se servant une autre tranche de racine rosée. Il entama une seconde bière, toujours sans ouvrir son livre, et laissa son esprit vagabonder.

Où étais-tu pendant si longtemps
tel un nuage voyageur
qui oublie de revenir
sans s'apercevoir que le printemps touche à sa fin ?

Il se secoua pour sortir de ce soudain apitoiement sur lui-même, prit son portable et appela l'inspecteur Yu à Shanghai.

« Excusez-moi, Yu, je ne suis pas repassé par Shanghai. Zhenjiang est tellement près de Wuxi.

– Ne vous inquiétez pas, chef. Rien que des petites affaires ici, et pas si spéciales que ça d'ailleurs pour notre brigade.

– Des réactions au bureau ?

– Sachant que vos vacances ont été organisées par le camarade secrétaire Zhao, que peut dire le secrétaire du Parti Li ? »

Le secrétaire du Parti Li se méfiait de plus en plus de Chen, qu'il considérait comme une menace pour sa position de numéro un du Parti dans la police. Li allait prendre sa retraite, mais de préférence pas si tôt.

« Tenez-moi au courant, Yu. Appelez-moi à n'importe quelle heure. Je ne pense pas être très occupé ici.

– Vous en êtes bien sûr ? »

Chen connaissait la raison du scepticisme de son partenaire. Il lui était déjà arrivé de prendre des vacances, imprévues, inexpliquées, même pour l'inspecteur Yu. Qui plus est, il avait enquêté sur une affaire hautement sensible sous les ordres de Zhao.

« Zhao ne m'a parlé de rien, répondit Chen. Vous vous rappelez l'affaire anticorruption ? À cette occasion il m'avait promis des vacances. Je crois qu'il ne s'agit de rien de plus.

– Parfait, patron. Passez de bonnes vacances. Je ne vous dérangerai qu'en cas d'urgence. Oh, vous savez quoi ? Vous avez un fan à Wuxi. Le sergent Huang Kang. Un jeune diplômé de l'École de police. Je l'ai rencontré dans une réunion il y a deux ou trois mois. Il m'a cassé les pieds pour que je lui raconte vos enquêtes.

– Vraiment ?

– Il ne me pardonnera jamais si je ne lui dis pas que vous êtes en vacances à Wuxi.

– Laissez-moi profiter de ma tranquillité pendant les deux premiers jours. Quand Huang sera au courant, d'autres se manifesteront, avec ou sans enquête. Les vacances seraient tout sauf calmes. » Avant de raccrocher,

Chen ajouta: « Quel est son numéro? Je l'appellerai plus tard, je dirai que c'est sur votre insistance. »

L'inspecteur principal nota le numéro dans son calepin. Aucune urgence. Peut-être pas avant la veille ou l'avant-veille de la fin de ses vacances.

Puis il ouvrit son livre. Le titre était intéressant, *Un emploi déconseillé à une femme*, et un éditeur du Guangxi l'incitait à le traduire. Les romans policiers commençaient à bien se vendre et le contrat proposé n'était pas mauvais. Ce n'était rien, cependant, en comparaison des traductions commerciales occasionnelles que lui confiaient ses relations Gros-Sous.

Il n'avait lu que deux ou trois pages quand il se rendit compte que quelqu'un approchait.

Il leva les yeux et aperçut une jeune femme élancée qui regarda dans sa direction puis baissa la tête, telle une timide fleur de lotus sous une brise fraîche.

Elle devait avoir dans les vingt-cinq ans et portait une veste cintrée, un chemisier blanc, un jean, des chaussures noires et une sacoche à l'épaule. Elle se dirigea vers l'autre table, une bouteille d'eau à la main, sans se soucier du propriétaire qui ne voulait pas qu'on apporte sa boisson. Au lieu de consulter le menu elle cria: «Je suis là, Oncle Wang!

– Une minute, répondit le vieil homme en sortant la tête. Tu ne devrais pas trop travailler pendant le week-end, Shanshan.

– Je dois seulement vérifier de nouvelles analyses au bureau, mais ça se complique. Ne vous inquiétez pas. Deux heures dans l'après-midi au maximum. »

Visiblement, elle n'était pas inconnue ici. Le vieux Wang n'était pas un de ses parents, autrement elle ne l'aurait pas appelé Oncle.

Celui-ci sortit avec un récipient de plastique fumant qu'il avait dû réchauffer au micro-ondes. Elle lui avait probablement laissé son déjeuner le matin. Et ce ne devait pas être inhabituel. Au cours de la réforme économique, les entreprises d'État s'étaient débarrassées des cantines du personnel considérées comme trop coûteuses. La jeune femme avait donc dû trouver un autre endroit pour déjeuner.

Son riz blanc était surmonté d'une omelette et de beaucoup de ciboule hachée. Elle sortit de sa sacoche une paire de baguettes en bambou.

« La ciboule fraîche vient de mon jardin, dit Oncle Wang avec un sourire édenté. Je l'ai ramassée ce matin. Totalement bio. »

Bio... intéressant d'entendre ce mot ici. Chen continuait de siroter sa bière en silence.

« C'est très aimable à vous, Oncle Wang. »

Le vieil homme retourna dans la cuisine. Shanshan et Chen restèrent seuls.

Elle commença à manger tranquillement, ajouta une petite cuillerée de sauce au piment dans son riz et sortit de la poche de son jean un journal froissé. Elle lisait en fronçant légèrement ses sourcils. Chen se surprit à l'étudier avec intérêt.

Elle était attirante, l'ovale de son visage encadré par de longs cheveux noirs et animé d'un éclat juvénile, la bouche souriante finement dessinée sous son nez délicat, et cependant de la mélancolie dans ses grands yeux limpides.

Les caractères imprimés sur sa sacoche, si c'était bien la sienne, indiquaient: Usine de produits chimiques Numéro Un de Wuxi. Peut-être y travaillait-elle.

Chen s'amusait parfois à se considérer avec ironie comme un esthète détaché, tel le personnage des vers de Bian Zhilin : *Tu regardes la scène, / et le spectateur te regarde.* Façon élégante de décrire une beauté qui éclipse la scène. Bian était un poète contemporain qu'il avait étudié à l'université, mais qui avait dans la réalité quelque chose du Prufrock de T.S. Eliot. Chen avait choisi de se considérer comme différent. Toutefois, il n'y avait rien de mal, se dit-il pour se rassurer, à ce qu'un poète regarde avec détachement, sans parler de son métier de policier qui le portait naturellement à l'observation.

Il rit de lui-même. Le premier jour de ses vacances, un policier épuisé ne pouvait pas se transformer automatiquement en poète créatif.

Il n'était pas pressé de s'en aller après avoir fini les travers de porc et les racines de lotus. Il pensa que ce ne serait pas correct de rester longtemps sans rien commander.

Il se leva pour regarder les anguilles qui se tortillaient dans la cuvette en plastique près de la table de la jeune femme. Quand il s'accroupit pour les toucher du doigt, il ne put s'empêcher de remarquer sa jolie cheville au-dessus de l'eau sombre de la cuvette.

« Les anguilles sont bonnes ? » cria-t-il, toujours accroupi, en se tournant vers la cuisine.

« Demandez-lui pourquoi il les met dans l'eau », lui chuchota la jeune femme soudain penchée vers lui. Ses cheveux touchaient presque son visage.

Ce commentaire était manifestement fait dans l'intérêt de Chen. Il suivit son conseil.

« Pourquoi mettez-vous les anguilles de rizière dans l'eau ?

– C'est pour le bien de nos clients, répondit Oncle Wang depuis le seuil. Aujourd'hui les anguilles sont nourries aux hormones et à je-ne-sais-quoi. Alors je les mets une journée dans l'eau. Ça fait sortir ce qui reste de produits toxiques. »

Mais comment ces substances pouvaient-elles être éliminées ainsi ? Il perdit instantanément l'appétit.

« Eh bien donnez-moi une portion de tofu puant, dit Chen. Avec beaucoup de sauce au piment. »

Un choix a priori sans danger. Il leva quand même les yeux et vit Shanshan secouer la tête avec un sourire espiègle.

Il s'abstint de lui adresser la parole. Ce ne serait pas facile de lui parler d'une table à l'autre avec le vieil homme qui allait et venait. Elle l'intriguait. Elle connaissait bien le propriétaire, et pourtant elle n'hésitait pas à critiquer ce qu'il servait.

Bientôt Oncle Wang déposa devant Chen une assiette de tofu frit et de la sauce au piment.

Il annonça simplement : « Tofu local » et retourna à la cuisine.

« Le tofu est chaud. Voulez-vous vous joindre à moi ? demanda Chen en levant ses baguettes vers la jeune femme en guise d'invitation.

– Certainement. » Elle se leva, sa bouteille d'eau à la main. « Mais je dois refuser le tofu puant.

– Ne craignez rien », dit-il en indiquant le banc en face de lui et en prenant dans le pot une autre paire de baguettes à son intention. « Certaines personnes ne supportent pas l'odeur, mais une fois que vous y aurez goûté, vous risquez de ne plus vouloir vous arrêter. Que diriez-vous d'une bière ?

– Non merci... Les paysans du coin utilisent des produits chimiques pour fabriquer le tofu. C'est encore une pratique ordinaire de nos jours. Mais quelle eau pour le tofu ? Vous devriez jeter un œil au lac. Il est tellement pollué que son eau n'est pas potable.

– C'est inimaginable !

– Ça n'a rien d'inimaginable. D'après Nietzsche, Dieu est mort. Qu'est-ce que ça signifie ? Ça signifie que les gens sont capables de faire n'importe quoi.

– Oh, vous lisez Nietzsche, fit Chen impressionné.

– Et vous, que lisez-vous ?

– Un roman policier. À propos, je m'appelle Chen Cao. Ravi de faire votre connaissance. » Il ajouta malgré lui et avec un brin d'exagération : « Comme on dit, *vous écouter durant une journée est plus profitable que de lire des livres durant dix ans.*

– Je parlais simplement boutique. Je m'appelle Shanshan. D'où venez-vous ?

– De Shanghai, répondit-il en se demandant quel genre de métier elle exerçait.

– Vous devez être en vacances. Un intellectuel surmené qui lit en anglais dans une gargote de Wuxi, dit-elle pour le taquiner. Vous êtes professeur d'anglais ?

– Que pourrais-je faire d'autre ? » répondit Chen. Après tout, l'enseignement était une carrière qu'il avait envisagée à l'université.

Il ressentait le besoin de ne pas être policier, ni traité comme tel, au moins pendant quelque temps. Que cela lui plaise ou non, son travail faisait de plus en plus partie de son identité, aussi était-ce très tentant de s'en imaginer un autre, qui ne l'oblige pas à se comporter en inspecteur principal. Comme un escargot qui n'aurait pas à transporter sa coquille.

«Les professeurs gagnent beaucoup d'argent grâce aux cours particuliers», dit Shanshan avec un regard aux plats sur la table.

Il savait où elle voulait en venir. En Chine, les parents ne regardaient pas à la dépense pour l'éducation de leurs enfants; elle pouvait faire toute la différence dans une société régie par la compétition. L'inspecteur Yu et son épouse Peiqin, par exemple, consacraient l'essentiel de leurs revenus à des leçons particulières pour leur fils. Avec parfois dix élèves entassés dans une pièce, un professeur pouvait se faire une petite fortune.

«Ce n'est pas mon cas. C'est pourquoi je me demande si je dois oui ou non traduire ce livre contre un peu d'argent.

– Un roman policier.» Shanshan jeta un coup d'œil à la couverture du livre.

«De temps en temps j'écris aussi des poèmes, enchaîna-t-il impulsivement. Mais on ne lit plus de poésie de nos jours.

– J'aimais aussi la poésie, au lycée, fit Shanshan pensive. À une époque aussi polluée que la nôtre, la poésie est un trop grand luxe, au même titre qu'une bouffée d'air pur ou une goutte d'eau claire. La poésie ne peut rien, sauf satisfaire l'imagination.

– Non, je ne…»

Leur conversation fut interrompue par la sonnerie stridente d'un portable dans la sacoche de Shanshan.

Elle se leva en portant un téléphone rose à son oreille, le visage soudain blême à la lumière de l'après-midi. Elle raccrocha vite.

«Quelque chose ne va pas? demanda Chen.

– Non, rien qu'un appel malveillant.

– Que disait-il ?

– “Dis ce que tu dois dire ou tu devras le payer très cher.”

– Sans doute une blague. On m'en fait à moi aussi. »

Mais en général, elles n'étaient pas aussi précises, se dit-il. Surtout, cela ne le regardait pas.

De nouveau, Shanshan fronça les sourcils et regarda sa montre.

« Je dois retourner travailler. Je suis contente de vous avoir rencontré, M. Chen. J'espère que vous passerez ici de belles vacances.

– Bon week-end à vous… »

Il pensa lui demander son numéro de téléphone, mais elle s'éloignait déjà, ses longs cheveux se balançant dans son dos.

C'était peut-être aussi bien. Une rencontre de hasard, comme deux nuages sans nom qui se croisent dans le ciel puis continuent chacun leur route. La métaphore n'était sans doute pas de son invention, mais il ne se rappela pas où il l'avait lue.

Shanshan se retourna avant de traverser la rue et dit « Au revoir » avec un petit geste de la main, comme pour s'excuser de son départ précipité.

« Une autre bière ? » Oncle Wang revenait et remarqua le tofu à peine entamé sur la table. « Je peux vous le faire refrire.

– Non, merci. Rien qu'une bière. Vous connaissez bien cette jeune femme ?

– Pour être exact, je connais bien ses parents. Elle a obtenu un poste ici en sortant de l'université. Elle est seule à Wuxi. Alors elle vient déjeuner chez moi. Je fais réchauffer la nourriture qu'elle apporte le matin.

– Quel genre de travail fait-elle ?

– Elle est ingénieur. Quelque chose à voir avec l'environnement. Elle travaille beaucoup, même le week-end. De quoi avez-vous parlé tous les deux ?

– Elle a reçu un appel. Une mauvaise blague. Et elle est partie.

– Je sais que certaines personnes ne l'aiment pas. »

Si c'était le cas, l'appel pouvait être un avertissement et non une plaisanterie. Mais au nom de quoi s'inquiéterait-il pour Shanshan ? Il la connaissait à peine.

Il décida de refréner une curiosité de policier. Après tout, il était en vacances.

Et son premier jour de repos n'avait pas commencé de façon désagréable.

2

Le jour suivant, Chen se réveilla en sursaut, croyant avoir entendu frapper à la porte. Il se dit qu'il avait dû rêver et se redressa, encore désorienté.

« Le petit déjeuner. »

Une jeune fille entrait avec un joli sourire, apportant du café, des toasts, de la confiture et des œufs sur un plateau d'argent. Des traits nets, une silhouette mince et la taille souple, elle avait sans doute été choisie spécialement pour les cadres de haut rang.

Il essaya de trouver de la monnaie pour un pourboire dans la poche de son pantalon posé sur le dossier d'une chaise, mais elle avait déjà laissé le plateau sur la table de nuit et se retirait sans bruit.

Le café fort le réveilla. C'était comme séjourner dans un hôtel cinq étoiles, en plus somptueux encore. Toute une villa rien que pour lui.

Il dégusta sa première tasse au lit en regardant par la fenêtre l'étendue miroitante du lac.

Le téléphone se mit à tinter comme si le son montait de la fine tasse à café.

C'était le camarade secrétaire Zhao à Pékin.

« Je sais que vous avez travaillé dur. Alors profitez de vos congés, camarade inspecteur principal Chen. Ne vous tracassez pas pour les affaires du bureau.

– Mais ces vacances vous étaient destinées.

– Je suis retraité, pratiquement en vacances tous les jours. Alors elles sont à vous. Ce pourrait être aussi l'occasion de mener une étude sociale sur la réforme. Observez les nouvelles problématiques qu'engendre ce développement économique sans précédent. Vous devez vous préparer à de nouvelles responsabilités, Chen, pas nécessairement en tant que policier, ni à Shanghai seulement. À l'issue de votre séjour, vous pourriez me remettre un rapport. »

Une insinuation, mais une insinuation de bon augure. Il était dans la tradition du Parti qu'un jeune cadre produise une « étude sociale » avant d'être promu à un poste plus élevé.

« Mais je suis un étranger ici. Les gens pourraient ne pas vouloir me parler.

– Je ne vous demande rien de très spécial. Seulement vos impressions et vos observations. Je ferai en sorte que les gens de Wuxi sachent que c'est moi qui veux que vous vous trouviez là.

– Merci, camarade secrétaire Zhao. J'ouvrirai l'œil et vous ferai mon rapport. »

Chen fut vaguement troublé. Peut-être Zhao cherchait-il à apprendre quelque chose à travers lui. En tout cas, ce ne serait pas une mauvaise chose de pouvoir compter sur l'épée d'un empereur au cas où il voudrait faire quelque chose à Wuxi.

Entre-temps il allait profiter du traitement réservé à l'élite. À cheval donné…

Il n'avait aucun projet particulier dans l'immédiat. Peut-être était-ce l'occasion idéale de se remettre en forme, de rééquilibrer le yin et le yang dans son corps, selon les principes du docteur Ma, un vieil adepte de la médecine chinoise qu'il connaissait à Shanghai.

La tasse à la main, il regarda de nouveau le lac. L'eau était verte au soleil du matin. Il respira profondément et sentit une vague odeur sans doute caractéristique de l'endroit. Il songea au poème intitulé « Au sud du fleuve » : *L'eau printanière ondule plus bleue que les cieux.*

Mais on sonna à la porte de la villa. Il alla ouvrir et se trouva face à un homme corpulent aux cheveux gris qui lui souriait, une bouteille de champagne à la main.

« Je suis Qiao Liangxin, le directeur du Centre. Je suis désolé, camarade inspecteur principal Chen », dit-il. Il entra et alluma la climatisation. « Hier j'avais une réunion à Hangzhou et j'ignorais votre arrivée jusqu'à ce que le camarade secrétaire Zhao me téléphone. Il a indiqué que vous aviez accompli un travail remarquable pour le Parti et que vous deviez passer de magnifiques vacances, semblables à celles qu'il a lui-même passées ici il y a quelques années. Je me suis donc hâté de rentrer, mais vous étiez déjà là. Toutes mes excuses.

– Je vous en prie, directeur Qiao. » Chen ne voyait pas pourquoi Qiao lui ferait des excuses. Il occupait dans le

Parti un rang plus élevé que le sien. D'ailleurs, la plupart de ceux qui séjournaient au Centre devaient également lui être supérieurs.

« C'est le plus beau bâtiment de notre Centre, avec le luxe réservé aux hauts dirigeants de Pékin. Exactement les mêmes conditions pour vous que pour lui.

– Vous êtes trop aimable, directeur Qiao.

– Si vous avez besoin de quoi que ce soit, faites-le-moi savoir. Nous allons aussi vous assigner une jeune infirmière.

– N'en faites rien. Je suis juste un peu surmené. Mais je dois vous demander une faveur. Gardez la plus grande discrétion sur mon séjour ici. La présence d'un policier pourrait mettre certaines personnes mal à l'aise. »

Il avait mené plusieurs enquêtes sensibles. Et l'endroit était rempli de cadres de haut rang ; ce que certains penseraient de lui, il n'en avait aucune idée. Mais au moins savait-il qu'il n'était pas toujours très bien vu par le système.

Il est parfois un peu difficile d'être, ou ne pas être, l'inspecteur principal Chen.

« Vous avez raison. Je ne vous appellerai donc pas inspecteur principal devant les autres. Notre vieux secrétaire a mentionné que vous étiez un homme très pris. Avez-vous prévu quelque chose de particulier pendant votre séjour ici ? »

Visiblement, Zhao avait quelque chose derrière la tête en l'envoyant là, simple policier parmi les hauts dignitaires. L'inspecteur principal Chen ne pouvait vivre que dans l'interprétation des autres.

« Non, je pense que ce sont de vraies vacances.

– Parfait. Alors permettez que j'organise un déjeuner de bienvenue pour vous. Un festin des délices du lac. J'y convierai les autres membres de la direction. Et quelques personnalités locales.

– Je vous en prie, n'en faites rien, directeur Qiao. Vous êtes vous aussi très pris. » Bien que ces repas plantureux aux frais du gouvernement ne soient guère pour lui une nouveauté, Chen fuyait la perspective de passer deux ou trois heures attablé à un banquet, à dire dans le langage officiel des choses qu'il ne voulait pas dire, en compagnie de hauts fonctionnaires qu'il n'était pas d'humeur à côtoyer. Il trouva une excuse. « D'ailleurs, j'ai un rendez-vous pour le déjeuner aujourd'hui.

– Alors une autre fois, conclut Qiao en se levant. Passez une bonne journée à Wuxi. Il y a beaucoup à voir. »

Après la visite de Qiao, Chen se sentit obligé de sortir, pour son « rendez-vous ».

Mais il renonça à son projet de visiter le parc, qui paraissait bondé. Il pourrait y aller plus tard, de préférence le soir. Il tourna de nouveau à droite et suivit la même route que la veille.

Il remarqua en chemin d'autres panneaux touristiques battus par les intempéries, mais aucun promeneur en vue. Dans un virage, une limousine noire passa près de lui à toute vitesse et il dut s'aplatir contre le talus. La route avait dû être construite de sorte que les dignitaires du Parti puissent entrer et sortir du Centre sans avoir à traverser le parc et la foule.

Il passa la petite place, tourna plusieurs fois dans des rues inconnues, et, à sa grande surprise, il se retrouva près de la gargote d'Oncle Wang.

Ce ne pouvait pas être à cause d'elle, se dit Chen non sans ironie. Il essaya de rationaliser : la cuisine n'était pas mauvaise. Et il régnait une atmosphère calme, anonyme.

Il n'y avait personne ici, et il n'était personne. Quant à la possible contamination des aliments contre laquelle Shanshan l'avait mis en garde, ce serait probablement la même chose partout.

Oncle Wang ne se montra guère surpris de le revoir.

« Vous êtes en avance, M. Chen. Que désirez-vous aujourd'hui ?

– Ce n'est pas encore l'heure de déjeuner, je sais. Donnez-moi du thé vert pour commencer.

– Certainement. D'abord une tasse de thé. Quand vous serez prêt à commander, prévenez-moi. »

Une théière arriva bientôt sur la table, accompagnée d'une assiette de graines de tournesol frites et d'un cendrier bleu clair à moitié plein, sans doute le même que la veille.

Il contempla la rue en sirotant son thé.

Non loin de là, une famille de trois personnes s'était installée dehors, assise en cercle : une chaise en plastique, un tabouret de bois et une chaise longue en bambou, mais pas de table. Le petit garçon, les yeux fixés sur un cerf-volant aux couleurs vives suspendu à un arbre, se faisait rappeler à l'ordre par sa mère qui poussait avec insistance un bol vers sa bouche, et son père fumait tranquillement en regardant par-dessus son épaule. Tous semblaient comblés, en paix avec le monde.

Plus loin, Chen aperçut un marchand ambulant d'un certain âge accroupi sur un morceau de tissu blanc où il exposait un étalage de souvenirs et de babioles divers. Curieux. Dans cette rue à l'écart que ne fréquentaient pas les touristes, il ne devait pas avoir beaucoup de clients. Et pourtant il semblait satisfait, bien mis, en chemise blanche à manches courtes, comme s'il était assis paisiblement devant chez lui. Mais c'était un quartier que Chen ne connaissait pas, et il était inutile de se livrer à des conjectures.

En tout cas, c'étaient des gens ordinaires, des scènes ordinaires qui avaient le mérite de le détendre considérablement.

Il sortit son calepin. Nota quelques vers sur la nouveauté de n'être pas inspecteur principal ici. Depuis quelques mois il écrivait de moins en moins, avec toujours l'excuse d'une surcharge de travail.

Où vivons-nous
sinon dans notre identité présumée
dans l'interprétation des autres ?
Toi et moi en gros plan, posant
près d'un noyer chuchotant
dans le vent ou un papillon s'élançant
vers l'œil noir du soleil.

Nous ne prenons sens que sous la lumière appropriée,
dans la position appropriée,
comme le pivert doit prouver ses valeurs existentielles dans les
échos d'un tronc mort…

Mais les vers prirent une direction imprévue et se firent inexplicablement mélancoliques. Il poursuivit plus lentement, en se disant que cela en valait la peine.

Oncle Wang vint ajouter de l'eau chaude dans la théière de Yixing.

Il devait bientôt être l'heure de déjeuner, mais Chen restait le seul client. Il pensa de nouveau à Shanshan. Stylo à la main, il était guidé par une chose qu'elle avait dite à propos de la pertinence de la poésie dans la société actuelle. Après tout, réfléchir sur l'identité pouvait s'apparenter à un certain «luxe», que seul pourrait se permettre un touriste oisif tel que lui. Les gens étaient trop occupés à obtenir ce qu'ils pouvaient. Qui irait se soucier de ces questions métaphysiques? Et peu importait que le fait d'être policier soit ou non épanouissant. Que pouvait-il faire d'autre?

«Prenez votre temps, dit Oncle Wang qui apportait le menu. Rien ne presse.»

Après consultation de la page décrivant le poisson frais local, les crevettes et les châtaignes d'eau, Chen se décida pour le poisson blanc. *Vivant, frais pêché, recommandé*, d'après une phrase entre parenthèses imprimée en petit. À son avis il n'y avait aucune chance que le lac soit plein d'hormones.

«Bonne idée, le poisson est de taille moyenne aujourd'hui, dit Oncle Wang. Vivant.»

C'était tout un spectacle de voir le vieil homme préparer le poisson à l'extérieur. Celui-ci se débattait encore, donnait des coups de queue et ses écailles argentées brillaient. Le vieil homme termina de le nettoyer en quelques minutes avant de le jeter dans un wok plein d'huile brûlante.

Le poisson fut servi presque aussitôt, encore fumant, la peau dorée, croustillante, sa tendre chair blanche appétissante, langoureusement étendu sur un lit de piment rouge.

«Pas beaucoup de monde aujourd'hui, Oncle Wang? fit Chen en levant ses baguettes.

– La plupart de mes clients viennent de l'usine de produits chimiques située près d'ici. Ils mangent mal à leur cantine. Mais il s'est passé quelque chose là-bas ce matin.

– Vous… vous parlez de l'usine où travaille Shanshan?

– Oui, plusieurs voitures de police s'y sont précipitées tôt ce matin. Quelqu'un a été assassiné, paraît-il. Je ne pense pas que les employés viendront déjeuner aujourd'hui.

– Oh.» Chen reposa ses baguettes, mais il se hâta de se rappeler que ce n'étaient pas ses affaires.

Il allait de nouveau attaquer le poisson quand Shanshan apparut; elle traversait la rue en direction de la gargote.

Oncle Wang la vit aussi et lui lança d'une voix forte: «Shanshan, tu es très en retard aujourd'hui. Ton ami t'attend depuis longtemps.»

C'était vrai que Chen était assis là depuis un bon moment, mais il ne l'attendait pas. Il décida de ne pas contredire le vieil homme et sourit en lui faisant un signe de la main. Elle l'avait sans doute pris pour un vacancier amateur de littérature. Pourquoi pas? Ce rôle avait au moins un avantage, il lui permettait de faire beaucoup de citations en laissant la poésie dire ce qui lui serait trop difficile d'exprimer autrement. Se montrer sérieux, mais pas trop.

Elle prit le temps de lui adresser un signe de tête avant de répondre à Oncle Wang.

«Je suis trop pressée pour déjeuner ce matin, Oncle Wang. Je dois courir au ferry. Gardez mon déjeuner au réfrigérateur pour moi.

– Mais tu dois manger quelque chose. Je vais te réchauffer deux brioches à la vapeur. Tu pourras les manger en route.»

Tandis qu'Oncle Wang se précipitait à la cuisine, elle jeta un coup d'œil au calepin de Chen ouvert sur la table. Il lui sembla voir flotter une question dans ses grands yeux, sereins, purs comme l'eau du lac. La comparaison lui traversa l'esprit avant qu'il ne s'aperçoive qu'elle était inadéquate, s'agissant de cette eau-là.

« Je pensais que vous viendriez peut-être déjeuner aussi, dit-il.

– Il s'est passé quelque chose à l'usine. Une sale histoire. Je dois prendre le ferry. »

Sa réticence à parler d'une affaire de meurtre à un presque inconnu était compréhensible. Il essaya de changer de sujet. « Que pensez-vous de mon choix d'aujourd'hui ? Un des fameux Trois Blancs de Wuxi.

– Mauvais.

– Vraiment ? Le poisson blanc arrive tout vivant du lac. Il est recommandé dans le menu.

– Vous venez de Shanghai, vous ne pouvez pas savoir. Les paysans d'ici élèvent le poisson en bassins dans le lac et ils ajoutent n'importe quel produit pour assurer leur production. Des antibiotiques, par exemple, pour que les poissons ne soient pas malades. Et même en supposant que le poisson soit pêché directement dans le lac, son eau est totalement polluée, elle n'est pas potable. Comment le poisson pourrait-il être bon ? »

Il avait entendu parler des problèmes d'environnement, pas seulement à Wuxi. Cependant, avec tous les problèmes qui se posaient dans le pays, un policier ne pouvait se concentrer que sur celui du moment.

« L'eau est vraiment si mauvaise ? J'ai entendu une chanson il n'y a pas très longtemps, à propos de la belle eau du lac Tai. Vous la connaissez.

– Oui, elle passe à la télé. Vous êtes touriste, alors vous n'êtes sans doute pas au courant. Avez-vous vu les algues vertes dans le lac ? En avez-vous entendu parler ?

– Non, je n'étais pas venu à Wuxi depuis des années. Je ne suis en vacances que depuis hier et je n'ai pas encore pu me promener autour du lac.

– Le lac tout entier s'est couvert d'une épaisse couche d'algues puantes, les gens n'ont pas pu boire d'eau pendant des jours. » Elle leva sa bouteille. « Je ne le fais toujours pas.

– A-t-on tenté de faire quelque chose ?

– À quoi bon ? Les autorités municipales parlent de "calamité naturelle". En raison du réchauffement, le rythme de prolifération des bactéries à explosé comme jamais dans le passé. Quelles que soient les raisons invoquées, vous n'y croirez pas quand vous verrez les images des usines déversant leurs déchets dans le lac, même lorsque les riverains faisaient de longues queues pour acheter de l'eau en bouteille. En fait, les villes voisines ont fermé les vannes des canaux et les écluses pour éviter que la contamination s'étende. Les fonctionnaires locaux ont refusé d'agir parce que l'essor de Wuxi repose sur les revenus croissants de ces usines. Vous parlez d'un miracle économique ! Le seul critère de réussite dans la Chine d'aujourd'hui, c'est l'argent. Alors les gens sont capables de tout. »

Ce n'était pas une maniaque de l'alimentation, une de ces adeptes du végétarien ou du bio à la mode. Et elle ne s'était pas contentée d'étudier les problèmes d'environnement pour obtenir un emploi, elle s'était aussi intéressée à leurs causes sociales.

Elle remarqua le poisson auquel il n'avait pas touché et s'exclama : « Oh, je ne devrais pas être aussi rabat-joie !

– Depuis ma fenêtre, le lac paraissait beau. Comme dans ce poème Tang où l'eau, au printemps, est plus bleue que les cieux.

– Où êtes-vous installé ?

– Au Centre de détente pour cadres de Wuxi.

– C'est un endroit destiné aux cadres de haut niveau... vous m'avez dit que vous étiez professeur.

– C'est vrai. Vous vous demandez comment j'ai pu en bénéficier? Quelqu'un m'a fait profiter de sa réservation. Un minus comme moi ne pouvait se permettre de laisser perdre cette chance.

– Je vois, dit-elle en le jaugeant de haut en bas. Gratuitement?

– Gratuitement. » Il se demanda si elle le croyait. Mais c'était la vérité, et il constata qu'au moins elle n'était pas pressée de partir, pas encore.

– Vous allez prendre le ferry, dit-il sous l'impulsion du moment. Me permettez-vous de vous accompagner jusque-là? Vous pourrez m'apprendre des choses intéressantes à propos du lac. »

Et aussi à propos du meurtre, songea-t-il, mais il garda cette pensée pour lui.

« Je ne suis pas un bon guide.

– Peut-être pas pour un touriste, mais ce que vous avez dit du lac m'intéresse beaucoup. » En montrant son calepin avant de le refermer, il ajouta: « Comme je vous l'ai dit, de temps en temps j'écris de la poésie. L'image du lac horriblement pollué peut servir de toile de fond poignante, comme dans *La Terre vaine.* »

Elle l'examina avec une expression dubitative, puis changea d'avis.

« Très bien, allons-y. Mais je dois vous prévenir, ce n'est pas la partie du lac que vous voyez sans doute de votre fenêtre.

– Ne vous inquiétez pas. » Il se leva et laissa de l'argent sous le plat. « Allons-y. »

Ils étaient presque au bout de la rue quand Oncle Wang se précipita hors de la cuisine en agitant le bras.

« Votre poisson blanc, M. Chen, et tes brioches, Shanshan !

– Ne vous tracassez pas. Nous allons au lac, répondit Chen en lui faisant signe de la main à son tour. Je lui offrirai quelque chose en chemin. »

3

Ils poursuivirent leur marche sans se parler tout de suite. Une brise légère agitait les arbres bruissant tel un soupir qui demeurait suspendu dans l'air avant de retomber dans le silence.

Finalement Shanshan n'avait pas été trop surprise par sa proposition de l'accompagner au ferry. S'il cherchait une aventure de vacances, elle n'était pas d'humeur. Toutefois, ç'aurait été impoli de refuser, surtout après lui avoir coupé l'appétit.

« Je vous remercie d'avance pour une présentation non touristique du lac Tai.

– Vous jugerez par vous-même. Mais vous semblez vous être pris de passion pour la table d'Oncle Wang.

– Le Centre est tout près. Je n'ai rien à y faire, alors j'ai suivi la route jusqu'à chez lui ce matin. » Il ajouta : « Mais j'ai pensé aussi à la possibilité de vous y revoir. »

Elle sourit et décida de ne pas répondre. C'était peut-être naturel chez lui, qui se disait poète, de faire ce genre de déclaration. Elle ne croyait pas qu'il l'avait vraiment attendue, mais c'était surprenant qu'un résident du Centre vienne une deuxième fois dans cette gargote minable pour lire pendant deux heures.

Mais même si le Centre était extraordinaire, un vacancier pouvait s'y sentir seul par moments. Elle n'y avait jamais mis les pieds, mais elle avait entendu parler de ses conditions d'accueil exceptionnelles.

« Mes parents m'ont amené à Wuxi quand j'étais enfant, poursuivit Chen. C'était il y a très longtemps. Je ne me rappelle à peu près de rien, sauf des brioches à la soupe que ma mère, debout pendant presque tout le trajet dans un train bondé, a rapportées chez nous dans un petit panier en bambou. Je lui en rapporterai si j'arrive à retrouver ce vieux restaurant si bon. *Qui prétend qu'une pensée menue comme un brin d'herbe / Puisse payer le soleil bienfaisant du printemps ?* C'est très juste.

– La ville a beaucoup changé », remarqua Shanshan avec une émotion inattendue devant la façon dont il parlait de sa mère. Elle songea à ses propres parents. Ils seraient sans doute malades d'inquiétude s'ils apprenaient ce qui s'était passé à l'usine. « J'espère que vous pourrez retrouver ce restaurant. Mais beaucoup d'endroits vendent cette spécialité locale. Vous pouvez même en trouver à la gare. Mais je ne suis à Wuxi que depuis trois ou quatre ans... J'ai été désignée pour travailler ici après mon diplôme à l'université de Nankin.

– Vous avez étudié la protection de l'environnement ?

– Exactement.

– Vous avez de la chance d'avoir obtenu un travail dans votre domaine.

– Et vous ? Vous avez étudié l'anglais, j'imagine.

– Oui, mais je voulais écrire et traduire. »

Shanshan eut l'impression que la voix de son compagnon marquait un temps d'arrêt tandis qu'ils tournaient dans un chemin plus tranquille qui menait au lac.

« Mais vous écriviez quelque chose tout à l'heure, n'est-ce pas ?

– Oh, ça. Des idées en vrac à propos de la construction et de la déconstruction de l'identité de chacun selon l'interprétation d'autrui.

– Trop abstrait pour moi. Pouvez-vous me donner un exemple ?

– Ainsi, pour Oncle Wang je ne suis probablement qu'un client gourmet prêt à s'enthousiasmer pour un grand plat de poisson blanc frit. Le personnage de l'homme de lettres qui voyage pour se délecter des spécialités locales est un grand classique de notre littérature, comme dans les écrits de Yuan Mu, Lu Xun, Yu Pingbo…

– Vous êtes en effet un homme de lettres ! Donc, selon vous, nous n'existons que par le regard des autres, c'est bien cela ?

– Vous l'avez résumé de manière succincte. »

Elle ne put s'empêcher de l'examiner de nouveau : dans les trente-cinq ans, grand, une beauté austère. Rien qui saute aux yeux, mais une distinction et une aisance qui s'accordaient bien avec ses vêtements : veste beige, chemise blanche, pantalon kaki. Légèrement pédant, mais cultivé, parsemant la conversation de poèmes. Et, à en juger par son séjour au Centre, il avait aussi des relations. Mais ce n'était pas un de ces parvenus qui n'auraient jamais eu l'idée de retourner chez Oncle Wang.

« À propos, avez-vous reçu d'autres appels semblables à celui d'hier ? demanda-t-il soudain avec une inquiétude réelle.

– Non, pas aujourd'hui. »

C'était étrange. Elle recevait ces coups de téléphone sinistres depuis deux semaines, tous les jours à peu près à la même heure. Mais pas ce matin-là. Y avait-il un rapport avec la mort de Liu Deming, le patron de l'usine de produits chimiques ? Elle était perplexe.

La police s'était entretenue avec elle plus tôt dans la matinée en se concentrant sur ses différends avec Liu. Shanshan avait admis que ce qu'elle avait fait en tant qu'ingénieur en environnement n'avait pas plu à Liu. Certes, Liu lui avait rendu les choses difficiles. Mais jamais elle n'avait eu l'intention de le tuer.

Un aboiement retentit, sauvage, persistant, sans qu'elle puisse savoir d'où il venait.

Personne ne l'avait encore accusée de rien. On ne pouvait prévoir comment l'affaire tournerait. Elle subissait une forte pression. Non seulement de la part des policiers, mais aussi des employés qui parlaient derrière son dos et la montraient furtivement du doigt comme si elle était le principal suspect.

Ce n'était donc pas une mauvaise idée que Chen l'accompagne au ferry. Cela lui permettait, au moins pour un temps, de ne pas ruminer ces pensées déplaisantes. Marcher en sa compagnie n'était finalement pas désagréable.

Brusquement, Chen changea de sujet. « Il s'est passé quelque chose dans votre entreprise aujourd'hui ? »

Elle avait beau ne pas vouloir en parler, elle répondit quand même.

« Liu Deming, notre directeur général, a été assassiné hier soir.

– Oh, c'est affreux. Le meurtrier a été arrêté ?

– Non, aucun suspect, aucune piste pour l'instant. Il a été assassiné chez lui, ou plutôt, pour être exacte, dans son bureau privé, proche de l'usine.

– Avait-il des ennemis? Certaines personnes le détestaient-elles?

– Vous parlez comme un policier, M. Chen.

– Excusez-moi, je suis simplement curieux. Vous avez raison, ce n'est pas un sujet réjouissant.»

Une boucle du chemin les amena en vue du lac. Chen désigna un sampan à fond plat: «Regardez.»

Le sampan se balançait au bout d'une corde effilochée attachée à un arbre rabougri au bord de l'eau, qui paraissait impénétrable. Quand ils s'approchèrent, une lueur argentée tourbillonna pourtant sous la surface.

«Comme c'est paisible, reprit Chen. Il y a dans l'air une quiétude inimaginable à Shanghai.

– Le ferry se trouve plus au sud. Le chemin que nous avons pris n'est pas très fréquenté par les touristes.

– Tant mieux.» De nouveau, il changea de sujet. «Vous parliez tout à l'heure de la qualité de l'eau.

– Vous allez bientôt pouvoir constater par vous-même.»

Quelques minutes à peine s'écoulèrent avant que Shanshan ralentisse.

«Vous voyez cette chose verte à la surface, M. Chen?

– Oui, des algues vertes, mais appelez-moi Chen s'il vous plaît, Shanshan.

– Vous sentez?»

Il s'accroupit, huma, et fit la grimace.

– Épouvantable, dit-il en secouant la tête. Ce lac était célèbre grâce à la pureté de son eau. Quand j'étais enfant, mon père disait que même dans une tasse de thé on sentait la différence.

– Alors, allez-vous préparer votre thé avec l'eau du lac ?

– Non. Je comprends maintenant pourquoi vous avez toujours une bouteille sur vous. Comment a-t-il pu être pollué à ce point ?

– Comme pour d'autres lacs en Chine, les algues qui le détruisent résultent principalement de fortes concentrations d'azote et de phosphore. Depuis quelques années, la pollution industrielle est de moins en moins bien contrôlée. Vous voyez le résultat.

– L'azote est un des principaux composants des détergents et des engrais, n'est-ce pas ?

– Exact. On le trouve aussi dans beaucoup d'autres produits et déchets chimiques, répondit Shanshan en indiquant des bâtiments plus loin sur la rive. Regardez : papeteries, teintureries, industries chimiques, que sais-je encore. Depuis environ vingt ans, ces usines apparaissent *comme les pousses de bambou après une pluie de printemps.* Elles représentent maintenant plus de quarante pour cent du PIB de la ville. Il n'est pas question de les délocaliser, il y en a trop. Comme dans le vieux dicton, *quand trop de gens sont impliqués, la loi ne peut pas punir.* Les responsables locaux ne tiennent pas du tout à intervenir.

– Vous pouvez m'éclairer là-dessus, Shanshan ?

– Pour les autorités locales, le plus important est de faire valoir leurs réalisations devant le gouvernement de Pékin, particulièrement en matière de PIB. Elles se sont engagées à l'accroître de dix pour cent par an. Peu importe le prix à payer. Au contraire, tout effort écologique susceptible d'entraîner une réduction du PIB est pour elles inacceptable. Elles ne s'intéressent qu'au "succès économique" et aux promotions que celui-ci leur assurera. Pourquoi s'occuper de ce qui pourrait arriver dix ans ou même un an après qu'elles auront quitté Wuxi ? L'année dernière, le maire a été nommé ministre à Pékin parce que, sous son mandat, le PIB avait augmenté trois ans d'affilée. Les fonctionnaires ne le savent que trop bien. Sans parler de toutes les "enveloppes rouges" offertes par les chefs d'entreprise.

– Mais il doit y avoir un organisme gouvernemental qui s'occupe de la question.

– Bien sûr, il existe un bureau municipal de l'environnement, mais lui aussi n'est là que pour la galerie. Certaines usines sont équipées d'un système d'épuration des eaux résiduaires, mais elles préfèrent ne pas s'en servir. Le coût diminuerait leurs profits. Elles conservent donc l'équipement pour la décoration et continuent de déverser leurs déchets dans le lac. De temps en temps, quand le gouvernement central diffuse depuis Pékin des documents à en-tête rouge, le bureau local de l'environnement peut brandir la menace d'un contrôle. Mais il informera d'abord les entreprises. Ainsi, quand il arrivera, les systèmes d'épuration fonctionneront et les échantillons prélevés seront à cent pour cent conformes aux normes en vigueur. »

Tout en bavardant, ils avaient passé un vieux pont de pierre en forme de croissant de lune, en mauvais état, et longeaient à présent la rive où les saules faisaient comme un rideau.

« Je ne suis pas un expert. Je pense avoir vu des algues vertes dans d'autres lacs, et même dans le petit bassin du marché du Temple du dieu protecteur de Shanghai. Naturellement, rien d'aussi grave qu'ici, dit Chen.

– Je vais vous confier une chose. L'eau du lac contient deux cents fois plus de matières toxiques que la moyenne nationale, et le centre de contrôle sanitaire de Wuxi lui-même ne nie pas ce chiffre, dit-elle en buvant une gorgée à la bouteille. Bien entendu, il n'y a pas une cause unique. Outre la pollution industrielle, le traitement des eaux usées est aussi en retard par rapport au développement social et économique du delta du Yangzi. Au début des années quatre-vingt-dix, on estimait à cinq cent quarante millions de tonnes annuelles la quantité des eaux usées provenant de l'industrie qui se déversaient dans le lac, et à trois cent vingt millions celle des eaux usées domestiques. Mais aujourd'hui, le total dépasse les cinq milliards trois cent mille. Seulement trente pour cent des eaux usées domestiques sont traitées avant d'atteindre le lac.

– Eh bien, je constate que vous avez tous les chiffres en tête. Vous permettez que je fume ? demanda Chen avec un sourire d'excuse. J'ai besoin de digérer ces données.

– Allez-y », répondit-elle en remarquant qu'il prenait un paquet souple de China, une des marques les plus chères. Elle en connaissait le prix parce qu'elle avait songé à en acheter une cartouche pour son père. Puis elle s'aperçut qu'elle avait parlé comme si elle lisait un rapport scientifique. « Pardon pour la conférence. J'oublie que vous êtes là en touriste. »

Sans doute n'était-ce pas seulement un sujet qui la passionnait, et en parler lui apportait-il une sorte d'autojustification. Elle n'était pas appréciée dans l'entreprise, où ses collègues la considéraient comme une sorte de Cassandre et, depuis le matin, presque comme la suspecte d'un meurtre.

« Ne vous excusez pas. Au contraire, je vous suis reconnaissant pour cet exposé. Jamais je n'en aurais appris autant en lisant les publications officielles. C'est réellement scandaleux. »

Elle ne put s'empêcher de remarquer son expression réfléchie et concentrée ; un intellectuel, oui, mais sincère. Personne ne l'avait encore écoutée avec autant d'attention. Et elle n'avait pas besoin de s'inquiéter des conséquences de cette conversation. Il ne vivait pas à Wuxi et serait probablement parti dans une semaine.

« Votre travail est vraiment important, Shanshan, reprit Chen avec sérieux.

– Je ne suis personne dans l'entreprise. On ne fait pas attention à ce que je dis. Ce qui ne fait de moi qu'une perturbatrice. » Elle marqua une pause. « J'ai été naïve de prendre cet emploi tellement au sérieux. On m'a engagée pour sauver les apparences, je l'ai vite compris. Les résultats de mes recherches finissent dans un bulletin interne réservé aux dirigeants de l'entreprise. Je doute qu'ils les lisent, et, dans le cas contraire, qu'ils interviennent. À plusieurs reprises, j'ai été forcée de m'élever contre certaines décisions de Liu telles que bloquer le système d'épuration ou fabriquer de faux rapports. Mais qu'est-ce que ça a changé ? » Elle eut un sourire amer. « Je me demande pourquoi je vous raconte tout ça.

– Dans un classique de Confucius, on peut lire : *Certaines personnes peuvent ne jamais se connaître réellement, même si elles sont ensemble jusqu'à ce qu'elles aient les cheveux blancs, mais d'autres peuvent être de vrais amis dès le moment où elles se rencontrent et ôtent leur coiffure.*

– Je me rappelle aussi ce passage.

– Pensez-vous que l'appel que vous avez reçu hier puisse être lié à votre travail ?

– C'est possible, mais je ne crois pas que quelqu'un comme Liu se serait donné ce mal. Il aurait pu facilement me renvoyer. »

Une sirène retentit à proximité. Chen regarda autour de lui. La rue dans laquelle ils venaient de tourner était bordée de stands de nourriture et de kiosques à souvenirs. On devait approcher du ferry.

« Attendez une minute », dit-il, et il se dirigea vers un stand.

Elle le vit parler à l'homme qui vendait des casse-croûte sous un parapluie à rayures blanches et rouges et pointer quelque chose du doigt, puis il revint avec un gros sac en papier marron.

« Des tranches de bœuf rôti. Vous ne pouvez pas vous contenter d'eau et de brioches à la vapeur, Shanshan.

– Merci, M. Chen, mais vous n'auriez pas dû.

– Oh, je l'avais promis à Oncle Wang. Vous pouvez ouvrir la brioche en deux et mettre la viande à l'intérieur. Une façon très populaire dans le Nord-Ouest. La sauce est dans le sac.

– Vous êtes un insupportable gourmet ! Et je suis désolée de vous avoir coupé l'appétit chez Oncle Wang.

– C'était pour mon bien et j'apprécie vraiment. Voici mon numéro de portable. » Il nota le numéro sur un bout de papier arraché au sac. « Je vous répète la vieille formule : *Vous écouter durant une journée est plus profitable que de lire des livres durant dix ans.* J'espère avoir encore cette chance durant mon séjour ici.

– La formule exacte est "durant une nuit" et non "une journée" », répliqua-t-elle pour le taquiner, amusée par ses manières affectées. « Au revoir. »

Elle s'éloigna d'un pas léger. Lorsqu'elle emprunta la passerelle du ferry, elle était de meilleure humeur et adressa par-dessus son épaule un sourire à Chen qui n'avait pas bougé.

4

Le ferry disparaissait au loin dans la brume.

Chen repartait en sifflotant quand son portable vibra dans sa poche. C'était un SMS de Shanshan : « À présent vous avez aussi mon numéro, Shanshan. »

C'est bien, se dit-il en souriant. L'enthousiasme pour la nouveauté était caractéristique de son âge. Lui avait mis deux jours pour apprendre à écrire et envoyer correctement un message. Il s'était acharné parce qu'il n'avait pas eu le choix. C'était une nécessité dans son travail. Mais il n'aimait pas avoir à le faire, tandis que beaucoup de jeunes filles semblaient s'envoyer des textos à tout bout de champ.

Il regarda malgré lui dans la direction du ferry et eut une soudaine intuition. Quelqu'un le regardait, et levait un portable comme pour prendre une photo, puis se détournait brusquement en se voyant observé. Ce pouvait n'être qu'une coïncidence, mais il y avait quelque chose chez cet homme – âge moyen, taille moyenne, chemise blanche à manches courtes. Chen pensait l'avoir déjà vu quelque part, sans pouvoir toutefois se rappeler de qui il s'agissait.

Ou alors il était trop méfiant, comme d'habitude. Pour une fois, il n'était qu'un simple touriste en vacances à Wuxi. Il n'y avait aucune raison de penser que quelqu'un le suivait.

Quand il reprit sa route, et après être passé devant plusieurs stands, il regarda par-dessus son épaule : l'homme n'était plus là.

Chen se dit que ce qu'il venait d'apprendre pouvait figurer dans le rapport destiné au camarade secrétaire Zhao. Il était convaincu de sa pertinence. Bien entendu, rien ne pressait. Il avait d'abord un travail personnel à accomplir.

Bientôt il se perdit de nouveau. Le plan qu'il sortit de sa poche ne l'aida pas. Après avoir tourniqué un moment sans savoir vraiment où il allait, il avisa un groupe de touristes qui se dirigeaient vers une route bordée de saules, l'un d'eux brandissant un petit drapeau. Ils parlaient, gesticulaient, montraient un panneau indiquant la direction du parc, à travers lequel il pensa pouvoir prendre un raccourci pour retourner au Centre.

Il les suivit jusqu'au parc, où un grand tableau affichait le prix d'entrée : trente yuans. C'était sans doute un prix raisonnable si l'on considérait qu'il s'agissait de l'attraction principale de la ville. Il montra son laissez-passer du Centre et entra gratuitement. Encore un avantage réservé aux cadres du Parti.

Le lieu était très animé. La plupart des touristes venaient de villes voisines. Certains, de Shanghai, comme ce jeune couple qui parlait avec un accent facilement identifiable. La femme, enceinte de quatre ou cinq mois, rayonnante, serrait dans sa main deux minuscules bébés de terre cuite en costume bariolé, une production artisanale typique de Wuxi.

Près du lac, il remarqua une foule qui attendait les bateaux de croisière. L'un d'eux paraissait très moderne, luxueux, rutilant au soleil comme sorti d'un film de Hollywood, mais ça ne correspondait pas à son souvenir du lac.

Vers l'ouest, non loin du quai, plusieurs personnes attendaient leur tour pour prendre une photo devant un énorme rocher dont la surface plate portait quatre grands caractères chinois peints en rouge : *Fécondité à Wu Yue.* Wu Yue désignait l'endroit, et la phrase était à l'origine un hommage à l'étendue du lac. C'était devenu une toile de fond recherchée par les touristes en raison de la croyance populaire selon laquelle le rocher pouvait être propice aux jeunes couples désireux de fonder une famille.

En passant devant une statue de tortue en bronze, le thème du parc, il aperçut une maison de thé de style traditionnel – murs blancs, piliers vermillon, fenêtres à lattes, oriflamme en soie jaune flottant sous la brise où était brodé le caractère chinois pour le mot « thé ». À l'extérieur, un nombre considérable de clients buvaient du thé, jouaient au poker ou aux échecs, se reposaient face à l'étendue d'eau parsemée de voiles blanches, tels des nuages.

C'était un spectacle magnifique. Cependant, pour les habitants qui l'avaient vu des centaines de fois, ce n'était peut-être qu'un endroit où boire du thé.

Chen choisit lui aussi une table de bambou avec vue sur le lac miroitant encadrée d'arbres. L'eau ne paraissait plus aussi sombre qu'il lui avait semblé près du ferry en compagnie de Shanshan.

Une serveuse lui apporta un Thermos recouvert de bambou et une tasse contenant une pincée de feuilles.

« Thé Avant la Pluie, la dernière récolte de l'année, les meilleures feuilles de la maison », dit-elle en remplissant la tasse.

Le thé était d'un vert tendre. Chen ne le goûta pas tout de suite. Il tapota du doigt sur la table en pensant à ce que Shanshan avait dit à propos de l'eau, puis prit un journal dans un casier près de la table. Mais en voyant en première page une photo des dirigeants locaux intervenant dans une conférence économique, il le reposa.

Les mots de Shanshan l'avaient plus qu'impressionné. La protection de l'environnement était longtemps restée une notion secondaire. D'abord lorsque, sous Mao, le peuple chinois mourait de faim, en particulier de 1959 à 1962, les trois années dites de calamité naturelle, puis durant la Révolution culturelle. La grande priorité était alors de se nourrir pour survivre. Puis, sous le gouvernement de Deng, la Chine avait enfin commencé à rattraper son retard; Deng disait «Le développement est la seule et unique vérité», et la protection de l'environnement n'était toujours pas à l'ordre du jour.

Rien d'étonnant à ce que Shanshan ait eu des ennuis et qu'elle ait reçu des menaces.

Il se demanda s'il devait informer la police locale. Avec le numéro de téléphone de Shanshan, elle pourrait repérer l'inquiétant correspondant. D'autant qu'il y avait maintenant le meurtre de son directeur.

Il appela donc le sergent Huang, de la police de Wuxi.

«Oh, inspecteur principal Chen, vous auriez dû me prévenir, s'exclama Huang sans cacher son excitation. J'aurais pu venir vous chercher à la gare.

– Vous êtes le premier à qui je téléphone ici. Pour moi aussi ce sont des vacances impromptues.

– Je suis très flatté que vous m'appeliez en premier. Et je suis vraiment très heureux que vous ayez choisi Wuxi.

– J'ai reçu un coup de téléphone du camarade Zhao, l'ancien secrétaire général du Comité de discipline du Parti. Il était trop occupé pour profiter des vacances organisées pour lui, et il a souhaité que je vienne à sa place.

Alors me voici, en train de déguster une tasse de thé Avant la Pluie dans le parc de la Tête de Tortue.

– C'est formidable, inspecteur principal Chen. J'ai tellement entendu parler de vous – et de vos liens avec Pékin. Vous avez travaillé sur une affaire de corruption extrêmement sensible sous les ordres du camarade secrétaire Zhao. Quelle enquête ! Je l'ai étudiée plusieurs fois. Je suis un de vos grands admirateurs. J'ai également lu toutes vos traductions. Vous rencontrer exaucerait l'un de mes rêves les plus chers.

– J'en serais très heureux, moi aussi.

– Je suis vraiment tout près. Puis-je vous rejoindre ?

– Naturellement, je suis à la maison de thé, près de la statue de tortue en bronze, dit Chen avant d'ajouter : S'il vous plaît, pas un mot à vos collègues sur ma présence ici.

– Pas un mot à personne, c'est promis, inspecteur principal Chen. Je pars tout de suite. »

Moins de vingt minutes plus tard, Huang arriva à grands pas en s'essuyant le front avec le dos de la main. C'était un jeune homme fringant et plein d'entrain au front large et au regard pénétrant ; il sourit en apercevant Chen.

« Je vous ai reconnu de loin, inspecteur principal. J'ai vu votre photo dans le journal. »

Chen fit apporter un autre thé et servit une tasse au jeune policier. Sans perdre de temps, il amena la conversation sur le meurtre de Liu.

Il eut l'agréable surprise d'apprendre que Huang appartenait à l'équipe qui travaillait sur le meurtre. Il se trouvait précisément à l'usine, proche du parc, et en discutait avec ses collègues quand Chen lui avait téléphoné, ce qui expliquait qu'il soit venu si vite.

« Vous avez entendu parler de l'affaire ? demanda Huang qui brûlait d'impatience. Oui, bien sûr, vous n'êtes pas en vacances ici, n'est-ce pas ? »

Chen continua de boire lentement son thé sans le contredire tout de suite. Pour la police locale, sa présence ne pouvait qu'être suspecte, à plus forte raison son intérêt pour l'affaire. Il était connu pour avoir dirigé en secret plusieurs enquêtes particulièrement délicates. Pourtant, il était réellement en vacances à Wuxi.

« Je pensais que ce serait magnifique de pouvoir me reposer ici quelques jours, sans rien faire. Mais au bout d'une journée seulement j'ai trouvé cela plutôt ennuyeux. Je ne me plains pas, mais, comme me l'ont fait remarquer l'inspecteur Yu et sa femme Peiqin, il se peut que mon destin soit d'être policier. J'ai appris par hasard la nouvelle du meurtre. Je me garderais bien de mener l'enquête, ce n'est pas mon secteur. Je cherche juste à tuer le temps.

– Sherlock Holmes doit s'occuper, je comprends parfaitement, chef. Je peux vous appeler chef, inspecteur principal Chen ? »

Qu'il l'ait cru ou non, le jeune policier Huang prouva qu'il avait envie de prendre exemple sur les détectives de roman qu'il admirait. Il commença une présentation détaillée de l'affaire, en se concentrant sur ce qu'il trouvait bizarre, suspect.

L'usine de produits chimiques Numéro Un de Wuxi étant la plus importante de la ville, et Liu, un représentant du Congrès du peuple de la province du Zhejiang, les deux facteurs combinés faisaient de l'affaire la priorité absolue de la police. Une équipe spéciale avait été constituée, et Huang en était le plus jeune membre.

Ils avaient commencé par réunir un dossier sur Liu. Ce dernier travaillait dans cette entreprise d'État depuis plus de vingt ans. Lorsqu'il en avait pris la tête plusieurs années auparavant, elle était au bord de la faillite. Il était parvenu à la sortir du marasme, à la rendre rentable, puis à la développer avec succès. Homme capable, et ambitieux, Liu s'était imposé comme un personnage influent – un « drapeau rouge » dans la croissance économique de la région. Ces dernières années, toutefois, il avait suscité quelques polémiques. Tout d'abord, l'entreprise était à la veille d'une introduction en Bourse qui en ferait une structure mi-publique mi-privée, une expérience nouvelle en ces temps de réforme économique. Elle était la première à la tenter à Wuxi. Liu allait devenir le plus gros actionnaire, avec des millions de titres à son nom, un Gros-Sous capitaliste, en quelque sorte, tout en restant directeur et membre du Parti.

Non moins sujette à controverse était la pollution induite. Pour accroître la production et maximiser les profits, on déversait dans le lac des tonnes d'eaux résiduaires non traitées. Ce n'était un secret pour personne et l'entreprise n'était pas la seule à jeter ses déchets industriels n'importe où. Mais les populations riveraines commençaient à se plaindre de la détérioration de la qualité de l'eau. Et la plus grande usine du lac était tout naturellement devenue une cible facile. Les autorités municipales tentaient de limiter les dégâts en étouffant les protestations, mais sans grand succès.

Le soir du meurtre, Liu avait travaillé dans son bureau personnel, un appartement situé à cinq minutes à pied de l'usine, et non chez lui à environ huit kilomètres. Ce n'était apparemment pas inhabituel chez cet homme affairé de passer la nuit là lorsqu'il était débordé de travail. Les dernières semaines avaient été une période trépidante pour l'entreprise, en particulier à cause de toute la paperasserie nécessaire en vue de l'introduction en Bourse. Liu, comme d'autres responsables et secrétaires, était venu travailler ce dimanche-là. Il avait été vu pour la dernière fois alors qu'il entrait seul dans l'immeuble de son appartement-bureau vers dix-neuf heures.

Le lendemain matin, Mi, sa secrétaire, ne le voyant pas arriver à l'usine avait appelé d'abord à son domicile, puis au bureau privé, et enfin sur son portable, en vain. Elle se rendit donc à l'appartement-bureau, pensant qu'il ne s'était pas réveillé. Il avait parfois du mal à s'endormir, surtout quand il travaillait tard, et il prenait des somnifères. Elle vit ses chaussures devant sa porte – il avait l'habitude de mettre des pantoufles chez lui. Bien qu'elle ait frappé pendant plusieurs minutes, personne n'ouvrit. Elle se décida alors à appeler la police.

Et Liu fut trouvé mort, tué par un coup derrière la tête porté avec un lourd objet contondant, ainsi que le confirma le rapport préliminaire d'autopsie. Importante fracture du crâne avec hémorragie cérébrale, mais presque pas de sang sur les lieux du crime. Ni hématome ni abrasion sur le corps. Ni tissu, ni sang, ni peau sous les ongles du défunt.

Heure estimée de la mort: la veille entre vingt et une heures trente et vingt-deux heures trente.

On ne trouva aucun signe d'effraction ni de lutte. Pas d'arme du crime. Pas d'autres empreintes digitales que celles de Mi sur la glace de la salle de bains, ce qui ne signifiait rien puisque Mi travaillait parfois là elle aussi.

Il ne manquait aucun objet de valeur dans l'appartement. La police avait chargé Mi, puis Mme Liu, de vérifier l'état des lieux.

Le meurtrier pouvait donc ne pas être un inconnu pour Liu.

L'appartement-bureau se trouvait dans un immeuble de luxe bien gardé. D'après les voisins, Liu venait de temps en temps avec sa secrétaire Mi travailler tard dans la nuit, porte close. Toutefois, autant que l'agent de sécurité s'en souvienne, Liu était arrivé seul ce soir-là et n'avait pas reçu de visite ensuite. La règle voulait que les non-résidents indiquent le nom de la personne qu'ils venaient voir.

La police avait interrogé plusieurs proches de Liu. Aucune piste intéressante de ce côté-là non plus.

Mi assurait que Liu n'avait pas dit attendre de visite. Mme Liu se rappela néanmoins que son mari lui avait téléphoné dans la journée pour la prévenir qu'il allait travailler sur un document important et ne rentrerait pas le soir. Elle s'était donc rendue à Shanghai en début de soirée et n'était revenue à Wuxi que le lendemain. Fu Guoqiang, le codirecteur de l'entreprise, et le remplaçant de Liu dans l'immédiat, déclara que Liu avait été tellement débordé ces derniers temps qu'ils s'étaient à peine parlé ce jour-là.

À la fin de son exposé, Huang but une gorgée de thé tiède et se pencha vers Chen. « Vous n'êtes pas un novice, chef. Il y a quelque chose dans cette affaire… Rien d'étonnant à ce qu'une équipe spéciale ait été constituée pour l'occasion, mais ce qui l'est plus, c'est que les hautes autorités du gouvernement s'intéressent beaucoup à l'enquête, et pas seulement au niveau de la ville. Nous avons reçu plusieurs appels des autorités locales. Je viens d'apprendre que la Sécurité intérieure elle-même mène une sorte d'enquête parallèle.

– La Sécurité intérieure, répéta Chen. Ont-ils pris des initiatives?

– Ils ont saisi les relevés d'appels téléphoniques de Liu avant que nous puissions faire quoi que ce soit.

– C'est un élément. Vous êtes très perspicace, Huang.

– Mais je n'ai eu affaire à aucun d'eux – je veux dire face à face. Alors je ne sais pas jusqu'à quel point ils sont impliqués.

– Découvrez-le pour moi», dit Chen avant de se rendre compte qu'il avait involontairement adopté le ton familier de l'inspecteur en charge de l'enquête face à un subordonné lui faisant son rapport. Il n'avait pourtant pas encore décidé s'il allait réellement intervenir ou non. Il se dit qu'il n'y avait aucun mal à ce qu'il aille y voir de plus près. «J'ai entendu parler de l'usine. De sa brillante réussite aux dépens de l'environnement, et de la contamination des eaux du lac.»

Ces investigations pouvaient aussi être considérées comme allant dans le sens des instructions du camarade secrétaire Zhao. Surtout après sa conversation avec Shanshan. Il était temps que Chen commence à se pencher sur le problème. Mais mieux valait ne pas poser trop de questions à ce stade, sous peine de provoquer un affolement inutile.

«On dit que des gens tombent malades en buvant l'eau ou en mangeant du poisson, mais rien n'est vraiment prouvé, dit Huang en se grattant la tête. Je ne crois pas qu'il y ait un lien avec le meurtre. Il y a beaucoup d'usines comme celle de Liu ici. Wuxi s'est développé très vite.

Comme l'a dit le camarade Deng Xiaoping, "le développement est la seule et unique vérité".

– Autre chose, Huang, dit Chen tout à coup. Quelqu'un que je connais ici a reçu des menaces par téléphone. Vous pourriez vous renseigner pour moi ?

– Comment s'appelle-t-il ? Quel est son numéro ?

– Elle s'appelle Shanshan, et voici son numéro. » Il inscrivit le numéro sur un bout de papier qu'il tendit à Huang.

« Shanshan ?

– Vous la connaissez ?

– Non. »

Mais Chen crut avoir surpris un brin d'étonnement dans l'expression de Huang.

« Et vous, vous la connaissez bien ?

– Non, je l'ai rencontrée hier.

– Je vérifierai ça pour vous, chef, fit Huang en regardant sa montre et en se levant. Je vais devoir retrouver l'équipe. Il est presque cinq heures.

– Merci beaucoup, Huang. Appelez-moi dès que vous aurez du nouveau. Et tenez-moi informé du développement de l'affaire. »

Chen regarda la silhouette du jeune policier disparaître dans la foule qui commençait à se disperser à l'approche du crépuscule. Il resta assis là, morose, devant sa tasse vide.

Au bout de plusieurs minutes, il leva les yeux sur la statue de tortue en bronze, qui avait dû surprendre – si elle était douée d'un pouvoir surnaturel comme dans les contes populaires – ce nouvel épisode de la grande tragédie humaine. Mais la tortue brune resta accroupie, en méditation, indifférente à la souffrance de ce monde.

Quel genre d'homme était donc Liu ? Chen n'avait même pas vu de photo de lui, mais sans doute était-il déjà venu ici, s'était assis et avait dégusté son thé en contemplant la tortue.

Le regard de Chen se porta alors vers le toit incliné d'une tour en bois à plusieurs étages qui se découpait contre le ciel où le soir s'étendait. La tour, victime des ans et des intempéries, lui parut soudain très mélancolique. Il eut une impression de déjà-vu, issue peut-être des vers de Su Shi, son poète Song préféré, qu'il se remémora avec un soupir.

Ce n'est qu'un rêve,
pour le passé, pour le présent.
Qui s'éveille jamais du rêve ?
Il n'existe qu'un cycle interminable
d'ancienne joie, et de nouvelle peine.
Un jour, quelqu'un d'autre,
à la vue de la tour la nuit,
soupirera peut-être profondément pour moi.

5

Après tout, le Centre était un endroit agréable.

Le matin du mardi, de bonne heure, Chen fit une promenade et commença à mieux en saisir la configuration.

Plusieurs autres résidents déambulaient comme lui, sans se presser. Chacun d'eux devait mener une vie très différente ailleurs, dans une petite ville de province ou dans une métropole, mais tous étaient des gens influents, des privilégiés à leur manière. Cependant, dans le pyjama à rayures bleu et blanc du Centre, c'étaient des gens ordinaires.

Mais même là on reconnaissait une hiérarchie. Dans les deux bâtiments situés près de l'entrée, les pièces, avec leur petit balcon, étaient probablement les mêmes que dans un hôtel; elles ne devaient pas être destinées à l'élite. En revanche, dans un autre bâtiment plus central, la taille du balcon indiquait des pièces beaucoup plus grandes. En levant la tête, Chen vit un homme aux cheveux blancs sortir sur le balcon du deuxième étage, s'étirer et lui faire un signe de tête. Chen répondit et poursuivit son chemin.

Il se trouva bientôt devant une maison de thé de style traditionnel, semblable à celle du parc, mais nichée dans la verdure sur une terrasse, près d'un bâtiment moderne. Il apercevait de loin plusieurs personnes âgées assises près de la balustrade en pierre blanche, buvant du thé et grignotant paisiblement des graines de pastèque.

C'était un bon endroit où s'installer un moment pour examiner le rapport que le sergent Huang lui avait faxé un peu plus tôt. L'inspecteur principal se demandait toujours s'il devait s'impliquer dans l'enquête.

Il fut surpris de voir un escalator en plein air qui menait directement à la maison de thé. Non pas à cause de la technologie nécessaire pour le protéger des intempéries, mais parce qu'il était installé là alors qu'une volée de marches à côté permettait de monter sans difficulté.

Il changea d'avis et se dirigea vers la clinique du Centre. D'après la brochure, elle proposait de faire le bilan de santé des résidents.

La clinique se révéla complètement différente de l'hôpital de Shanghai où il fallait d'habitude attendre longtemps, debout, et remplir tout un tas de formulaires. Ici, les infirmières étaient à son seul service, sans parler de l'équipement de pointe, importé.

Il ne pensait pas être malade. Mais puisqu'il était là, il décida de consulter un vieux praticien de la médecine traditionnelle qui prit son pouls et sa tension, examina sa langue, et énonça son diagnostic dans un jargon épouvantable fortement teinté d'accent d'Anhui.

« Vous avez trop travaillé et vous avez consumé le yin de votre système, par conséquent le qi et le sang sont bas, et le yang légèrement élevé. Tout à fait déséquilibré, mais rien de précisément mauvais, un peu de tout. » Il rédigea une ordonnance et ajouta pensivement : « Vous êtes encore célibataire, n'est-ce pas ? »

Chen crut deviner ce que le médecin voulait dire. Selon la médecine traditionnelle, on n'atteint l'équilibre entre le yin et le yang que dans le mariage. Chez un homme de son âge, le célibat permanent n'était pas bon pour la santé. Le vieux médecin de Wuxi aurait fait un allié idéal pour sa mère qui se lamentait sans cesse de ce qu'il ne se mariait pas.

L'ordonnance insistait expressément pour que le remède soit préparé tous les jours, et bu encore chaud. Le pharmacien de la clinique affirma qu'il n'y avait aucune difficulté : le directeur Qiao avait donné des instructions précises afin que Chen bénéficie de tous les services dont il aurait besoin. Il n'était pas précisément ravi de ce traitement de faveur qu'il ne méritait pas.

Quand il sortit de la clinique il continua sa promenade. Il s'aperçut que certains hommes âgés le regardaient avec curiosité. Il était peu probable qu'ils le reconnaissent, mais dans cet endroit son âge pouvait le faire remarquer.

En coupant à travers une petite clairière presque déserte, il se retrouva sur un escalier de pierre. Il devait être à présent à l'arrière du Centre. Un sentier parsemé de fleurs inconnues descendait en lacets. Il l'emprunta et, après deux virages, il arriva à un grillage séparant le Centre du lac.

Il s'assit sur un rocher près du pied de la colline et sortit le fax de sa poche. Il n'y trouva rien de vraiment nouveau par rapport à ce que Huang lui avait dit la veille. Après l'avoir lu deux fois, il réfléchit à ce qu'il pouvait faire tout en demeurant en retrait. Une première dans son expérience de policier. Ce ne serait pas une bonne idée d'aller sur les lieux du crime, ni de questionner les éventuels suspects. Cependant, une conversation ordinaire avec les personnes qui n'étaient pas directement visées par la police pouvait être envisagée. Une visite à Mme Liu par exemple. Il ne voyait rien de particulièrement louche chez elle. Simplement, sa décision de se rendre à Shanghai après avoir appris que son mari ne rentrerait pas chez eux ce soir-là l'intriguait. Et puis, elle pourrait peut-être lui apprendre quelque chose à propos de son mari. Une visite à Mi, la secrétaire de Liu, pourrait aussi être utile. D'après le fax, elle avait déclaré à Huang qu'elle était restée tard à l'usine le soir du meurtre.

Et bien entendu, une autre source d'information serait Shanshan. Pour cela, il valait mieux qu'il ne révèle pas son identité. Tout au fond de lui, il se sentait mal à l'aise, puis il se persuada qu'il agissait pour une bonne raison. Et se demanda si les menaces qu'elle avait reçues pouvaient avoir un rapport avec le meurtre.

Il souligna plusieurs passages du rapport faxé par Huang et certains points qui méritaient d'être étudiés davantage. L'heure du meurtre, par exemple. Sans être sûr de rien, il griffonna quelques mots dans la marge.

Soudain, il se sentit fatigué et se frotta les yeux. Il était encore très tôt dans la journée. Le diagnostic du médecin aurait-il eu un effet hypnotique? Il chassa cette idée et releva la tête. Un peu plus loin vers le nord, il avisa une porte laissée ouverte dans le grillage. On ne la remarquait sans doute pas de l'extérieur. Il alla jeter un coup d'œil, pensant être près du lieu désigné sur le plan comme l'îlot de l'Épervier Couvert de Givre.

Il revint sur ses pas, dans un calme qui l'enveloppa à l'improviste, en songeant à des vers de la dynastie des Tang.

Les pins perdant leurs pommes au mont vide,
Toi, le Reclus, déjà tu dormirais ?

Puis il tenta de changer d'humeur en se moquant de lui-même. Le poème Tang parlait d'une scène de nuit dans les hauteurs. Qui pouvait être le « Reclus » ?

Peu après son retour dans sa chambre, une jeune infirmière apparut portant un petit Thermos contenant le médicament.

« Il vaut mieux le boire vite, dit-elle avec un gentil sourire. Une dose chaude et fraîchement préparée peut faire une énorme différence. On vous en apportera une autre dans l'après-midi. »

Il était en train de se rincer la bouche pour se débarrasser du goût amer des herbes quand le directeur Qiao téléphona.

« Vous devez déjeuner avec nous aujourd'hui, inspecteur principal Chen.

– Ce n'est pas nécessaire, directeur Qiao. Vous avez déjà fait beaucoup pour moi.

– Mais nous aimerions vous demander un avis pendant le déjeuner.

– À quel propos ?

– Le Centre a été fondé par l'État, mais contrairement aux hôpitaux nous n'avons aucun moyen de gagner de l'argent. Nous envisageons donc une réforme qui consisterait à ouvrir une partie du Centre au public. Naturellement, il restera en priorité au service des cadres du Parti tels que vous. Toutefois, son confort et sa situation pourraient attirer les touristes, ceux de Shanghai en particulier. Ils pourraient séjourner ici comme dans n'importe quel bon hôtel tranquille, tout en profitant d'un bilan de santé. Vous venez de Shanghai, vous y êtes une célébrité. Vous êtes la personne indiquée pour apporter le message à votre ville. »

C'était peut-être vrai. Le Centre était immense, mais loin d'être plein. De sa chambre, Chen avait vu beaucoup de fenêtres non éclairées le soir. Depuis quelques années, les établissements d'État tels que les hôpitaux augmentaient leurs tarifs tout en percevant des enveloppes rouges, mais le Centre, lui, ne pouvait recevoir que les subventions limitées de l'État.

Mais cela ne le regardait pas. L'inspecteur principal Chen n'était pas là pour donner des conseils commerciaux, même si le directeur Qiao semblait sincère dans sa démarche.

Chen accepta un déjeuner tardif ; il avait encore dans la bouche le goût amer de la tisane.

Il avait plus d'une heure devant lui. Il s'assit devant l'ordinateur portable du bureau – un ordinateur importé, avec un logiciel chinois – et tâtonna pour se connecter à Internet. Malgré le mode d'emploi posé à côté, il n'y parvint pas. Chen pouvait néanmoins écrire. Il se pencha sur le clavier avec détermination, bien que rien ne lui vienne en tête pour le moment.

Il emporta l'ordinateur dans le living et s'assit face au lac.

Il songea alors au poème qu'il avait commencé la veille, à propos de la construction de l'identité à travers les interprétations d'autrui. L'image de Shanshan marchant à ses côtés sur les bords du lac s'imposa à lui. Quel genre d'homme était-il dans l'imagination de la jeune femme ?

Sur la table, le téléphone sonna. Il décrocha, écouta l'opératrice prononcer quelques mots indistincts, puis la voix précipitée d'Oncle Wang, très agité.

« Désolé de vous déranger au Centre, M. Chen, mais je devais vous appeler. Shanshan a des ennuis.

– Oh… Qu'est-ce qui se passe ?

– Ce matin elle est venue pour déposer son déjeuner dans mon réfrigérateur comme d'habitude, mais juste avant qu'elle entre, deux inconnus en civil à la mine patibulaire ont surgi de nulle part. Ils l'ont interceptée et emmenée dans une voiture. Ensuite, j'ai téléphoné à l'usine. Quelqu'un m'a dit de la fermer, que Shanshan avait été arrêtée pour être interrogée.

– Vous savez pourquoi ?

– Elle s'est disputée avec Liu, son patron, c'est tout ce que je sais. Maintenant qu'il est mort, je suppose qu'on la soupçonne.

– Rien qu'à cause d'un différend professionnel ? C'est scandaleux. Quelles preuves ont-ils ?

– Aucune idée. Mais Shanshan est incapable de faire une chose pareille. Je la connais, M. Chen. Depuis son enfance.

– Je vais me renseigner, Oncle Wang. Ne vous inquiétez pas. En attendant, si vous pensez à quelque chose d'autre, téléphonez-moi. Je vous donne mon numéro de portable. » Puis il changea d'avis. « Non, j'arrive. Ne bougez pas. »

Il s'aperçut en raccrochant qu'il venait de parler comme un policier. Alors que la veille encore il avait assuré au sergent Huang que ce n'était pas son enquête, qu'il n'était qu'un vacancier un peu curieux.

Shanshan était la cause de ce changement, l'inspecteur principal dut l'admettre.

Il laissa un bref message à Qiao, s'excusant de ne pas pouvoir, cette fois encore, assister au déjeuner, et il sortit en hâte.

Le chemin était toujours aussi plaisant, mais il n'était pas d'humeur à profiter du paysage. Il ne mit qu'une dizaine de minutes pour atteindre la gargote.

« Elle a des ennuis, répétait Oncle Wang. Je le sais depuis longtemps. Elle leur créait des difficultés.

– À qui ?

– Elle s'occupe de protection de l'environnement, un travail qui fait d'elle "un clou dans l'œil" de ceux qui ont le pouvoir. Ça n'aurait pas été grave si elle n'avait pas pris sa mission au sérieux. Non seulement Liu, mais aussi ceux qui l'entourent, lui ont rendu les choses très difficiles. Elle m'en a parlé. C'est une des raisons pour lesquelles elle vient déjeuner ici. Ils ne la laissent même pas manger en paix là-bas. »

Chen pensa de nouveau aux menaces qu'elle avait reçues. Mais cette pression, aussi insupportable qu'elle ait été, avait-elle pu suffire à pousser une jeune femme aussi courageuse que Shanshan à commettre un meurtre?

«Vous devez l'aider, M. Chen. C'est une gentille fille. Et elle a une très haute opinion de vous.»

Apparemment, Oncle Wang avait tiré quelques conclusions hâtives à propos de leur rencontre. Avait-elle parlé de lui après qu'il l'eut accompagnée au ferry?

En dehors de cela, le vieil homme était incapable de lui dire quoi que ce soit de nouveau qui puisse l'aider en tant que policier.

Dans des circonstances ordinaires, l'inspecteur principal Chen Cao aurait pu faire appel à la police locale, qui n'aurait sans doute vu aucune objection à ce qu'il participe à l'enquête. Wuxi étant tout près de Shanghai, il y avait souvent des situations qui demandaient une collaboration. Sans parler du statut de plus en plus élevé de Chen qui avait la confiance de Pékin.

Mais si, comme il le pensait, la Sécurité intérieure se mêlait de l'affaire, ce serait une tout autre histoire.

Il téléphona au sergent Huang.

«J'ai besoin de vous parler, Huang.

– Bien sûr, chef. Où ça?

– Eh bien...» Il s'aperçut qu'Oncle Wang l'observait. Les deux policiers ne pourraient pas parler en présence du vieil homme. Il remarqua une boutique de coiffeur au coin de la rue sur le trottoir d'en face, signalée par une enseigne conventionnelle rouge, bleu et blanc dans un cylindre tournant. «Retrouvez-moi chez le coiffeur de la rue de Wuyou, au sud du terminus de la ligne de bus numéro 1.»

Il prit congé du vieux Wang et traversa la rue en direction de la boutique du coiffeur.

Une jeune fille en combinaison dos nu sortit en trottinant.

« Bienvenue, patron. Je m'appelle Jade Vert. »

Il comprit aussitôt son erreur en voyant le bout de ses seins pointer à travers le tissu fin quand elle lui prit la main pour le tirer à l'intérieur. Beaucoup de prétendus salons de coiffure n'étaient à présent qu'une couverture pour le commerce sexuel. Il aurait dû le savoir, il en avait vu un grand nombre à Shanghai.

Il y avait plusieurs filles dans le salon. L'une d'elles portait un bustier de soie rouge brodé de deux canards mandarins, et une autre n'était vêtue que d'un simple soutien-gorge en dentelle noire. Elles le regardèrent avec curiosité. Il pensa qu'il n'avait pas l'air d'un habitué de ce genre d'endroit.

Jade Vert le conduisit dans une pièce à peine éclairée par une unique lumière fluorescente et lui présenta les différentes prestations tandis qu'il s'enfonçait dans un fauteuil inclinable en cuir. « Nous proposons toutes sortes de soins, patron. Massage thai, bain de pieds, massage japonais, huile sur le dos, huile sur tout le corps, shampooing… Vous n'avez qu'à choisir ce que vous voulez.

– Je veux simplement me faire couper les cheveux.

– Nous ne coupons pas les cheveux, nous les lavons seulement. Shampooing relaxant, luxueux, délectable. Il détendra chacun de vos nerfs, je vous le garantis.

– Allez-y », dit Chen résigné. C'était sans doute trop tard pour reculer. Huang était sûrement en route.

Le fauteuil lui permettait d'être pratiquement couché, la tête sous l'eau. Jade Vert lui appliqua aussitôt du shampooing, lui massa le cuir chevelu puis lui pressa les tempes. Elle devait avoir reçu une formation professionnelle.

À la lumière fluorescente, il remarqua sur ses épaules et ses bras nus une éruption d'un rouge vif.

« Vous avez une allergie ? s'exclama-t-il avec un frisson instinctif.

– Ne vous inquiétez pas. Ça arrive à beaucoup de gens ici. Pour certains, c'est bien pire. Tout ça à cause de l'eau du lac. On y déverse trop de déchets industriels. »

Encore une confirmation de la pollution désastreuse pour laquelle les habitants payaient un prix exorbitant. Il ferma les yeux.

« Je vais aussi vous masser les épaules, patron. Elles sont très contractées. Vous avez dû trop travailler. Détendez-vous », dit-elle, ses mains s'activant déjà.

Avant qu'il puisse dire un mot, ses doigts fouillaient sous son pantalon.

« Je vais aussi masser petit frère.

– De quoi parlez-vous ?

– Vous allez vraiment aimer ça, et vous m'aiderez en même temps. Pour vous laver les cheveux je ne gagne que dix yuans, mais pour frotter petit frère, je peux en gagner soixante. »

Il allait protester, la main de Jade Vert sur sa ceinture, quand Huang fit irruption. Ne voyant pas Chen dont la tête était couverte de mousse et le visage en partie caché par une serviette, Huang se mit à crier.

« Inspecteur principal ! »

Le salon fut plongé dans la consternation, les filles étaient sidérées. Jade Vert, horrifiée à la vue de Huang en uniforme, leva les mains en l'air dans un geste de reddition.

« Je suis là. Ne vous inquiétez pas, sergent Huang, dit Chen en se frottant la tête avec une serviette. Allons-nous-en. »

Il paya le prix affiché sur le mur. Jade Vert le remercia longuement, cramoisie, les cheveux en désordre.

En sortant il vit que Huang était venu avec une voiture de la police.

Il n'y avait pas d'autre endroit où parler tranquillement. Oncle Wang servait un client dehors.

Il suivit donc Huang dans la voiture et ne tarda pas à amener la conversation sur Shanshan.

« Votre équipe a arrêté Shanshan, n'est-ce pas ?

– Vous êtes décidément au courant des tous derniers développements, chef, dit Huang en lui offrant une cigarette. L'enquête est maintenant orientée sur les personnes qui en voulaient à Liu. Shanshan a été arrêtée à cause de ses disputes avec son patron. D'après Mi, Liu avait parlé de la licencier. Shanshan aurait donc un mobile. Une semaine environ avant le meurtre, elle aurait menacé Liu de "risquer de le payer très cher". Deux employés de l'entreprise au moins l'ont entendue.

– Elle s'est disputée avec Liu à propos des conséquences de la pollution industrielle, voilà ce que je crois. Elle n'a pas menacé Liu personnellement. D'ailleurs, qui l'a entendue le menacer ?

– Mi et Shou Qiang, le directeur des ventes, il l'a traitée de fouine et d'agitatrice. C'est vrai que certaines personnes ne l'aiment pas.

– Et son alibi ?

– Elle n'en a pas. Elle dit qu'elle est restée seule dans sa chambre ce soir-là, à regarder la télé et à lire, et qu'elle s'est couchée vers vingt-deux heures.

– La plupart des gens du dortoir vous auraient probablement répondu la même chose. Beaucoup sont seuls, et Wuxi est une ville où il n'y a guère de distractions le soir.

– Je sais que Wuxi n'est pas Shanghai. Mais Liu connaissait son meurtrier. Ainsi que nous le soupçonnons depuis le début, c'est quelqu'un qui savait où Liu allait passer la nuit.

– Mais d'autres que Shanshan pouvaient le savoir. L'appartement-bureau de Liu n'est un secret pour personne. Comme vous l'avez dit hier, Mi, la secrétaire, connaissait ses allées et venues mieux que quiconque. Ainsi que Mme Liu.

– C'est exact.

– Il est logique que Liu ait dit à ses proches ce qu'il prévoyait ce soir-là. Mais compte tenu de la rancœur qui existait entre lui et Shanshan, comment aurait-elle pu en être informée ?

– Je n'ai pas de réponse.

– Par ailleurs, même si sa visite était inattendue, je ne peux pas imaginer que Liu l'aurait laissée entrer. Et comment lui aurait-elle porté un coup fatal sans qu'il y ait lutte ? » Chen marqua un temps avant de poursuivre. « Non, je ne pense pas qu'elle puisse être arrêtée ainsi, sans preuve ni témoins.

– Je comprends votre point de vue, chef. C'est votre amie et elle a pu vous dire des choses que nous ne savons pas.

– Qu'elle soit ou non mon amie ne change rien. En fait, je ne la connais que depuis deux jours, dit Chen en se demandant si Huang le croirait. En tant que policiers, nous devons penser à ce que avons ou n'avons pas le droit de faire.

– Je suis entièrement d'accord. Vous êtes un homme de principes, mais je suis le plus jeune de l'équipe. On ne m'écouterait pas. Sans parler de la Sécurité intérieure qui rôde et qui a appuyé la décision de l'arrêter, c'est le moins qu'on puisse dire. »

C'était sans doute vrai, mais Chen se dit qu'il devait absolument convaincre Huang.

« Il y a quelque chose de bizarre dans cette affaire, Huang, poursuivit résolument Chen. Le moment du meurtre, pour commencer : en pleine controverse au sujet de la pollution et juste avant la privatisation de l'entreprise. Comme vous le savez, ces vacances me sont imposées. Je n'ai vraiment rien à faire au Centre, et je pense que nous pourrions étudier cette affaire ensemble, vous et moi.

– Vous voulez dire que nous allons travailler ensemble tous les deux ? Ce serait formidable d'enquêter sous vos ordres, inspecteur principal Chen. J'en rêve depuis si longtemps.

– Non, ce n'est pas mon enquête. Et ce n'est pas non plus le moment pour moi d'agir ouvertement. Je ne suis pas un policier de Wuxi, il faut que les choses soient claires. Vous aimez les histoires de Sherlock Holmes. Eh bien, quelquefois, il reste en retrait et laisse le policier faire le travail, n'est-ce pas ?

– En effet, c'est parfois le cas, inspecteur principal.

– Aucun de vos collègues ne doit savoir que je travaille avec vous.

– Comme vous voudrez.

– Mais si je travaille sur une affaire, que ce soit en retrait ou sur le devant de la scène, il y a des choses que je peux faire et d'autres que je ne peux pas faire.

– Je comprends.

– Notamment, je ne veux pas résoudre une affaire en arrêtant et en interrogeant des personnes sans justification.

– Vous voulez dire… » Huang n'acheva pas sa phrase.

Chen savait pourquoi le jeune policier restait hésitant et il décida de le pousser davantage dans ses retranchements.

« Honnêtement, j'ai été très surpris quand on m'a demandé de venir ici profiter de vacances dont je n'avais nul besoin, mais le camarade secrétaire Zhao doit avoir ses raisons. »

C'était vrai, il s'était posé des questions. Mais pour le jeune policier, il s'agissait sûrement d'une allusion discrète. Après tout, Chen avait pu être envoyé à Wuxi en mission hautement confidentielle.

Après une pause destinée à entretenir le suspense, Chen poursuivit : « J'ai fait la connaissance de Shanshan à cause d'une chose que m'a dite le camarade Zhao.

– Quoi ? Le camarade secrétaire Zhao ?

– Il a lu un de ses articles, à propos de la protection de l'environnement. Il m'a donc demandé de faire une étude sur les problèmes nouvellement soulevés par la réforme économique, expliqua Chen en pensant qu'il n'échafaudait pas trop. Sur le développement durable, sans dommage pour l'environnement. Ce n'est pas du tout mon domaine, mais je ne pouvais pas lui dire non.

– Rien d'étonnant à ce que vous ayez fait la connaissance de Shanshan aussi vite, dit Huang avec un grand respect. Tout cela est hautement confidentiel, et j'apprécie vraiment votre confiance, inspecteur principal Chen. Oui, je ferai de mon mieux.

– Informez-moi de tout ce que vous apprendrez. À propos, le rapport d'autopsie définitif est-il arrivé ?

– Oui, je vous en donnerai une copie.

– Ne parlez à personne, ni de Zhao ni de moi, ajouta Chen en hâte avant d'ouvrir la portière. C'est une situation très délicate, mais vous êtes capable de juger comment la gérer.

– Certainement, je suivrai vos instructions.

– Alors au travail, sergent Huang. Nous parlerons de la première disposition à prendre, en attendant je vais écrire un rapport à Pékin. »

6

Chen téléphona à Shanshan le mercredi matin.

« J'ai essayé de vous joindre hier, Shanshan. Je vous ai appelée plusieurs fois en vain.

– Il s'est passé quelque chose à l'usine, la police m'a emmenée pour m'interroger. Mais c'était une fausse alerte. On ne m'a tout de même relâchée que le soir.

– Quoi ? » fit Chen en feignant la surprise.

Le sergent Huang l'avait tenu informé. Il n'avait pas essayé de savoir comment il s'était débrouillé, mais Huang avait ajouté que la Sécurité intérieure visait à présent quelqu'un du nom de Jiang, qui s'était querellé avec Liu. Autrement dit, Jiang faisait un suspect plus vraisemblable, ce qui n'empêchait pas Chen de s'intéresser de plus en plus à l'affaire, que Shanshan soit hors de cause ou pas. Et cela pour la bonne raison que la Sécurité intérieure ne serait pas intervenue pour un simple homicide, même si Liu était un homme important à Wuxi.

« Je suis heureux qu'il ne vous soit rien arrivé, ce n'était en effet qu'une fausse alerte. Mais vous devez faire une pause, Shanshan.

– J'ignore ce qui est faux ou pas, mais je prends ma journée.

– Bonne idée, enchaîna-t-il sans attendre la suite. Que diriez-vous d'une excursion autour du lac ?

– Nous avons déjà marché au bord du lac avant-hier, M. Chen, non ?

– Ma foi, *si seulement nous avions assez d'univers, et de temps…*

– Que voulez-vous dire ?

– Ce n'est qu'un vers d'Andrew Marvell… Mes vacances ne durent qu'une semaine, vous savez. Puisque vous prenez votre journée, pourquoi pas ?

– Vous êtes très persuasif.

– Oui. Nous ferons quelque chose qui vous remettra du choc.

– Quoi donc ?

– Quelque chose de gai, pour que vous ne pensiez plus à cette expérience désagréable. Écoutez, je n'ai pas encore fait de promenade en bateau. Allons ensemble glisser en gondole…

– Quel touriste poète vous faites… » Elle s'interrompit puis lança soudain : « Où nous retrouvons-nous ?

– Au pied de la statue de la tortue ? Je vous y attendrai dans un quart d'heure. »

Il se retrouva bientôt au pied de la statue, appuyé contre le tronc noueux d'un vieil arbre. C'était un parc très pittoresque, le soleil au-dessus du toit d'un pavillon ancien penché sur la berge dorait l'eau du lac. Des canards blancs patrouillaient en file près du bord. Chen eut l'impression de pouvoir passer la journée là, en sa compagnie.

Il regarda de nouveau vers le quai, aussi bondé et bruyant que la veille. Un grand bateau s'éloignait en vrombissant. Un jeune couple accoudé au bastingage blanc du pont supérieur partageait un cornet de glace, rayonnant de bonheur comme s'il tenait le monde entre ses mains et le grignotait.

Puis il la vit franchir un portique de pierre en forme de calebasse, traverser en sautillant la prairie tachetée à l'ombre d'un buis, portant un filet à provisions en nylon qui contenait une bouteille d'eau.

Elle était habillée pour l'occasion: robe blanche sans bretelles et chaussures blanches à talons hauts, et jeté par-dessus un trench-coat bordeaux en tissu fin.

Habillée pour lui, remarqua Chen. *Une femme est prête à s'embellir pour celui qui l'aime,* avait dit Confucius. La sentence n'était pas forcément antiféministe, tout dépendait du point de vue.

« Il peut y avoir beaucoup de vent sur le lac », expliqua-t-elle avec un sourire radieux. Elle lui serra la main, ses doigts étaient d'une infinie douceur.

Un oiseau aquatique s'envola dans un éclair et tournoya un instant avant de s'élancer vers le ciel. Ils se mirent en route.

Il leur fallut un certain temps pour trouver un bateau qui leur plaise. La plupart des touristes préféraient ces grands bateaux de croisière modernes et confortables ou bien les vedettes, moins chères, environ dix yuans par personne.

Ils se décidèrent finalement pour un sampan de taille moyenne avec assez de place pour quatre, protégé par une toile enduite d'huile de tung sous laquelle se trouvaient deux divans recouverts d'indigo tissé main et, entre eux, une petite table de bambou. Pas tout à fait aussi ancien que Chen l'avait espéré, mais plus confortable.

Comme aucun autre client ne se présentait pour le moment, il proposa de prendre le sampan pour eux seuls en payant la différence. Le propriétaire accepta volontiers; c'était un homme avenant d'une cinquantaine d'années, au visage buriné, avec une lueur de malice dans le regard. Il démarra en lançant d'une voix forte depuis la poupe:

«Vous avez de la chance, monsieur, d'avoir une aussi jolie amie à vos côtés. Vraiment, une journée romantique de printemps dans le même bateau qu'elle vaut chaque centime dépensé.»

Chen sourit sans répondre en s'asseyant face à Shanshan. Elle le regarda, les mains sur la table. Ses yeux étincelaient d'une lueur difficile à identifier et cependant mystérieusement attirante. Dans la littérature chinoise classique, il y avait une expression courante pour décrire les «vagues d'automne» ondoyant dans les yeux d'une beauté. Shanshan était encore très jeune, au printemps plutôt qu'en automne. En mai.

Il remarqua un papier rouge découpé et collé sur la toile derrière elle. Bien qu'un peu déchiré, on y reconnaissait un dessin de poisson et de fleur, symbole de l'amour passionné et du mariage fertile.

Le sampan s'éloigna en se balançant le long d'un chenal balisé par des piquets.

Shanshan ôta son trench-coat, ses épaules blanches se détachaient sur le fond sombre. Elle prit une tasse sur la table et versa à Chen un peu de l'eau qu'elle transportait avec elle.

« Vous êtes très prudente.

– On n'est jamais trop prudent de nos jours.

– J'ai l'impression d'avoir lu cela quelque part.

– Encore ? Vous êtes toujours dans les livres, dit-elle et un sourire moqueur illumina son visage. Seriez-vous un incorrigible touriste romantique ?

– Je ne sais pas, mais j'ai toujours voulu passer une journée sur le lac, admit-il. Et surtout, je veux être avec vous. »

Encore une fois il y avait là un écho d'une ancienne lecture. Et c'était très facile de se glisser dans le rôle qu'elle venait de lui attribuer.

« Et si nous allions aux Trois Îlots Célestes ? proposa le batelier. Tous ces temples taoïstes, ces pavillons, ces pagodes, ces tours de jade et de cristal, c'est réellement un lieu paradisiaque.

– Une attraction non loin du parc, expliqua Shanshan. On dit que les îlots ressemblent à une tortue sur l'eau. C'est toujours bourré de visiteurs.

– Non. Je ne suis pas le touriste typique, je vous l'ai dit. Et je ne peux m'empêcher de penser à ces vers de Su Shi : *Mais il pouvait faire froid là-bas / dans les tours de jade et de cristal. / Nulle comparaison avec la danse d'ici / dans le monde des hommes.*

– Vous avez absolument raison, dit l'homme du sampan. Mon bateau danse pour vous.

– À quoi pensez-vous en ce moment, autrement qu'en touriste ? demanda-t-elle.

– À d'autres vers. *Eaux : regards mobiles, / Monts : sourcils froncés. / Où va-t-il mon ami ? / Au lieu charmant plein d e regards et de sourcils.* Ce n'est pas de moi, mais de Wang Guan, un poète de la dynastie des Tang. Pour lui, le printemps et la beauté ne font qu'un, c'est pourquoi le poème finit ainsi : *Quand tu rattraperas le printemps /au sud du fleuve, assure-toi / de rester avec elle.* Alors me voilà près de vous.

– Vous me comblez », fit-elle avec un sourire rêveur.

Ce n'était plus à la mode de citer de la poésie, mais elle n'était pas mécontente.

Le batelier, qui avait entendu leur conversation, intervint : « Aimeriez-vous entendre quelques chansons de sampan ?

– Des chansons de sampan ?

– C'est une vieille tradition ici, répondit l'homme avec un large sourire. Vous vous souvenez des chansons d'amour dans les histoires de Tang Bohu ? »

Chen se rappelait que dans ces histoires à propos de Tang, érudit et peintre légendaire de la dynastie des Ming, il y avait un batelier chanteur. L'homme du sampan entonna d'une voix profonde, fortement teintée d'accent local, un chant célébrant le thème éternel de l'amour.

Le rouge des pêchers en fleur couvre les monts,
Monts qu'au printemps du fleuve en coulant l'eau caresse.
La fleur s'ouvre et se fane, ainsi que vos passions ;
Et l'eau coule sans fin, ainsi que ma tristesse.

Chen eut la surprise de reconnaître une composition de Liu Yuxie, un autre poète Tang célèbre, une sorte de mélodie pour les amoureux en bateau d'autrefois.

« Félicitations, fit Shanshan en battant des mains.

– Bravo ! dit Chen. J'ajouterai dix yuans au tarif. »

Il remarqua que l'homme semblait fixer la jeune femme. Sans doute chantait-il aussi pour elle en pensant à ses jeunes années.

Elle avait dû s'en apercevoir et sourit gentiment à Chen en se penchant pour lui tapoter la main.

Le sampan glissait toujours et l'homme chantait une passion qui n'avait pas changé depuis des temps immémoriaux.

Entre les saules verts coule le fleuve bleu
Où j'entends mon galant chanter sur un radeau.
Le soleil brille à l'est, à l'ouest il pleut,
Mon galant est amoureux comme il fait beau.

Chen s'étonna. Encore une chanson du même poète.

Deux canots à rames apparurent, dont l'un semblait vérifier des filets dans l'eau, sans doute comme à l'époque Tang. Mais des usines longeaient aussi le lac, répandant leurs fumées devant les collines brunâtres. Plusieurs oiseaux aquatiques cherchaient des poissons morts échoués non loin.

« Encore une ! » demanda Shanshan.

La rivière serpente entre les jeunes saules.
Rien n'a changé ici depuis deux décennies
Ce pont de bois, hélas, nous a vus désunis,
Et rien d'heureux ne peut arriver aujourd'hui.

Ce dernier couplet étonna Chen par sa fin abrupte et triste. Il leva les yeux sur les saules alignés dans une courbe de la rive.

Où serait-il dans deux décennies ? En tout cas, il se souviendrait de cette journée en bateau.

« Nous fournissons aussi le repas spécial en sampan, reprit l'homme en essuyant son front en sueur du revers de la main. Poissons et crevettes vivants tout juste sortis de l'eau. Je peux jeter le filet tout de suite si vous voulez.

– Pourquoi pas ? » Chen connaissait cette tradition grâce à ses lectures : la prise était préparée sur-le-champ, cuite sur un petit réchaud et servie dans l'habitacle.

Mais il surprit le regard de Shanshan. Elle ne dit pas un mot, sans doute pour ne pas paraître encore une fois rabat-joie. Il connaissait trop bien ses réticences. Inutile cependant d'en discuter en présence d'un tiers.

« Nous n'avons pas tellement faim, dit-il. Plus tard, merci.

– Merci, répéta-t-elle.

– Très bien. Vous disposez de mon bateau pour toute la journée. Rien ne presse, dit l'homme avec bonne humeur en contemplant de nouveau Shanshan. Il se trouve que je connais aussi une histoire de repas en bateau.

– Racontez-la-nous, demanda-t-elle.

– L'origine de cette histoire serait un plat célèbre appelé carpe vivante de l'empereur Qianlong. On trouve cette spécialité dans certains restaurants de luxe. Servie sur un plat décoré de saule, les yeux de la carpe roulent encore.

– Vraiment ? fit Chen intrigué lui aussi.

– D'après l'histoire, l'empereur Qianlong, de la dynastie des Qing, aimait tout particulièrement voyager incognito. Une nuit, au cours d'un de ses voyages au sud de la rivière, l'orage le surprit déguisé en marchand. Quand il monta enfin à bord d'un sampan, il avait aussi froid et faim qu'un loup trempé. Une fois à l'abri, il proposa à l'unique occupante de l'embarcation, une jeune fille, des pièces d'argent contre un repas. Elle était jeune et dégourdie et portait la tunique et le pantalon court bleus tissés à la main. Elle avait les jambes et les pieds nus. Elle lui présenta une jarre de Jeune Fille Rouge…

– C'est le nom d'un alcool de riz de Shaoxing, n'est-ce pas ? demanda Shanshan de meilleure humeur.

– Oui, c'était une vieille tradition d'enterrer une jarre de vin de riz quand une fille naissait. On la sortait des années plus tard pour une grande occasion, pour son mariage, par exemple. Mais revenons à notre histoire. Cette jarre devait être en réserve depuis des années. L'alcool était si moelleux que l'empereur en vida plusieurs tasses d'affilée. Bientôt, il commença à oublier qu'il était empereur. La fille eut sans doute pitié de lui en le voyant aussi mouillé qu'un poulet qui se noie dans une mare. Elle fit alors frire une carpe vivante tout juste pêchée. Le poisson était trop grand pour le petit wok du bateau, et elle dut le cuire en laissant la tête et la queue hors de l'huile grésillante. Elle le servit tout chaud sur un plat décoré de saule. Le poisson était merveilleusement frais et tendre. Sa queue frémit et il roula encore des yeux une ou deux fois dans l'obscurité…

– Je connais cette spécialité, dit Chen. Je l'ai goûtée dans un restaurant à Pékin, mais je n'avais jamais entendu son histoire.

– Oh, mais l'histoire n'est pas encore finie. Nous arrivons maintenant au point culminant, dit l'homme en faisant une pause pour l'effet. Qianlong devait avoir bu trop d'alcool de riz. Il leva ses baguettes, tangua et attaqua sauvagement le poisson. Mais tout à coup, la carpe devint la fille, qui se tordait, saignait et se débattait sous lui jusqu'à ce qu'il suce son petit orteil blanc comme une bouchée de joue de la carpe vivante… Et voilà comment naquit ce plat au palais…

– Une histoire étrange à propos d'un plat fantastique », conclut Shanshan, puis elle surprit Chen en lui disant : « Pour un gourmet tel que vous, ce serait trop triste de manquer un repas sur le bateau. Commandez ce que vous voulez. Mais pas de poisson pour moi après une telle histoire.

– Ne vous donnez pas de mal pour des produits du lac, dit Chen au pêcheur. Un repas simple nous suffira.

– Entendu monsieur, répondit l'homme qui avait dû remarquer sa première hésitation, mais j'ai quelque chose de spécial aujourd'hui, des crevettes blanches.

– Un des Trois Blancs de Wuxi ?

– Non, je ne les ai pas pêchées ici, elles viennent d'arriver toutes fraîches de Ningbo. Je vis sur le lac, je sais à quoi m'en tenir.

– Bien, dit Chen en regardant Shanshan.

– Il a sans doute raison, murmura-t-elle en se penchant au-dessus de la table. Les gens d'ici doivent savoir à quoi s'en tenir. »

Ce fut un repas comme il n'en avait jamais connu. Simple, sans aucun doute. De l'eau bouillante sur un petit réchaud à gaz, du tofu gelé, du chou et des tranches de bœuf ajoutés aux crevettes blanches, le tout sorti d'une glacière. Il n'y avait qu'à plonger les mets dans la casserole d'eau bouillante et à les tremper dans la sauce spéciale avant de les déguster.

Ce fut une expérience unique, la casserole bouillonnant entre eux, leurs baguettes se croisant dans l'espace réduit. Les crevettes blanches, presque transparentes dans la casserole, étaient étonnamment fraîches. Shanshan ne mangea pas beaucoup et ne toucha qu'au tofu et au chou. Elle saisit une crevette par inadvertance, mais elle la décortiqua de ses doigts fins et la déposa dans la soucoupe de Chen, comme pour s'excuser d'être si tatillonne.

Peut-être pas la compagnie idéale pour un gourmet tel que lui, se dit Chen en se moquant de lui-même et en ouvrant une deuxième canette de bière. Et alors? Après tout, il n'était là que pour une semaine. C'était un agréable changement.

Une brume fine semblait se figer autour d'eux, l'air devenait légèrement humide. Il allait probablement pleuvoir.

Il fit un effort de volonté pour amener la conversation sur le sujet épineux. «Je suis allé chez Oncle Wang hier. Ne craignez rien, je me suis rappelé vos paroles et je n'ai pas commandé de poisson du lac.

– Je sais. Oncle Wang m'a dit que vous aviez donné des coups de téléphone à mon sujet.

– J'étais très inquiet pour vous, j'ai essayé de me renseigner.

– Je vous en remercie, Chen. Vous êtes décidément un homme de ressources, même en tant que simple touriste… »

Elle parlait sans doute de son intervention en sa faveur, mais il se demanda comment elle pouvait être au courant.

«Je ne suis personne, Shanshan. Je ne connais rien aux procédures de la police, mais je sais au moins que ce n'est pas bien de vous avoir traitée ainsi. *Si quelqu'un est témoin d'une injustice, il doit tirer son épée pour intervenir*, dit le dicton.» Il improvisait, se mettant dans la peau d'un personnage de la littérature classique; aussi ajouta-t-il avec un haussement d'épaules pragmatique: «Malheureusement, je ne possède pas d'épée.

– Il commence à faire chaud ici », dit-elle, soudain sur ses gardes, les sourcils légèrement levés. « Si nous allions à la proue ? »

Elle n'avait pas tort ; de l'arrière, le batelier pouvait les entendre.

« Bonne idée. »

Ils se déplacèrent à l'avant d'où ils avaient une meilleure vue du lac et de la ligne des collines au loin. Faute de sièges, ils s'installèrent sur le sol légèrement humide.

Elle s'assit en lotus, mais changea vite de position. Adossée au poteau de l'habitacle, elle étira ses longues jambes et ôta ses chaussures. Elle tendit le visage à la lumière et s'épanouit dans un sourire. Le vent ébouriffait ses longs cheveux comme une tentation.

Chen essaya de nouveau de se convaincre que rien ne l'obligeait à être inspecteur principal pour le moment ; il était simplement un homme en compagnie d'une femme qui comptait pour lui.

Une perche bondit hors des algues près du bateau et saisit quelque chose d'invisible dans l'air brumeux. Dans un éclair d'écailles d'argent au-dessus de la saleté verte, elle replongea avec une pirouette puis s'éloigna.

« Merci, Shanshan. J'apprécie cette promenade en bateau, chacune de ses minutes », dit Chen qui sentait que l'instant était éphémère.

Puis il se dit qu'il valait mieux garder ses distances, au moins jusqu'à ce qu'il puisse vérifier certains éléments de l'enquête, en véritable policier cette fois.

« D'après ce que m'a dit Oncle Wang, reprit-il, je n'ai pas une image très claire de ce qui s'est passé dans votre entreprise.

– J'ignore ce qu'il vous a dit, mais il n'est pas au courant de grand-chose. Que voulez-vous savoir ?

– Parlez-moi de ce qui s'est passé récemment, avec le plus de détails possible.

– Pourquoi ?

– Tout d'abord, je suis traducteur de romans policiers, et je m'intéresse tout naturellement à ce genre d'affaire. Ensuite, peut-être pourrais-je vous aider grâce à quelques relations ici », dit-il en lui prenant impulsivement la main.

Elle ne la retira pas, mais au lieu de se tourner vers lui elle regarda la masse verte qui s'étendait jusqu'à toucher presque l'horizon dans la lumière de l'après-midi.

« Je ne sais par où commencer, Chen.

– Commençons par le projet d'introduction en Bourse. Pourquoi cette opération ? Je veux dire, pourquoi maintenant, s'agissant d'une entreprise d'État ? Ou bien par la question de la protection de l'environnement ? Je sais très peu de chose à ce sujet…

– Je ne suis pas non plus une experte des dernières réformes concernant le système de propriété, commença-t-elle lentement. Pour la génération de mes parents, il n'existait dans le pays que des entreprises d'État. Puis les choses ont commencé à changer avec la réforme économique engagée par le camarade Deng Xiaoping. Un nombre croissant d'entreprises d'État ont périclité. Elles pouvaient à peine survivre sur le marché. Certains ont donc proposé une réforme du système de propriété fondée sur l'idée qu'une entreprise ne peut réussir que si elle appartient à quelqu'un. En d'autres termes, à présent que le socialisme et le communisme sont partis à vau-l'eau, tout doit s'inscrire dans la logique capitaliste.

Certains en ont tout simplement profité pour prendre à bas prix le contrôle d'un tas d'entreprises d'État.

– Oui, j'ai entendu dire que beaucoup de tractations de ce genre se sont faites sous la table, avec des pertes colossales pour l'État.

– La situation de notre usine est différente. Elle doit être privatisée, mais pas vendue à un individu. Elle deviendra propriété des actionnaires. Liu aurait pu devenir propriétaire de millions d'actions, en les achetant à un "prix interne" extrêmement bas, ou même en les obtenant pour rien par toutes sortes d'astuces. Par exemple, une action valant cinq centimes à son "prix interne" vaudra immédiatement vingt ou trente yuans une fois sur le marché. Liu pouvait en acquérir sans rien payer de sa poche, parce qu'il lui aurait été facile de réunir la somme en hypothéquant l'usine à la banque.

– C'est ce qu'on appelle *attraper un loup blanc à mains nues.*

– Vous ne vivez finalement pas que dans les livres, Chen, dit-elle en hochant la tête. Dans les pays occidentaux, il va de soi que le propriétaire possède la majorité des actions puisqu'il a créé l'entreprise. Mais des hommes comme Liu ne font que profiter d'une position qui leur permet de transformer la propriété d'État en propriété personnelle, le tout au nom de la réforme économique.

– En effet, ces fonctionnaires du Parti deviennent multimillionnaires, mais ils restent fonctionnaires du Parti, dit-il en la regardant avec stupéfaction. Vous avez présenté un tableau sérieux de la question, Shanshan, comme si vous donniez un cours.

– C'est parce que le projet d'introduction en Bourse est finalement lié au problème de la pollution. Voilà pourquoi je me suis intéressée à la fameuse réforme. Comme la réussite du projet repose sur un excellent bilan, pendant les six derniers mois Liu a déversé des déchets dans le lac comme jamais auparavant afin de réduire à l'extrême les coûts de production. Pour son profit personnel il aurait laissé le monde courir à sa perte. Il avait déjà plus de cinquante ans et il devait se dépêcher. »

Encore une fois, Chen voyait se confirmer ce qu'il avait pressenti. Elle n'était pas une potiche. La situation actuelle de la Chine était complexe. Comme l'avait dit Deng Xiaoping, la réforme était un passage à gué, *on marchait sur une pierre après l'autre.* Mais personne ne pouvait dire quelle était la suivante. Par exemple, la réforme du système de propriété déroutait la plupart des gens. Certains n'essayaient même pas de comprendre.

Shanshan n'était pas obligée de se préoccuper de ces questions qui ne relevaient pas de son domaine de compétence. Mais elle l'avait fait, en étudiant tous les aspects cachés derrière les problèmes d'environnement.

Ce pouvait être une de ces nouvelles problématiques auxquelles le camarade secrétaire Zhao souhaitait que Chen s'intéresse.

– Merci pour ce cours magistral édifiant. J'ai maintenant une petite idée de ce qu'est une ouverture de capital. Croyez-vous que la mort de Liu puisse être liée à cela, Shanshan ?

– Je ne sais pas.

– Une autre question. Il paraît qu'il est mort dans son appartement-bureau. Vous pouvez me parler de cet endroit ?

– C'est tout près. À cinq minutes de l'usine. Encore un privilège des fonctionnaires du Parti. L'appartement lui a été attribué en reconnaissance de son travail acharné, alors qu'il possédait déjà une maison de deux étages achetée avec les subventions de l'entreprise destinées au logement. Beaucoup de gens travaillent dur à l'usine et n'ont jamais eu de pièce à eux.

– Il y restait seul ?

– Que voulez-vous dire ? Mi, sa petite secrétaire, était sans doute avec lui.

– Il s'y rendait souvent ?

– Une seule personne pourrait le dire, sa petite secrétaire.

– Bien sûr, il fallait qu'elle l'aide dans son travail.

– Et aussi dans son lit.

– Oh, ça… »

Il aurait dû le deviner. De nos jours, un grand patron d'entreprise, qu'elle soit d'État ou privée, devait avoir une « petite secrétaire » en signe de réussite, une jeune fille qui l'accompagne dans son bureau comme dans sa chambre…

« Je vois… Les gens étaient-ils au courant de cette relation ?

– Vous venez de Mars, Chen ? C'est comme ça qu'elle est devenue sa secrétaire. Elle venait à peine de sortir du lycée. Ses qualifications ? Ce n'est un secret pour personne, mais personne ne veut en parler.

– Autrement dit, Mi serait la mieux informée des faits et gestes de Liu ce soir-là, mais aussi de beaucoup d'autres choses.

– Pour autant que je sache, si Liu était là pour affaires, elle se serait occupée de l'organisation. Sinon, elle se serait occupée de faire le lit. »

C'était très différent de la version du sergent Huang selon laquelle Mi ne savait rien des intentions de Liu pour la soirée et avait travaillé très tard au bureau, comme tout le monde ce soir-là, ce que sa collègue avait confirmé.

« C'est exact, dit-il en s'efforçant de ne pas s'exprimer comme un policier. Mais ce soir-là il aurait pu s'agir d'une chose que Liu ne voulait pas qu'elle sache.

– C'est possible. Qui peut dire ce qui se passe réellement entre un homme et une femme ?

– Il devait très bien la payer.

– Dans l'entreprise, elle touchait un salaire correspondant à son poste de secrétaire. Il faut reconnaître que Liu a essayé de sauver les apparences.

– Quoi qu'il ait possédé, elle pouvait tout avoir à la fin. C'était une question de temps.

– Elle n'en était peut-être pas si sûre. Si une "petite secrétaire" ne devient pas "madame" en un ou deux ans, alors elle restera petite secrétaire. Le patron peut avoir toutes sortes de raisons pour faire ou ne pas faire quelque chose. Ce que Liu lui versait dans l'intimité est naturellement une autre histoire.

– Très juste. Et Mme Liu ? Elle aussi connaissait les intentions de Liu pour la soirée, n'est-ce pas ?

– Je l'ignore, mais elle était au courant pour la petite secrétaire… »

Le sampan tangua, Shanshan posa la main sur l'épaule de Chen pour garder l'équilibre.

« Parlez-moi maintenant de votre dispute avec Liu, environ une semaine avant sa mort, paraît-il.

– Vous avez appris beaucoup de choses, Chen. Nous nous sommes disputés plusieurs fois. Liu plaçait le profit au-dessus de tout. C'est ce qui faisait de lui ce qu'il était. Non seulement un directeur général mais aussi un représentant de la réforme économique souvent cité en exemple. N'importe qui dans sa situation aurait probablement eu pour priorité de maintenir la production quoi qu'il en coûte. Quant à moi, je devais faire mon travail d'ingénieur en environnement.

– Vous avait fait ce qu'il fallait.

– Mais ce jour-là, il y a environ une semaine, il m'a rembarrée et s'est mis à crier dans son bureau. On a pu entendre notre dispute.» Elle ajouta doucement: «Je ne veux pas dire du mal de lui à présent qu'il est mort.»

Il y eut un court silence. Un autre poisson sauta et retomba dans une gerbe d'eau. Chen se dit qu'ils devaient se trouver au milieu du lac.

«Voici l'usine de produits chimiques Numéro Un de Wuxi, dit-elle soudain en indiquant la rive à leur gauche. Je peux vous montrer quelque chose là-bas.»

Chen se leva et ordonna au batelier de se diriger vers l'endroit qu'avait désigné Shanshan. L'homme eut l'air perplexe. C'était loin de tout site pittoresque. Aucun touriste ne pouvait s'y intéresser. Il obéit néanmoins aux instructions de son client.

«Arrêtons-nous un moment», demanda la jeune femme. Puis, se tournant vers Chen: «Regardez bien l'eau ici.»

Il avait déjà remarqué une différence de couleur près de l'usine. Mais ce n'était pas tout. Ici, l'eau était recouverte d'une sorte de lourd linceul vert sombre, consistant, presque solide, qui s'étendait au loin. Il n'avait jamais rien vu de pareil dans la rivière Huangpu à Shanghai, ni d'ailleurs dans aucun autre cours d'eau.

– Vous voyez quelque chose là qui ressemble à un barrage?

– Oui, qu'est-ce que c'est?

– On accepte cette horreur verte ici parce qu'il n'y a pas de visiteurs, mais pas près du parc, et sûrement pas près du Centre. Ce barrage sert à la dissimuler aux touristes tels que vous. »

L'attitude de Shanshan semblait avoir changé ce matin-là. Elle parlait avec moins de réserve. C'était compréhensible après l'interrogatoire de la veille, se dit Chen. Mais peut-être aussi cela faisait-il d'elle un témoin peu fiable. Il décida d'écarter cette idée.

« Ici ce n'est pas le plus affreux, ajouta-t-elle. À trois kilomètres, c'est encore pire.

– Je viens de lire un article dans le journal qui indique que le problème des algues vertes remonte à loin.

– Comment pouvez-vous croire les journaux du Parti ? Jamais ils ne feraient le lien entre désastre écologique et pollution industrielle. Autrefois, on trouvait une petite nappe verte ici ou là, et l'eau était parfois trop chargée en éléments nutritifs à cause du temps, mais sa qualité n'était pas affectée partout dans le lac. Aucune comparaison. »

Elle parlait avec ferveur pour justifier son travail. Mais ce n'était pas nécessaire avec lui ; il savait qu'elle faisait ce qui était juste. Il essaya de dire quelque chose de plus léger.

« L'eau me rappelle un poème Tang à propos du Sud : *L'eau printanière ondule plus bleue que les cieux, adossé / contre une barge peinte, / je m'endors en écoutant la pluie.* Avec l'arrivée du printemps, l'eau du lac devient verte plus ou moins naturellement. D'une certaine façon, on peut toujours dire que c'est poétique.

– Vous croyez vraiment ? »

Puis elle fit une chose à laquelle il ne se serait jamais attendu. Elle pivota et plongea les pieds dans l'eau.

Il ne comprit pas pourquoi elle avait soudain décidé de se tremper à cet endroit, ses chevilles si blanches sur l'eau sombre et malodorante. Il se pencha sur elle et de longs cheveux noirs s'égarèrent sur sa joue. Il se demanda s'il devait l'imiter et commença à délacer ses chaussures. Mais déjà elle retirait les pieds de l'eau, couverts, comme s'ils étaient peints, d'une couche verte poisseuse…

« Vous trouvez ça poétique ?

– Vous n'aviez pas besoin d'aller aussi loin, Shanshan. »

Ne trouvant pas de mouchoir à proximité, il utilisa des serviettes en papier pour l'aider à essuyer les algues. Il eut bientôt les mains souillées, lui aussi.

Il n'aurait su dire s'il trouvait cela poétique. Et si c'était sur un mode presque surréaliste et néanmoins touchant. Ses plantes de pied nues dociles dans ses mains, ses orteils souples entre ses doigts maladroits, elle lui apparut inexplicablement vulnérable. Il ne la connaissait que depuis deux jours, et elle ignorait qu'il était policier.

Mais elle avait prouvé ce qu'elle avançait. Voilà au moins quelque chose qu'il n'avait jamais lu dans la poésie classique.

« Rentrons, dit-il au batelier.

– Où ça ?

– Au Centre de détente pour cadres.

– Oh ! » fit l'homme, et de nouveau il eut une expression perplexe à la vue de la saleté sur les pieds de l'une et les mains de l'autre.

« Vous voulez rentrer ? » Elle aussi regarda Chen avec surprise.

« Je ne suis pas un expert comme vous, Shanshan. Mais je ne crois pas qu'une exposition prolongée aux produits chimiques vous fasse du bien. Vous devez tout de suite vous laver les pieds avec de l'eau propre.

– J'apprécie votre offre, mais vous n'avez pas à vous inquiéter », répondit-elle en secouant la tête.

Il secoua la tête à son tour d'un air décidé.

Ils restèrent ainsi un long moment, en silence. Il tenait toujours les pieds de Shanshan entre ses mains.

À l'arrière, le rameur s'activait en regardant de temps à autre par-dessus son épaule.

Ils arrivèrent bientôt en vue de la clôture du Centre au bas de la colline.

« Arrêtez-vous, demanda Chen, nous descendons ici.

– Ici ? » répéta l'homme qui ne voyait ni débarcadère ni entrée.

Chen lui demanda d'avancer jusqu'à une sorte de ponton proche de la porte invisible dans la clôture.

« Je connais un raccourci par là », dit-il et il paya l'homme généreusement. « C'est pour la journée complète, comme convenu, plus cinquante pour le repas, et un pourboire pour les chansons. C'est suffisant ?

– Plus que suffisant, monsieur. Merci beaucoup. Mais vous êtes du Centre, ça n'est pas étonnant. Pardonnez-moi, *un vieil homme n'a d'yeux que pour reconnaître le mont Tai.* »

C'était une vieille expression souvent employée pour dire qu'on n'a pas reconnu quelqu'un d'important.

Chen aida Shanshan à gagner la rive, ses chaussures à la main. Le sol était plein de gravillons sous ses pieds nus. Un instant, elle s'appuya légèrement contre son épaule. Il lui indiqua la maison, éclatante sous le soleil d'après-midi.

« C'est là que je loge.

– Oh, on dirait une villa.

– C’en est une. Allons-y, vous vous laverez les pieds et vous boirez quelque chose.

– Non, pas aujourd’hui, répondit-elle en regardant le sol. De quoi aurais-je l’air dans votre Centre pour cadres supérieurs.

– Dans la littérature classique, on parle de “fleurs de lotus qui marchent” pour évoquer une beauté aux pieds nus. Où est le mal?

– Vous êtes de nouveau sarcastique. Non, pas question. Je ne veux pas mettre de désordre chez vous.

– C’est déjà en désordre.

– Un autre jour. Je garde votre invitation en tête. Ce n’est que partie remise.

– Gardez-la en tête. Quand vous viendrez, si vous arrivez par l’entrée principale, tournez à droite au premier croisement et vous verrez la villa blanche. Numéro 3A. Vous ne pouvez pas la manquer. Le soir, ses fenêtres sont ombragées de vert sur fond de lac miroitant.

– J’aimerais pouvoir en dire autant de ma chambre au dortoir. Numéro 3B, c’est le seul point commun. Petit comme un morceau de tofu. Mais personne au Centre ne souhaite la voir.

– Pourquoi pas? Je prends cela comme une invitation. »

Ils arrivèrent à la porte découpée dans la clôture. Elle reprit ses chaussures sans pourtant les remettre.

« Merci pour tout, Chen.

– Merci, Shanshan. »

Un instant il la suivit des yeux marcher pieds nus sur la route, se retourner en sortant son portable sans l’écouter, l’éteindre, et hâter le pas.

7

Il faut s'attendre à tout de la part de l'inspecteur principal Chen. Le sergent Huang se rappelait cette phrase de l'inspecteur Yu. Debout sous un grand arbre près de la sortie à l'arrière du parc, il patientait.

Il ne put s'empêcher de regarder de nouveau l'entrée du célèbre Centre qui, même à quelqu'un de Wuxi comme lui, paraissait encore mystérieux, presque interdit.

Il avait été surpris que Chen lui demande d'aider Shanshan. Était-ce à cause d'une chose dont lui aurait parlé le camarade secrétaire Zhao ? On disait que l'inspecteur principal savait s'y prendre avec les femmes. Après tout, il n'était à Wuxi que depuis deux ou trois jours.

Impossible toutefois de savoir ce que Chen préparait, compte tenu de ses relations à Pékin. Il pouvait avoir été envoyé là pour une mission très secrète. Dans ce cas, Shanshan pouvait être impliquée à un degré qu'un policier peu gradé tel que Huang ne saurait concevoir.

Elle avait été relâchée, mais la Sécurité intérieure, tout en orientant ses recherches vers Jiang, tenait à la garder dans son champ d'investigation. Une nouvelle information sur ses rapports avec Liu rendait la situation encore plus trouble. Chen était-il au courant de ses liens avec Jiang? Huang décida de ne rien dire avant d'en savoir davantage.

Il avait été étonné que Chen lui demande de le voir ce mercredi après-midi. Il avait téléphoné environ une heure plus tôt en disant qu'il avait un peu de temps libre. Mais il était déjà deux heures et Huang avait dû trouver un prétexte de dernière minute pour s'absenter.

Il vit Chen sortir du Centre à grands pas et il se rassura vite en se disant que ce serait une occasion exceptionnelle de pouvoir travailler avec le légendaire inspecteur principal.

Il s'avança à sa rencontre. « Vous êtes à l'heure, chef. Quel est le programme aujourd'hui ?

– J'ai besoin de vous parce que j'aimerais poser quelques questions à Mme Liu. Comme je ne suis pas policier ici, je pense qu'elle ne me parlerait pas sans que vous soyez présent. »

Ainsi Chen sortait pour la première fois de sa réserve. Qu'il s'intéresse à Mme Liu n'était pas vraiment étonnant. La police locale aussi avait fouillé de ce côté-là, mais elle n'avait pas pu progresser. Mme Liu n'avait pas de mobile – Liu entretenait sa petite secrétaire depuis des années – et son alibi était solide. Par ailleurs, le scénario soutenu par la Sécurité intérieure impliquant Jiang avait bloqué toute tentative de Huang et de ses collègues pour poursuivre leurs investigations dans cette direction.

Huang avait une autre raison de se réjouir de la décision de Chen. Personne ne remarquerait leur démarche. La Sécurité intérieure et l'équipe de la police ne s'occupaient plus du tout de Mme Liu.

« Alors allons-y, dit Huang. Nous prenons un taxi ? C'est à une demi-heure à pied.

– Je préfère marcher si cela ne vous dérange pas. Nous pourrons parler en chemin.

– Bonne idée. »

Huang suggéra un raccourci à travers le parc et ils suivirent un sentier tracé parmi les saules et les pêchers en fleur. Plus loin toute une variété de bateaux parsemait le lac.

Il se mit à crachiner légèrement. Des oiseaux s'ébrouèrent dans le feuillage humide qui luisait.

« C'est un beau lac, dit Huang.

– Oui, mais gravement pollué, hélas. *Il bruine sur le Fleuve, et les herbes sur l'eau sont comme un sol uni; / Six Dynasties ont passé comme un rêve, et les oiseaux pleurent en vain. / Mais les saules du palais impérial restent, indifférents, / Enfouis dans le brouillard, comme autrefois, sur dix stades de digue.* Il suffit de remplacer "le brouillard" par "les algues vertes".

Huang avait été prévenu : c'était une caractéristique de l'inspecteur principal de citer de la poésie pendant une enquête ; les grands détectives pouvaient se permettre d'être excentriques, comme Sherlock Holmes.

Chen changea de sujet. « Du nouveau dans l'enquête, Huang ?

– Rien de neuf pour notre équipe, mais notre dernière conversation m'a poussé à faire quelques recherches personnelles.

– Vraiment ?

– Votre remarque sur le moment du meurtre m'a fait réfléchir. Je me suis penché sur l'histoire récente de l'entreprise. Et notamment, la perspective proche de l'ouverture du capital.

– Je vous suis, Huang.

– D'après une de vos traductions de romans policiers, un meurtre peut être commis pour cacher ou éviter un événement. Dans le cas présent, je penche plutôt pour la seconde hypothèse. Une fois que l'usine de produits chimiques Numéro Un de Wuxi sera introduite en Bourse, d'énormes capitaux vont affluer et elle consolidera sa position dominante dans l'industrie. Cela pourrait constituer une grave menace pour ses concurrents.

– Vous pensez que quelqu'un aurait essayé de torpiller le projet de Liu ?

– C'est possible, non ?

– C'est possible, mais il y a d'autres moyens d'y parvenir, plus simples à mettre en œuvre, et peut-être plus efficaces. Je reconnais que c'est une piste qui mérite d'être explorée, mais avec votre théorie il est difficile d'identifier un rival précis. Dans la compétition féroce du marché, une entreprise prospère peut avoir beaucoup d'adversaires, et pas seulement à Wuxi. En outre, un ennemi ne bénéficiera pas forcément de la mort de Liu. Quelqu'un lui succédera en douceur, et l'entreprise sera cotée en Bourse de toute façon. Le meurtre peut retarder quelque temps l'événement, mais pas l'empêcher.

– C'est vrai, approuva Huang.

– Continuez de creuser, lui dit Chen pour l'encourager tandis qu'ils sortaient du parc. Et Mme Liu, votre équipe l'a interrogée ?

– Zhou Liang, un gradé, lui a parlé. Elle a déclaré qu'elle se trouvait à Shanghai et jouait au mah-jong avec trois autres personnes ce soir-là. Un alibi solide. Zhou a vérifié.

– Aller jusqu'à Shanghai pour une partie de mah-jong ?

– Pour le mah-jong, il faut des partenaires de longue date. Et c'est très courant de jouer toute la nuit. Mme Liu vient de Shanghai. Ce n'est qu'à une heure de train. Elle s'y rend presque tous les week-ends.

– Tous les week-ends. Intéressant. Ainsi elle savait que Liu ne rentrerait pas ce soir-là et elle-même est partie jouer au mah-jong à Shanghai. Quel couple !

– Il y a deux ou trois ans, des rumeurs ont couru sur leurs problèmes conjugaux. Mais finalement ils s'entendaient bien. Ils ont acheté une maison à leurs deux noms. Et Mme Liu disposait apparemment d'un compte en banque bien nourri, pour ses dépenses personnelles.

– Quelque chose sur le bureau privé, et sur Mi, la petite secrétaire ?

– En ce qui concerne l'appartement-bureau, il a été attribué à Liu grâce au plan de logement de l'État en raison de son statut. Personne n'aurait refusé un tel cadeau. Comme ils avaient déjà la grande maison, on l'appelait bureau privé pour lui donner un semblant de justification. Quant à la petite secrétaire, j'ai entendu des choses sur elle. Mais une fille jeune et jolie est facilement la cible des ragots et c'est difficile de démêler le vrai du faux. Mme Liu devait connaître son existence depuis longtemps. Il y a une expression populaire à propos des nouveaux riches et des parvenus : *Les fanions rouges flottent dehors sur les murs, mais le drapeau rouge se dresse à l'intérieur.*

– Ce qui signifie ?

– Qu'un Gros-Sous peut avoir des maîtresses, des secrétaires, des concubines et tout ce qu'on voudra, mais qu'il ne divorce pas nécessairement, et ça ne signifie pas qu'il a des problèmes chez lui. Son foyer est un abri sûr pour lui. En outre, les Liu adorent leur fils. Il termine ses études universitaires. L'été dernier, il a fait un stage dans l'entreprise. En mère attentionnée, Mme Liu lui a apporté plusieurs fois des petits plats faits maison. »

Chen écoutait attentivement sans faire de commentaires. Ils tournèrent dans une bruyante artère commerçante qui menait à une petite rue tranquille. Là, un jeune chineur en haillons monté sur un tricycle chargé de bric-à-brac et surmonté d'une pancarte disproportionnée décrivant tous les articles recyclés circulait tranquillement dans la rue encombrée par son matériel indescriptible, comme s'il se promenait dans sa cour. Quand il passa devant eux, il se retourna et leur sourit.

« Il y a un autre facteur à prendre en compte, reprit Huang. La future introduction en Bourse. Au train où allaient les choses, c'était probablement une question de mois. Liu avait de grandes chances de récolter des masses d'argent, et son épouse aussi. Elle n'avait aucune raison d'intervenir.

– Bien vu », dit Chen.

La rue tournait pour rejoindre une promenade pavée de dalles de couleur. Ils y trouvèrent un panneau indiquant un autre parc.

« Le parc Li, dit Chen en montrant une affiche colorée qui représentait une beauté en costume traditionnel dans un bateau. Le lac Li alimente le lac Tai, n'est-ce pas ?

– Oui, mais certains ici le considèrent comme un lac distinct.

– C'est aussi le lac où après la bataille décisive entre Wu et Yue pendant la période des Printemps et des Automnes, Fan Li et Xisi ont passé des jours idylliques à bord d'un bateau. Je l'ai lu dans la brochure du Centre. Rien qu'une histoire pour attirer les touristes nostalgiques... »

Évoquer une beauté légendaire qui avait vécu plus de deux mille ans plus tôt alors qu'il s'apprêtait à questionner un suspect possible... Ce trait de caractère chez l'inspecteur principal pouvait être insupportable. Huang était allé plusieurs fois au parc Li, il avait vu des peintures et des poèmes à propos de Xisi, mais jamais il ne s'était soucié de savoir si cette vieille histoire était vraie ou pas.

« Nous sommes tout près, dit-il. Leur maison est juste derrière le parc. »

Effectivement, ils arrivèrent bientôt en vue d'un ensemble de villas. C'était un de ces quartiers huppés où les nouvelles constructions bordaient le lac tout en conservant un accès commode au centre-ville. Ce matin-là, il sembla à Huang que l'usine n'était pas loin pour Liu, avec la voiture de l'entreprise à sa disposition.

Située dans un cul-de-sac, la villa de Liu était construite sur trois niveaux, avec une grande cour à l'arrière et un garage pour trois véhicules à côté. Une voiture était garée dans l'allée. Elle n'appartenait pas à l'entreprise, remarqua Huang.

« Elle est plus grande que la villa du Centre, dit Chen en montant les marches de pierre.

– Le Centre a été construit au début des années cinquante », répondit Huang sans être vraiment sûr du sens de la remarque de Chen. Il sonna.

La femme qui ouvrit la porte devait avoir un peu plus de cinquante ans, elle était mince, jolie pour son âge, quelques fils d'argent striaient sa chevelure. Elle portait une élégante robe d'intérieur et des chaussons. Plusieurs autres paires étaient posées sur un petit tapis de laine.

« Mme Liu, je suis le sergent Huang de la police de Wuxi, dit-il en montrant sa plaque, et voici un de mes collègues. »

Chen se présenta. « Je m'appelle Chen. Voulez-vous que nous enlevions nos chaussures, Mme Liu ?

– Je ne pense pas que les policiers y soient obligés, répondit-elle sur un ton indifférent.

– Nous y tenons, répondit Chen en se penchant pour dénouer ses lacets. C'est une si belle maison. »

Elle les conduisit dans un immense living où de hautes fenêtres laissaient voir la pelouse et les parterres soigneusement entretenus, ainsi qu'un petit bassin, mais à cette distance Huang ne le distinguait pas bien. Elle leur indiqua un canapé beige et leur offrit du thé avant de s'installer elle-même dans un fauteuil de cuir face à eux.

« Des collègues à vous sont déjà venus, messieurs. Qu'attendez-vous de plus aujourd'hui ?

– Tout d'abord, je veux vous présenter mes sincères condoléances, dit Chen. Le directeur général Liu a beaucoup œuvré pour le Parti, pour le peuple et pour l'entreprise. Nous ferons de notre mieux pour lui rendre justice, Mme Liu. Cependant, notre enquête a peu progressé jusqu'ici, c'est pourquoi j'aimerais avoir une conversation avec vous. Tout ce que vous direz, à propos de votre mari, de son travail ou de ses proches, peut nous être précieux.

– Liu était très pris, il travaillait comme un fou. Quand il rentrait, il était le plus souvent épuisé. Il n'avait plus assez d'énergie pour me parler de l'entreprise ou de ses collaborateurs.

– Ce soir-là, vous a-t-il dit qu'il devait recevoir quelqu'un dans son bureau privé ?

– Non. Comme je vous l'ai dit, il ne parlait pas de son travail ici.

– Aviez-vous remarqué quoi que ce soit d'inhabituel chez lui les jours précédant sa mort ?

– Il était de plus en plus occupé. À part cela, non, rien d'autre.

– Une autre question. Est-ce qu'il dormait mal les derniers temps ?

– Que voulez-vous dire ?

– Avait-il du mal à s'endormir ? Prenait-il des somnifères ?

– De temps en temps, il me semble, mais il était en bonne santé pour un homme de son âge.

– Vous saviez qu'il ne rentrerait pas ce soir-là, n'est-ce pas ?

– Oui. Il avait dit qu'il devait travailler sur un dossier important dans son bureau.

– Il vous donnait toujours son emploi du temps, Mme Liu ?

– Tout dépendait de son travail. S'il ne finissait pas trop tard, il essayait de rentrer et ne me téléphonait pas. Mais on ne pouvait jamais savoir. » Elle ajouta d'un air mélancolique : « Quand il a eu son bureau privé, au début il me prévenait toujours de ce qu'il ferait le soir. Mais ensuite il était tellement débordé qu'il ne le faisait plus... pas systématiquement.

– Vous vous rendez fréquemment à Shanghai, pratiquement tous les week-ends, paraît-il.

– Pas tous les week-ends.

– Une question personnelle, Mme Liu. Vous saviez que votre mari ne rentrerait pas ce soir-là et vous êtes partie pour Shanghai dans l'après-midi. Était-ce samedi ou dimanche ?

– Dimanche... » Elle paraissait légèrement gênée. « J'étais revenue à Wuxi le dimanche après-midi, mais j'ai été déçue qu'il soit encore retenu par son travail et je suis repartie le jour même.

– Autrement dit, vous avez fait deux voyages à Shanghai le week-end dernier.

– Je n'avais pas envie de rester toute seule dans cette grande maison.

– Ainsi vous n'étiez jamais inquiète ? intervint Huang. Un Gros-Sous prospère livré à lui-même, vous voyez ce que je veux dire.

– Il aime la vie de famille. Notre fils va terminer ses études de littérature à l'université de Pékin cette année, mais Liu lui avait fait faire un stage dans l'entreprise l'année dernière, et il m'avait fait part de son intention de lui confier un poste important.

– C'était vraiment un bon père », dit Chen en écho.

La conversation semblait ne mener nulle part. Mme Liu parlait avec prudence et défendait à sa manière l'image de son époux défunt. Elle en disait très peu. Huang crut percevoir un regard de connivence de la part de Chen.

« Donc, dans la soirée de samedi dernier vous étiez avec des amis à Shanghai.

– Oui.

– Où étiez-vous le lendemain matin ?

– J'étais à l'église à Shanghai, avec une amie.

– Quelle église ?

– Moore Memorial… pourquoi cette question ?

– Au croisement de la rue de Xizhuang et de la rue de Hankou, je sais. J'ai lu un livre à propos de l'influence protestante sur le développement du capitalisme.

– La nôtre est méthodiste. »

Mme Liu semblait déconcertée. Huang ne l'était pas moins.

« Que faisiez-vous dimanche dernier dans la soirée ?

– J'étais aussi avec mes amis. J'ai parlé d'eux à vos collègues.

– Qui d'autre, croyez-vous, pouvait connaître l'emploi du temps de Liu ce soir-là ? » poursuivit Chen, toujours imperturbable.

« Comment pourrais-je le savoir ?

– Par exemple, des personnes travaillant pour lui ?

– Mi, la secrétaire ? » intervint de nouveau Huang, cette fois au bon moment.

« Je ne souhaite pas parler d'elle », répondit Mme Liu dont les rides s'accentuèrent.

Chen n'insista pas et attendit patiemment que le silence s'installe dans la pièce.

« Vous auriez dû lui parler, dit-elle enfin.

– À propos, dit Huang. Mi a été nommée chef de bureau aujourd'hui. Une belle situation pour elle.

– C'est une traînée, croyez-moi, répondit Mme Liu avec violence. Elle n'a pas dépassé l'école élémentaire. Comment pourrait-elle être chef de bureau ?

– Elle a été longtemps la secrétaire particulière de Liu, dit Chen. Lui aussi devait avoir confiance en elle.

– Elle n'était rien pour lui. Elle ne s'intéressait qu'à l'argent, il me l'a dit. Comment a-t-elle pu obtenir une promotion aussi rapide ? Le monde marche vraiment sur la tête ! »

On pouvait difficilement être plus explicite. Après tout, c'était Liu qui avait fait de Mi sa secrétaire. Rien d'étonnant à ce que son épouse soit contrariée par cette promotion inexplicable si peu de temps après sa mort. Néanmoins il pouvait s'agir d'un geste destiné à apaiser les employés de la part de Fu, le nouveau directeur général, avant de commencer à établir son propre socle de pouvoir.

Le portable de Huang sonna. Il vérifia le numéro. C'était celui de son chef d'équipe, accompagné de la mention « urgent ». Il devait répondre. Il s'excusa, quitta la pièce et courut dehors en tirant la porte derrière lui sans la fermer.

Ce fut une longue conversation à propos des derniers développements de l'enquête. Dus encore une fois à la pression de la Sécurité intérieure. Huang écouta en fronçant les sourcils et en répondant par monosyllabes.

Lorsqu'il retourna dans le living, Chen parlait toujours avec Mme Liu. Huang n'avait aucune idée de ce qu'ils s'étaient dit en son absence, mais elle paraissait pleine de hargne.

Puis Chen se leva et annonça qu'il devait s'en aller. Huang l'imita sans plus de cérémonies.

La veuve leur montra sèchement la porte et la claqua derrière eux.

Ils marchèrent plusieurs minutes en silence et passèrent de nouveau devant le panneau du parc Li, chacun perdu dans ses pensées. Huang supposait que la conversation avec Mme Liu avait appris peu de chose à Chen et sans doute n'était-ce pas surprenant. Après tout, quel mobile aurait-elle eu ?

« Et si nous buvions quelque chose dans le parc ? » proposa Huang en essuyant son visage en sueur. C'était une chaude journée.

« D'accord. Nous devons aussi manger. Il est tard. Cherchons un endroit agréable. »

Encore un trait distinctif de l'énigmatique inspecteur principal dont Huang avait entendu parler. Un incorrigible épicurien avec un appétit infaillible même en pleine enquête criminelle. Mais il devinait aussi que Chen voulait en profiter pour discuter avec lui. Il était en effet très tard, il n'y aurait pas trop de touristes dans le parc.

Au lieu de se diriger vers un restaurant de style ancien niché derrière des bambous verdoyants près de l'entrée, Chen choisit un stand de rien du tout près du pied de la colline aride. Il commanda deux boîtes repas. Travers de porc à la mode de Wuxi sur du riz blanc.

Leur boîte à la main ils s'assirent sur un banc. Pas d'autres sièges à proximité, personne autour d'eux. Ils n'avaient pas à craindre qu'on les entende.

« Excellent choix, chef.

– Quand j'étais enfant, les gens n'allaient pas souvent au parc. Le prix du bus, du billet d'entrée, sans parler de celui d'un repas... Un jour, ma mère m'a emmené au parc Xijiao et m'a offert une boîte repas. Le meilleur que j'ai mangé, du moins dans mon souvenir. Naturellement, c'était très différent en ce temps-là. Je vous offrirai un vrai dîner de travers de porc à la mode de Wuxi quand nous aurons bouclé notre enquête, dit Chen portant à sa bouche un morceau de viande à la sauce aigre-douce avec un plaisir manifeste. Que pensez-vous de Mme Liu ?

– Vous avez mis le doigt sur un élément que nous avions négligé. Elle est allée à Shanghai samedi, puis de nouveau dimanche. C'est étrange. Pensez-vous...

– Trop voyant pour que cela ait été prémédité, dit lentement Chen. À propos, c'est un long coup de téléphone que vous avez reçu là-bas, Huang.

– C'était le chef de notre équipe. Au sujet de Jiang.

– Jiang... vous m'avez parlé d'un nouveau venu dans la ligne de mire de la Sécurité intérieure, il s'agit de lui ?

– Oui. Il a été arrêté. Ils semblent avoir réuni de nouveaux indices contre lui.

– Qu'ont-ils trouvé ?

– D'après la Sécurité intérieure, il faisait chanter Liu. Quand Liu a voulu le dénoncer, Jiang l'a assassiné.

– Parlez-moi de ce Jiang.

– Je ne sais pas grand-chose. Il paraît qu'il était chef d'entreprise ici avant de devenir activiste écologiste il y a plusieurs années. Grâce à son expérience professionnelle, il est bien placé pour connaître les problèmes de pollution. Il s'est mis à parler. Les entrepreneurs qu'il accusait nommément de polluer le lac ont été frappés d'infamie à Wuxi. Il a commencé à en faire chanter d'autres. Ils devaient acheter son silence, pour ainsi dire. Il a dû découvrir quelque chose sur l'usine de Liu.

– La Sécurité intérieure a des preuves ?

– Jusqu'à maintenant, pas vraiment, mais telle est sa théorie. Jiang faisait chanter Liu pour une grosse somme. Toute révélation sur la pollution provoquée par son usine à ce stade pouvait mettre en péril le projet d'ouverture du capital.

– Rien d'autre qu'une théorie ?

– Eh bien, une usine de la région a déjà rétribué Jiang par le passé. En tant que consultant en écologie. L'accord est quelque peu ambigu. Il pourrait s'agir d'une vraie rémunération comme d'un pot-de-vin en échange de son silence.

– Mais alors pourquoi aurait-il assassiné Liu ? demanda Chen en secouant la tête. C'est généralement la victime du chantage qui a un mobile pour tuer, pas l'inverse.

– Quelque temps avant le meurtre, on les a entendus se disputer dans le bureau de Liu. D'après la Sécurité intérieure, Jiang a menacé Liu de rendre publiques certaines informations et Liu de le dénoncer à la police pour chantage. Après tout, les autorités locales auraient pu facilement faire taire Jiang. C'est pourquoi il a assassiné Liu.

– Qu'a dit Jiang ?

– Il a tout nié, bien entendu.

– Nous ne pouvons exclure un tel scénario, mais je dirais que ce n'est qu'un scénario qu'aucune preuve ne corrobore.

– C'est tout ce que je peux vous dire. » Huang haussa les épaules.

Y avait-il autre chose ? Huang crut voir dans les yeux de Chen une question qui reflétait la sienne.

« Pouvez-vous trouver davantage d'informations sur Jiang ?

– Je ferai de mon mieux, chef. À propos, il paraît que Shanshan connaît Jiang elle aussi.

– Ils se consacrent tous les deux à la protection de l'environnement, il me semble. »

Une fois encore, Huang décida d'attendre d'en savoir plus.

Tout en parlant ils avaient terminé leur repas. Chen se leva pour jeter les emballages dans la poubelle. Huang consulta sa montre. Les membres de son équipe allaient commencer à s'interroger sur son absence prolongée.

« Encore une question, chef, dit-il en prenant la serviette en papier que Chen lui tendait. Quel est ce livre que vous avez lu ?

– Quel livre ?

– Celui dont vous avez parlé à Mme Liu, qui traite du rapport entre religion et capitalisme.

– Oh, c'est un livre de Max Weber. Je l'ai trouvé par hasard à la bibliothèque du Centre.

– Mais pourquoi en avoir parlé ?

– Je voulais savoir si elle fréquente régulièrement cette église. Elle n'a pas lu le livre, mais au moins elle sait que Moore est une église méthodiste. » Pensif, il ajouta : « Mais c'est aussi une question à laquelle j'ai réfléchi. Pourquoi est-on capable de faire n'importe quoi pour de l'argent? Une partie de la réponse est l'effondrement du système éthique. Les Chinois croyaient au confucianisme, puis au maoïsme, mais à présent? En ces temps matérialistes nos journaux regorgent désormais de "nouveaux honneurs et de nouvelles hontes". Qui croit encore à ces choses-là?»

Cela pouvait facilement tourner à la discussion philosophique, autre caractéristique de l'impénétrable inspecteur principal dont Huang était averti, mais il n'avait aucune idée de comment réagir.

Il s'excusa de devoir rejoindre vite son équipe. Personne ne savait qu'il collaborait avec Chen. Ce ne serait pas une bonne idée de rester trop longtemps absent.

8

Aux premières heures du jour, Chen fit un rêve étrange. Il était un présentateur météo vedette et, chaque matin, dans un cauchemar récurrent, il écrasait son réveil au moment du bulletin d'informations. Et la journée recommençait, semblable à la précédente...

Il s'éveilla très troublé, et éteignit le réveil sur la table de nuit. Puis il resta étendu, essayant de comprendre la signification de son rêve, avant de se rappeler qu'il s'agissait d'une scène d'un film américain, *Un jour sans fin*, qu'il avait vu deux ans plus tôt. Mais pourquoi un tel rêve ce matin-là, mystère.

Il se leva, gagna le living et ouvrit la fenêtre. Le lac était enveloppé dans une brume matinale, un son flûté montait doucement de la masse opaque. Qu'est-ce que c'était? Il écouta encore deux ou trois minutes, mais sans pouvoir retrouver la musique.

Puis il se rendit dans la pièce du petit déjeuner et s'assit à la table de verre qu'il utilisait pour travailler. (Il n'aimait pas la vue qu'il avait du bureau, bien qu'il y ait disposé de davantage de place.) Il lut ce que Huang lui avait faxé la veille au soir et prit de nombreuses notes.

Vers sept heures et demie, la jeune employée lui apporta le petit déjeuner. Elle posa le plateau sur la table ainsi que le *Quotidien de Wuxi* et se retira sans un mot, de peur de troubler sa concentration.

Il sirota le café noir en espérant qu'il lui éclaircirait les idées et huma l'odeur agréable des produits frais. Mais il ne toucha pas aux croissants ni à la coupe de fruits. Il les gardait pour plus tard, pour une pause, avec sa deuxième tasse de café. C'était devenu une habitude qu'il avait prise ici, une façon de travailler pendant ses vacances.

Tout comme le présentateur du film, qui joue tellement son rôle que le rôle commence à s'emparer de lui, dans le rêve récurrent dont il avait eu tant de mal à se réveiller. Et comme le rôle qu'il jouait au Centre, celui d'un cadre diligent du Parti. De même que tout le monde ici, d'ailleurs, pour ce qui était de jouer un rôle. Ainsi, le sergent Huang était décidé à jouer le Dr Watson, bien qu'il ait essayé de faire beaucoup plus.

Les dernières informations envoyées par le jeune policier mettaient en évidence le nœud qui se resserrait autour du cou de Jiang. La Sécurité intérieure avait rassemblé plusieurs nouvelles déclarations d'hommes d'affaires certifiant que ce dernier les avait fait chanter.

Mais Chen ne leur accordait guère de crédit. Ils avaient pu raconter n'importe quelles invraisemblances suggérées par la Sécurité intérieure. Jiang représentait une telle menace pour leurs affaires qu'ils choisiraient naturellement de coopérer et saisiraient une occasion tombée du ciel pour se débarrasser de lui.

Chen avait toutefois du mal à exclure le scénario du chantage. Il n'avait pas d'élément de première main sur lequel travailler, comme par exemple un enregistrement des conversations de Jiang avec ces hommes d'affaires.

Quand il reposa finalement les papiers il essaya de se concentrer sur autre chose et de reconstituer la scène du crime selon le scénario défendu par la Sécurité intérieure.

Mais de nombreux détails ne collaient pas avec ce scénario. En supposant que Liu et Jiang se soient affrontés et qu'une dispute ait éclaté, il aurait dû y avoir des signes de lutte. Liu se serait défendu au lieu d'attendre le coup fatal. Et le coup serait venu de face et non de dos. Il n'y avait pas non plus d'empreintes digitales. Le criminel aurait pu les effacer, mais dans ce scénario, non prémédité selon toute vraisemblance, il se serait enfui sans parfaire le travail.

En outre, la somme exigée, probablement élevée, n'aurait pas posé de problème à Liu. Il n'avait même pas besoin de payer de sa poche, celle-ci pouvait passer en frais de mission pour une consultation, comme pour les autres entreprises dont il était question dans le dossier.

Par ailleurs, si Liu avait choisi ce type d'affrontement, il aurait dû penser aux conséquences dans le contexte d'ouverture du capital. Jiang aurait pu faire un geste désespéré et provoquer un désastre pour les deux parties, comme dans ce dicton où le poisson mourant déchire le filet en se débattant.

Chen alluma une cigarette et vida sa tasse de café en une gorgée avant de se lever pour faire les cent pas.

Et si un autre homme, pour une autre raison, était venu voir Liu ce soir-là? Cela pourrait expliquer beaucoup de choses qui restaient incohérentes dans le scénario du chantage.

Il regarda les ronds de fumée s'envoler lentement. Beaucoup de choses, vraiment…

La jeune employée apparut de nouveau avec le Thermos de tisane. Elle jeta un coup d'œil sur le plateau du petit déjeuner où seul le café était entamé.

« Le petit déjeuner n'est pas bon ?

– Très bon. Je le prendrai un peu plus tard.

– Il vaut mieux prendre le médicament après avoir mangé.

– Je sais, merci », répondit Chen et il lui fit signe de poser le Thermos sur la table.

Il prit une autre cigarette, mais changea d'avis et la remit dans le paquet, puis il alla distraitement à la porte-fenêtre de derrière.

Dehors, sur le plancher de cèdre, il remarqua le parapluie en papier imprégné d'huile de tung, ouvert contre la rambarde avec la pointe rouge, tel un sein gigantesque, frémissant insensiblement sous le vent. *Tout est imaginable, mais pas nécessairement innocent.* La veille, il était allé faire sa promenade habituelle sous un léger crachin et avait laissé le parapluie là en rentrant.

Il tira un fauteuil ancien en bois sombre près de la porte-fenêtre et posa les pieds sur le rebord. Avec un brin d'ironie, il se fit la réflexion que selon la théorie post-moderniste on aurait tout aussi bien pu dire que c'étaient les beaux bras du fauteuil qui l'avaient attiré.

Mais cette matinée ne s'annonçait ni tranquille ni contemplative. Son portable sonna comme le réveil dans son rêve. Il lut le numéro affiché, c'était le sergent Huang.

« Le concurrent a lui aussi un solide alibi.

– Qui ça ?

– Zhang Tonghua, le directeur d'une autre usine de produits chimiques de Wuxi, le principal rival de Liu dans son domaine.

– L'homme que vous visiez. Bien entendu, Zhang aurait pu engager un tueur, mais cela aurait ressemblé à une chasse à l'oie sauvage. »

Chen pensa aux détails déroutants de la scène de crime, ceux que l'hypothèse d'un tueur professionnel n'expliquait pas non plus.

« Mais nous ne pouvons pas ignorer la conjoncture, dit Huang qui ne renonçait pas. Ce n'est sûrement pas une coïncidence. »

En réalité, c'était Chen qui avait eu l'idée le premier, adoptée ensuite par Huang qui avait dû finir par la considérer comme sienne. En tout cas, contrairement aux autres, elle tenait debout.

« Au fait, j'ai trouvé quelque chose pour vous, poursuivit Huang, à propos des relevés téléphoniques de Shanshan.

– Oui ?

– Les appels provenaient de téléphones publics. Rien à voir avec des plaisanteries d'enfant.

– C'est bien ce que je soupçonnais.

– Il y a plus, ajouta Huang après une pause. Quelqu'un d'autre s'intéresse à ses conversations téléphoniques, elles sont sur écoute, à cause de Jiang.

– C'est important. Qui l'a mise sur écoute ?

– Ceux de la Sécurité intérieure. D'après eux, elle et Jiang se connaissent bien. Elle pourrait être impliquée.

– Ils ont trouvé quelque chose ?

– Probablement pas... pas encore. Du moins ils ne m'ont rien dit. Mais je continue, chef.

– Merci, Huang. Appelez-moi immédiatement si vous avez du nouveau. »

Chen essaya ensuite de faire entrer la nouvelle information dans le puzzle, mais ses efforts ne menèrent à rien.

Pour se changer les idées, il décida de s'atteler au rapport sur la question de l'environnement qu'il destinait au camarade Zhao. L'inspecteur principal Chen était un policier très occupé, mais néanmoins un citoyen responsable, tout comme Shanshan, et il se devait donc de produire ce rapport, qu'il plaise ou non au dirigeant.

Il avait à peine terminé le premier paragraphe quand il s'aperçut qu'il ralentissait désespérément. C'était beaucoup plus difficile qu'il ne l'avait prévu. Un fatras de phrases ronflantes et creuses ne prouvait rien. Ce n'était pas son domaine et il n'avait rien de concret pour appuyer son propos.

Il alluma une autre cigarette et son esprit revint à l'affaire de meurtre Il fut consterné de s'apercevoir qu'il n'était sûr de lui que lorsqu'il raisonnait en policier.

Depuis quand était-il devenu un policier qui ne regarde que ses pieds ? Certes, l'inspecteur principal Chen avait été débordé par les enquêtes successives, mais on ne pouvait nier les privilèges d'un cadre du Parti en pleine ascension, même s'il n'était pas encore exactement de haut rang, ni ses obligations à l'égard du système qui l'avait si bien traité.

En pensant à Shanshan dans sa rude bataille pour le lac, il se retourna, ouvrit l'ordinateur et commença à pianoter.

Dans une transse de coquelicots flamboyants
ou l'ombre fraîche recouverte de mousse
épaisse, tu as oublié
notre soir sur le pont,
les lumières devant nous, et celles
plus lointaines convergeant
en musique sur ta rétine, tandis
que tu rythmais de ta cigarette
un poème symphonique au lac sans sommeil.
Tu n'appartenais plus alors
ni à un lieu, ni à un temps, ni à toi-même.
Quand un autre oiseau blanc s'envolera
du calendrier, puisses-tu ne plus
rêver d'une huître pâle
accrochée au sinistre calcaire.

(Où es-tu à présent que l'aube frappe
à ma fenêtre de ses doigts rosés,
que le parfum du café et du pain
pénètre l'esprit qui s'éveille,
et que la porte accueille, tel un sourire,
les fleurs et les journaux ?)

Les mots lui venaient presque sans effort, et le surprenaient même. Était-il le « tu » de la première strophe ? Impossible. Il ne séjournait près du lac que depuis quelques jours, mais il y avait là un sentiment de culpabilité indiscutable. Symbolique sans doute. La deuxième strophe entre parenthèses résultait probablement de son expérience récente au Centre, mais que signifiait-elle réellement?

Ces lignes pouvaient néanmoins être développées en un plus long poème, non pas à propos de lui-même, mais plutôt de Shanshan et du lac, de ce qui se passait dans le pays, de courage inébranlable...

Puis il obligea son esprit à revenir au meurtre. Il y avait autre chose dans la scène de crime; il ne pouvait pas encore dire exactement quoi. Il reprit la liste des objets trouvés dans l'appartement de Liu, une liste qu'il avait déjà examinée plusieurs fois.

Il s'arrêta sur l'un en particulier: un coffret à bijoux en laque contenant un collier de perles, des boucles d'oreilles en or et un bracelet de jade vert. Pas d'une valeur extraordinaire. Mais c'était un bureau et non une résidence principale. Mme Liu avait affirmé ne jamais y passer la nuit. Alors pourquoi un coffret à bijoux? Cela confirmait en tout cas ce que Shanshan pensait à propos de Mi, la petite secrétaire. Sans pour autant permettre à Chen de relier des indices possibles.

Il sortit les photos de la scène de crime, les disposa en cercle par terre dans le living et s'assit au milieu d'elles pour les étudier une à une. Rien ne s'imposait à lui, mais il eut la vague impression que quelque chose manquait. Quelque chose de banal, de quotidien, mais qui lui échappait pour le moment.

Il conclut qu'il ne pouvait plus rester en retrait. Il devait au moins examiner la scène de crime et parler avec les autres personnes impliquées. Le risque n'était pas trop grand. On penserait que l'inspecteur principal Chen ne pouvait s'empêcher d'être curieux lorsqu'une enquête criminelle se déroulait sur son lieu de vacances.

Et tant que Huang et lui-même procédaient avec précaution, son action pouvait toujours rester secrète.

Après la tisane, après un mystérieux coup de téléphone qui s'était révélé être une erreur, après une troisième tasse de café tiède, il constata qu'il avait passé pratiquement la moitié de la journée à ne rien faire, comme un de ces cadres de haut rang censés récupérer ici, encore en pyjama vers onze heures.

Il se sentit bêtement inutile.

Il se leva pour aller déjeuner avec le directeur Qiao. Une obligation qu'il ne pouvait plus reporter.

Dans le restaurant situé dans le bâtiment principal, les serveuses portaient toutes la robe mandchoue en soie de couleurs vives fendue haut sur la cuisse, comme les dames du palais des Qing. Accueilli par leurs souhaits de bienvenue il monta quelques marches couvertes d'un tapis rouge retenu par des barres de cuivre étincelantes.

Ce fut un banquet somptueux, un festin des délices du lac, ainsi que l'avait promis Qiao, dans un élégant salon privé où étaient réunis plusieurs hauts responsables du Centre qui saluèrent cet hôte distingué en lui portant des toasts.

« Toutes les délices du lac sont soigneusement choisies, ce ne sont pas les prétendues "spécialités du lac" que vous pouvez trouver sur le marché », dit Qiao pour le rassurer.

Il était tout à fait possible que le repas ait été préparé spécialement pour les fonctionnaires du Parti. Chen avait lu un article sur le traitement exclusif réservé aux cadres supérieurs, et pas seulement aux résidents du Centre.

Mais que dire des gens ordinaires qui vivaient autour du lac ?

Un énorme plateau d'alose hilsa recouverte de gingembre et d'échalote émincés fut déposé sur la table. Le poisson était cuit à la vapeur avec du jambon de Jinhua et du bouillon de poulet, accompagné d'une herbe blanche que Chen ne reconnut pas.

« Il ne vient pas du lac », dit un administrateur du nom de Ouyang, le plus âgé du groupe, visiblement proche de la retraite. « Nous l'appelons simplement *shi.* Le chef commence par le nettoyer et l'écailler, puis, après l'avoir mis dans un panier de bambou, il replace les grandes écailles sur le poisson pour qu'il conserve son jus et que sa chair reste tendre. »

Ce *shi* était extrêmement coûteux, Chen le savait. Cinq ou six cents yuans au moins la livre au marché. En outre, sa préparation devait prendre un temps considérable.

« Hier je me suis promené sur une petite route dans la direction opposée à celle du parc », dit Chen en ne parlant pas, pour une fois, comme un gourmet dans un banquet. « Je suis passé devant une usine de produits chimiques. Les gens disaient que quelqu'un y avait été assassiné. En avez-vous entendu parler, directeur Qiao ?

– Oui. J'ai entendu dire moi aussi que Liu, le directeur de l'usine, a été assassiné dans son bureau privé. Une entreprise très prospère, et à la veille d'une introduction en Bourse spectaculaire. Quel dommage ! Il aurait pu devenir multimillionnaire.

– Multimillionnaire ? Et alors ? intervint Ouyang en secouant sa tête argentée dans la lumière qui filtrait à travers les fenêtres. *Riche ou pauvre, nous finissons inévitablement de la même façon, en tas de terre jaune,* dit le vieux proverbe. On n'échappe pas au *kalpa.*

– Vous pouvez dire aussi karma, Ouyang, dit Chen. J'ai entendu parler de la pollution causée par ces usines des bords du lac...

– ... non, pas karma. Je ne suis pas un lettré, M. Chen, je suis trop bête pour comprendre ces théories grandiloquentes sur l'environnement. Avant la réforme économique, les gens ici avaient à peine de quoi se nourrir. Beaucoup sont morts de faim pendant les fameux trois ans de calamités naturelles. Comme le camarade Deng Xiaoping l'a dit avec justesse, *le développement avant tout.* Pouvez-vous imaginer la prospérité actuelle de la région sans ces usines ? »

Mais à quel prix ? Chen ne le demanda pas.

« L'usine de produits chimiques Numéro Un de Wuxi faisait une donation annuelle importante à notre Centre, dit Qiao pensivement. Je ne sais pas si le nouveau directeur continuera. »

La perspective détermine décidément tout. Rien d'étonnant à ce que les autorités locales défendent l'orientation du développement économique.

Chen avait perdu l'appétit, mais il réussit à aller jusqu'au bout du repas, distraitement, mangeant, buvant, parlant comme s'il passait et repassait un disque dans quelque coin caché de son cerveau.

Après quoi il prit congé de son hôte sous un prétexte quelconque et sortit.

Le Centre constituait une sorte de parc miniature. Les pavillons construits dans le style traditionnel et les bâtiments à l'occidentale se combinaient agréablement. Il suivit sans but précis un chemin aux pavés ronds, passa devant une cascade artificielle dissimulant des grottes de magnifiques roches et atteignit le pied de la colline verdoyante. Il se trouvait donc près de la porte de derrière, bien qu'il soit arrivé par un chemin différent de la fois précédente. Il n'y avait encore personne. Il s'assit sur une pierre et regarda l'étendue d'eau étincelante.

Ce n'est pas le lac, mais le moment où le lac se pose sur tes yeux…

Il pensait de nouveau à elle. Cet après-midi-là, il prit conscience de l'ampleur de la lutte qu'elle avait menée en faveur de l'environnement. Il se dit que, tout comme les convives du banquet, Liu et d'autres avaient dû exercer sur elle une forte pression…

Du pont autoroutier plein de bruit et de fureur,
tu peux voir que le temps est comme l'eau
couverte d'algues sales,
de canettes vides, de bouteilles en plastique.
L'eau contient tant d'illusions,
de courants fourbes qu'elle trompe
par des ambitions et des vanités chuchotantes.
Si tu es perdue dans les rêveries
d'un récif vert solitaire dans le vent,
l'eau s'éloigne et t'abandonne.
Le lac a tant d'issues
qu'une fois perdue tu ne retrouves jamais ton chemin.
Après tant d'années, tu ne sais encore pas
comment l'eau s'écoule ?

N'oublie pas ce qui est vraiment important
dans un petit tube à essai bleu.
Les vertus te sont imposées
par les larmes tombées de l'arbre défendu.

La sirène, venue de loin,
a hurlé de terreur dans la brume sombre...

Il fut de nouveau surpris par la voix qui émanait de ces vers, apparemment celle d'une forte autorité, comme Liu et ses semblables, s'adressant à Shanshan. Mais ici, le personnage était plutôt une collectivité, pas forcément à Wuxi, pas seulement au bord du lac Tai. Cela pouvait toutefois contribuer, avec ce qu'il avait jeté sur le papier le matin, à un poème ambitieux à plusieurs voix, plusieurs perspectives.

Il se dirigea vers la porte.

9

Il prit encore une fois la petite route pittoresque et tourna à droite au lieu d'entrer dans le parc.

La marche l'aidait parfois à réfléchir.

La route resta silencieuse cet après-midi-là mais elle lui fit voir quelque chose qu'il n'avait pas encore remarqué. Au croisement précédant la petite place, un panneau annonçait l'école du Parti de la province de Zhejiang. Bien qu'elle n'ait pas été construite dans le parc, celle-ci appartenait néanmoins au même secteur touristique. Une Mercedes noire fila dans cette direction en klaxonnant et en soulevant un nuage de poussière.

Plus loin, une flèche signalait un site intéressant: un pavillon en bambou qu'on apercevait dans les bois sur la colline. Chen avait dû le voir indiqué dans son plan, avec un nom poétique. Sauf que ce jour-là il n'était pas d'humeur à faire du tourisme.

Il arriva bientôt sur la petite place mais ne prit pas la direction de la gargote d'Oncle Wang. Il continua son chemin en pensant à l'enquête.

Le sergent Huang à lui seul ne pouvait pas beaucoup l'aider malgré tous les efforts qu'il avait déployés.

Or, Chen ne connaissait pratiquement personne d'autre à Wuxi, en dehors de Shanshan, à laquelle il n'était pas encore disposé à révéler sa véritable identité. Non pas qu'une révélation soudaine ait pu ébranler leur relation. Mais il était sûr qu'elle ne lui parlerait pas aussi librement en le sachant policier.

Il aperçut un petit bar au coin d'une rue étroite. Un endroit simple où on pouvait boire un verre ou deux et commander un plat bon marché ou pas de plat du tout, probablement comme dans la taverne à l'ancienne d'une histoire de Lu Xun. Des bancs et deux tables en bois grossier avaient été disposés à l'extérieur.

Deux hommes d'âge mûr étaient assis à l'une d'elles, résolument courbés sur une bouteille d'Erguotou.

Sans doute deux alcooliques déjà perdus dans leur monde au milieu de la journée, se dit Chen. Mais il ralentit le pas en les entendant se livrer à une sorte de jeu à boire, chacun répondant à l'autre dans une succession rapide de répliques.

« Dans un conte de fées raconté à nos enfants il y a très, très longtemps, le ciel était bleu…

– L'eau était claire…

– Le poisson et la crevette étaient mangeables…

– L'air était pur…

– Dans un conte de fées raconté à nos enfants il y a très, très longtemps… à présent je bois ! »

Cela ressemblait à ce jeu cher aux poètes classiques chinois où l'on devait enchaîner les vers. « Dans un conte de fées raconté à nos enfants il y a très, très longtemps » revenait comme une ritournelle. Le participant pouvait la répéter toutes les quatre ou cinq répliques, sans doute un moyen de gagner du temps. Celui qui ne réussissait pas à répondre par une phrase similaire dans le contenu ou la syntaxe perdait la manche et devait boire. L'inconvénient ici était que les deux buveurs voulaient boire et pouvaient perdre intentionnellement.

Chen ignorait depuis combien de temps durait la joute. À en juger d'après la bouteille à moitié vide, les deux hommes devaient être là depuis un bon moment. Ce n'était pas la forme de l'échange mais sa teneur qui l'attirait. Aussi absurdes qu'aient pu paraître ces phrases, elles constituaient une satire cinglante de la société. En effet, tant de choses qui paraissaient autrefois naturelles étaient devenues aujourd'hui aussi irréalistes et inaccessibles que dans un « conte de fées ».

Il s'assit à la table voisine en tapotant la surface tachée d'alcool comme s'il marquait le rythme des ripostes.

Il n'avait pas décidé de s'installer là rien que pour le jeu à boire. L'endroit n'était pas loin de l'usine de produits chimiques et l'alcool déliait parfois les langues. Dans une autre affaire qu'il avait résolue à Shanghai, il avait obtenu des informations capitales d'un ivrogne, un vieux voisin qu'il connaissait depuis des années. Ici, dans une autre ville, ayant affaire à deux inconnus, il doutait d'avoir autant de chance. Cela valait quand même la peine d'essayer.

Voyant l'intérêt de Chen, les deux hommes devinrent plus énergiques, plus exubérants et se donnèrent la réplique à un rythme plus rapide.

« Le tribunal défendait la justice…
– Le docteur aidait le patient…
– La médecine tuait les microbes…
– Dans un conte de fées raconté à nos enfants il y a très très longtemps… À présent je bois ! »

Un serveur infirme sortit de la cuisine en boitant et en s'essuyant les mains sur un tablier huileux qui ressemblait à une carte décolorée, un sourire sur son visage ridé tel un melon d'hiver fripé au soleil.

Chen commanda une bière, une tête de poisson fumée et une demi-portion de langue de porc à l'alcool de riz. Une impulsion lui fit commander aussi de la laitance blanche frite avec de l'œuf. C'était un des célèbres Trois Blancs de Wuxi, celui dont il ne s'était pas souvenu l'autre jour. D'après le tableau noir du menu accroché au mur décoloré, aucun des plats ne coûtait plus de dix yuans.

Les deux autres clients avaient observé toute la scène. Ils avaient même interrompu leur jeu pendant deux ou trois minutes. Dans cet endroit, Chen ne pouvait être qu'un Gros-Sous.

À l'instant où le serveur repartait avec la commande, les deux reprirent leur jeu, avec un enthousiasme accru.

« Une actrice n'avait pas besoin de coucher avec le metteur en scène pour avoir un rôle…
– Le père d'un enfant n'avait pas besoin de faire un test de paternité…

– Les gens n'avaient pas besoin de se déshabiller pour se faire photographier…
– Un imbécile ne pouvait pas être professeur…
– Un homme marié ne pouvait pas entretenir des petites sœurs…
– On ne pouvait ni marchander ni vendre son corps…
– Le détournement de fonds n'était pas encouragé…
– Les malfaiteurs étaient punis…
– Le vol était interdit…
– Les rats craignaient encore les chats…
– Un salon de coiffure ne servait qu'à couper les cheveux… »

Cette fois, la joute dura plus longtemps, de façon plus désordonnée aussi, sans qu'aucun ne s'arrête pour boire.

Le serveur apporta la commande de Chen sans un mot et se retira dans la cuisine.

En prenant son verre, Chen remarqua qu'à la table d'à côté, la bouteille était vide.

Les deux hommes regardaient le « festin » de Chen. L'un cligna obséquieusement des yeux et l'autre leva le pouce dans un geste exagéré. Le message était clair : ils attendaient qu'il les invite. Chen ne put s'empêcher de se demander si les ivrognes étaient finalement tous pareils, trop dépendants pour qu'il leur reste beaucoup d'amour-propre ou de dignité.

Il hocha la tête. « J'ai entendu certaines de vos brillantes maximes. Très impressionnant.

– Merci, monsieur. Vous êtes quelqu'un qui apprécie réellement la musique, dit le plus grand et le plus maigre des deux en souriant. Je m'appelle Zhang.

– Quand le monde marche la tête en bas, on ne peut que souffrir à rester sobre, renchérit le petit trapu dont le nez rouge et pointu était devenu encore plus rouge d'excitation. Je m'appelle Li. »

Chen leva sa tasse dans un geste amical d'invitation. Ils se déplacèrent aussitôt en emportant leurs tasses vides.

« Je viens d'une autre ville et je suis seul ici. Un poète ancien a dit : *Comment supporter tous les soucis ? / Il n'y a que le vin de Dukang.*

– Bien dit, jeune homme. »

Chen leur tendit deux paires de baguettes. Ils attaquèrent les plats sans attendre, comme s'ils étaient chez eux.

« La langue de porc est délicieuse, décréta Zhang en se versant de la bière, mais la bière ressemble à de l'eau. »

En effet, leurs petites tasses de porcelaine étaient destinées à de l'alcool fort. Chen commanda donc une nouvelle bouteille d'Erguotou. Le serveur lui recommanda aussi un plat de poisson, le « tambour aux gros yeux » salé, qui ne provenait pas du lac.

« Non, rien que l'Erguotou, intervint Li comme l'aurait fait un vieil ami. Pas d'autres plats. »

Avant que le serveur revienne avec l'alcool, Li ajouta vite en chuchotant : « Vous savez comment on fait le tambour salé. On vaporise du DDT sur le poisson pour qu'il se conserve plus longtemps à moindre coût. L'autre jour, j'ai vu une mouche se poser sur un poisson salé ici. Devinez quoi ? La mouche est morte sur le coup. C'est du poison !

– Oh ?!

– Vous êtes un homme extraordinaire, dit Zhang en se servant de la nouvelle bouteille. Je l'ai su au premier regard.

– J'ai écouté votre jeu épatant, et j'aurais quelques questions à vous poser.

– Allez-y.

– Vos formules sont profondes. Mais que vouliez-vous dire par “le poisson et la crevette étaient mangeables”? Ne parlons pas du tambour salé. Les gens adorent les spécialités fraîches, surtout ici.

– Je vais vous dire une chose à propos des poissons et des crevettes du lac. Vous voyez comme cette laitance est blanche, n'est-ce pas?

– Oui.

– Presque transparente, pas vrai? fit Zhang en buvant lentement une gorgée. Maintenant je vais vous dire. Elle a trempé très longtemps dans le formol pour être d'un blanc éclatant.

– Quoi? Elle n'est pas naturellement blanche? demanda Chen. C'est pourtant l'un des Trois Blancs du lac, si réputés.

– Dans un lac aussi sale et pollué, comment les laitances pourraient-elles être blanches et pures? Elles sont d'un vert horrible, ou noires. Vous pouvez les laisser aussi longtemps que vous voulez dans l'eau claire, elles le restent. C'est là qu'intervient le formol.

– Malgré la contamination, les gens doivent manger, dit Li dans un soupir théâtral en prenant résolument de la laitance. Pour tout vous dire, je n'en ai pas mangé depuis des mois, colorée ou pas. Un pauvre type sans ressources comme moi ne peut pas se permettre de faire le difficile.

– *Rites abolis, harmonie rompue*, dit Confucius. C'est ce qui se passe aujourd'hui en Chine. Quand le président Mao dirigeait notre pays, il n'y avait pas de fossé entre riches et pauvres. Le directeur et le gardien d'une entreprise touchaient à peu près le même salaire. Les emplois étaient sûrs, solides comme des bols de fer.

– Tu te trompes, Zhang, dit Li en posant sa tasse. Le fossé existait aussi au temps de Mao, mais tu ne le voyais pas. Pas loin d'ici, par exemple, le Centre de détente pour cadres, tu aurais pu y mettre les pieds ?

– C'était une des meilleures villégiatures pour les cadres du Parti, ils venaient de tout le pays, mais depuis que le lac est pollué, ils ne s'y intéressent plus. »

Était-ce pour cette raison que le camarade Zhao avait refusé de venir ? Dans sa situation, Zhao pouvait se permettre d'être difficile. Pas l'inspecteur principal Chen. En fait celui-ci devait considérer que c'était pour lui un coup de chance extraordinaire d'être là. Mais en était-ce vraiment un ?

« Tu te trompes. Tu t'imagines que ces cadres mangent les poissons et les crevettes du lac ? Pas question. On les leur expédie spécialement d'ailleurs. »

Chen hocha la tête. C'était exactement ce qu'il avait entendu à la table du banquet.

« Pauvre lac ! De plus en plus de riverains ont attrapé un cancer ou d'autres maladies mystérieuses. Mon vieil ami a été transporté d'urgence à l'hôpital avec tellement d'arsenic accumulé dans son corps que les médecins étaient stupéfaits.

– Et cet air que l'on respire chaque jour ! De plus en plus de bébés naissent difformes. À sa naissance, le fils de mon voisin ressemblait à un crapaud couvert de poils verts. »

On aurait pu croire que les deux compères entamaient une nouvelle joute, mais avec des exemples de plus en plus horribles. Chen écoutait sans interrompre, ni manger, ni boire. Il n'avait déjà pas faim au début, et encore moins à présent, tandis que les deux autres dévoraient et discutaient comme s'ils tenaient à le dédommager de cette manière.

« Tout tourne autour du profit. Mais on ne peut pas rejeter toute la responsabilité sur les usines. À quoi d'autre les gens pourraient-ils se raccrocher? Rien qu'à l'argent. Mon grand-père a cru aux nationalistes, mais Chiang Kai-shek a expédié tout l'or à Taiwan en 1949. Mon père a cru aux communistes, mais les Gardes rouges de Mao l'ont battu jusqu'à le rendre infirme en 1969. J'ai cru à la réforme de Deng pendant les premières années, mais l'entreprise d'État où j'avais travaillé toute ma vie a fait faillite du jour au lendemain.

– En parlant de Mao, vous vous souvenez de cette photo de lui en train de nager dans le Yangzi? demanda Zhang en enfonçant avec véhémence sa baguette dans l'œil de la tête de poisson fumée.

– Oui, je m'en souviens. Mao a fait prendre cette photo légendaire avant que n'éclate la Révolution culturelle comme preuve de sa bonne santé et afin de garantir au peuple chinois qu'il pouvait encore le diriger avec vigueur, répondit Chen heureux d'aborder un sujet qu'il connaissait.

– Eh bien, si Mao sautait aujourd'hui dans le lac Tai, on y verrait une tentative de suicide!

– Mange, bois, et laisse Mao tranquille, se renfrogna Li. Au moins, le lac n'était pas en si mauvais état sous Mao. Il n'y avait pas non plus autant d'entrepreneurs sans scrupules pour y déverser leurs déchets industriels. Ce pays est maintenant dirigé par des loups et des chacals.

– Ne sois pas aussi mauvais perdant, Li. Tu n'as plus de travail parce que ton usine a fait faillite à cause de la concurrence de celle de Liu. Mais c'est ainsi que va le monde.

– Non, je ne suis pas d'accord. Nos installations respectaient les règles de l'environnement, en conscience, pourrait-on dire. Mais combien vaut une livre de conscience sur le marché actuel ? De conscience, Liu n'en avait pas, et qu'est-ce qu'il y a gagné ?

– Excusez-moi, l'interrompit Chen. J'ai entendu dire qu'un patron d'usine de produits chimiques appelé Liu avait été assassiné ici. Est-ce bien de lui que vous parlez ?

– Oui. C'est le châtiment. Le karma. » Li remplit sa tasse et revissa le bouchon à fond, comme si cela devait avoir une signification. C'était inutile. Zhang le redévissa presque aussitôt.

« L'usine de Liu est damnée, poursuivit Li. Irrémédiablement maudite, dirais-je.

– Comment cela ?

– Il y a deux mois, des milliers de poissons sont morts dans le lac près de l'usine ; des milliers de ventres blancs en l'air comme autant d'yeux en colère dans la nuit noire. Tout ça à cause de cette maudite pollution. L'usine de produits chimiques Numéro Un de Wuxi est une des plus grosses entreprises de la région et aussi la plus polluante. Le bouddhisme nous enseigne qu'*une vie est une vie*, qu'il s'agisse d'une fourmi ou d'un poisson. On ne peut pas échapper au châtiment pour des actes inhumains. Personne.

– Vous parlez de la mort de Liu ?

– Croyez-le ou pas, j'ai vu Liu un soir au bord du lac avec sa petite secrétaire il y a à peu près un mois. Pas loin d'ici. Tout à coup, elle s'est transformée en esprit de renarde blanche dans la nuit noire. Vous savez qu'un esprit sorcier de renarde apporte la malédiction sur l'homme qui l'accompagne.

– La petite secrétaire de Liu? s'enquit Chen en jouant l'ignorant.

– Je crois qu'elle s'appelle Mi. Quelle garce! Elle a gagné son poste au lit.

– Allons donc, je ne crois pas à ton histoire d'esprit de renarde, c'est complètement idiot, dit Zhang en remarquant l'intérêt soudain de Chen. Mais c'est une traînée, pas de doute là-dessus. Moi aussi j'ai vu quelque chose il y a à peu près une semaine.

– À peu près une semaine?» Chen attendait, mais Zhang ne continua pas. Il contemplait sa tasse vide comme s'il était perdu dans ses souvenirs.

Chen remarqua que la deuxième bouteille d'Erguotou était vide. Il se demandait quel genre d'homme Zhang voyait en lui. Peut-être quelqu'un qui s'intéressait à la «garce» pour une quelconque raison. En tout cas, il commanda une autre bouteille.

«Et qu'avez-vous vu, Zhang?» insista Chen quand le vieux serveur posa la nouvelle bouteille sur la table.

«Elle se promenait avec un autre homme, beaucoup plus jeune, bras dessus bras dessous, ils roucoulaient et s'embrassaient sous le couvert de la nuit, dit Zhang en buvant une longue gorgée avec une lenteur délibérée. Il devait être environ minuit.

– Vous vous rappelez le jour?

– Pas la date exacte, mais c'était il y a une semaine environ.» Il se reprit: «Plus d'une semaine, je pense.»

Avant le meurtre de Liu, calcula Chen en levant sa tasse pour la reposer immédiatement.

« Ça n'est pas très surprenant, reprit Zhang en secouant la tête. Elle n'a qu'un peu plus de vingt ans, et Liu en avait plutôt cinquante-cinq. Comment aurait-il pu la satisfaire ? J'aurais été étonné qu'elle n'ait pas une histoire en secret avec un jeune charmeur.

– Bien fait pour Liu qui avait le cœur fumé à l'odeur de l'argent, comme la tête de poisson dans votre assiette.

– Non, les chiens avaient mangé son cœur depuis très, très longtemps.

– Une autre question. Je ne suis pas d'ici, mais n'y a-t-il personne qui se batte contre la pollution ? demanda Chen. Hier j'étais dans une gargote, chez Oncle Wang, il me semble. Pas très loin d'ici. Et j'ai entendu parler d'une jeune femme ingénieur qui défend l'environnement.

– Oh, elle a des ennuis. Elle a peut-être un peu attiré l'attention, c'est vrai. Mais pour quoi ? Pour rien. L'usine de produits chimiques continue de travailler comme avant, aux dépens du lac.

– Une garce insupportable elle aussi », dit Li.

Chen ne comprit pas pourquoi Li la traitait de garce, mais il décida de ne pas le demander.

« On ne peut pas fermer les yeux tout le temps. Alors noyons-nous dans l'ivresse et oublions tous les soucis, dit Zhang en finissant une autre tasse cul sec.

– Vous devriez voir la maison de Liu. Une résidence magnifique ! Mais à trois ou quatre rues d'ici vous pouvez aussi voir le dortoir de l'usine de produits chimiques. Vous comprendrez pourquoi les gens sont prêts à vendre leur âme pour de l'argent.

– Vraiment ? » dit Chen d'une voix plus forte. Il venait d'avoir une nouvelle idée. « Merci beaucoup pour cette conversation instructive, mais je dois m'en aller à présent. Savez-vous s'il y a un magasin de téléphones portables dans le coin ?

– Allez tout droit. À un pâté de maisons d'ici. Vous ne pouvez pas le manquer. Dites que c'est Zhang qui vous envoie.

– Entendu. Merci encore à tous les deux. »

Il se leva pour payer le repas. Il ne pensait pas pouvoir obtenir davantage d'informations de leur part.

Mais il s'arrêta en chemin avant d'arriver au magasin de téléphones. Il prit une enveloppe, le seul papier qu'il avait sur lui, et un stylo. Debout contre un cornouiller en fleur, il gribouilla en vrac des débuts de vers et des images qui lui étaient venus tout d'un coup.

Migraine épouvantable…
Boire et oublier…
Tu devrais voir un médecin, mon vieux.
Que vois-tu ?
Dans le graphique statistique,
le patron voit-il la courbe de la production qui monte
ou celle des employés qui tombent
sous les maux de tête, l'herpès et les maladies ?
Regarde, le sommet de la tour de refroidissement
ne ressemble-t-il pas au mamelon d'une femme stérile ?
Dis-moi, où es-tu ?
Sur le ruban dans les cheveux de dame Fortune
ou dans son entrejambe ?
Une autre capsule de bière saute,
bulles, bulles, bulles…
Elle repousse la tasse, et sort
dans le crachin aigre de midi.

Qui marche à tes côtés ?

Encore une fois, cela pouvait faire partie d'un ensemble plus vaste dont il n'avait pas encore une idée exacte. Mais peut-être celui-ci aurait-il une « forme spatiale », un terme qu'il avait repéré des années plus tôt, une forme qui remplace la séquence narrative traditionnelle par la simultanéité spatiale et l'organisation disjonctive... Ces détails oubliés depuis ses études littéraires lui revenaient soudain. Ainsi la strophe sur la conversation entre les deux ivrognes pouvait également s'insérer. Shanshan aussi apparaissait finalement. Quant à « Qui marche à tes côtés ? » c'était un refrain possible, comme il y en avait dans le jeu à boire dont il avait été témoin. Et cela résonnait comme l'écho lointain d'un poème qu'il avait lu autrefois.

Il reprit sa marche vers le magasin.

10

À la distance qui lui avait été indiquée, Chen pensa avoir trouvé le dortoir de l'usine. Un tas de vêtements séchaient dehors sur un réseau de bambous et de fils.

Il n'était pas encore six heures. Devant le bâtiment, quelques personnes dînaient. Une femme d'âge mûr assise sur une chaise en bambou prenait un bain de pieds aux herbes dans une bassine en plastique. Un camelot était accroupi devant sa marchandise étalée sur un tissu blanc sous un cornouiller. Chen pensait l'avoir déjà vu.

Il interpella un petit garçon qui jouait là avec un cerceau de fer. Le gamin lui confirma qu'il s'agissait bien du dortoir de l'usine de produits chimiques et de plusieurs autres usines.

C'était un bâtiment gris de trois étages, peut-être pas initialement destiné à être un dortoir. L'usine de Liu avait dû obtenir un quota de logements à l'époque où les entreprises d'État en bénéficiaient, mais les pièces avaient été divisées puis redivisées. Dans certains cas, elles offraient assez de place pour un lit, ou pire, pour deux lits destinés à des célibataires.

Ce système existait aussi à Shanghai. Chen avait lui-même vécu quelque temps dans une chambre de dortoir.

Quand il pénétra dans l'immeuble, une femme âgée en pyjama à carreaux verts et blancs debout près de sa porte lui lança un regard curieux.

Le vieil escalier en bois grinça sous ses pas lorsqu'il monta en tâtonnant dans la semi-obscurité, incapable de trouver un interrupteur, jusqu'à ce que la lumière entre par une fenêtre cassée au-dessus du palier du deuxième étage. Là il put distinguer un couloir étroit bordé de linge humide, de poêles, de légumes et de tout un bric-à-brac. Pour un ou deux mètres carrés ce type de couloir devenait parfois un champ de bataille entre résidents.

Il frappa finalement à la porte où l'inscription 3B s'effaçait.

Shanshan lui ouvrit avec un sourire étonné, en peignoir blanc en tissu éponge, pieds nus, les cheveux encore mouillés.

« Quelle surprise, Chen ! Entrez, dit-elle en lui tendant la main et en fermant la porte derrière lui. Comment avez-vous trouvé mon adresse ?

– Cet après-midi, j'ai appris par hasard où se trouvait votre dortoir. Et je me rappelais ce que vous m'aviez dit pendant notre promenade en bateau à propos de votre chambre. "Numéro 3B. C'est le seul point commun. Petit comme un morceau de tofu."

– Vous êtes un véritable détective, Chen. »

Ses cheveux tout juste lavés brillaient, dénoués sur ses épaules.

« Plutôt un détective sans emploi, dit-il en souriant. J'ai déjeuné avec le directeur du Centre, mais ensuite je n'avais rien d'autre à faire de toute la journée et je n'ai pas pu m'empêcher de penser à vous. De ma fenêtre, la vue sur le lac était magnifique. Mais à quoi bon si je ne pouvais pas la partager. Dans un de ses poèmes les plus célèbres, Liu Yong dit finement : *Même si je sentais mille ardeurs m'inspirer / À qui me confierais-je ?* Alors j'ai décidé de sortir.

– Vous étiez encore d'humeur poétique, Chen. Vous auriez pu me téléphoner avant de venir. Non pas que vous ne soyez pas le bienvenu chez moi, mais j'aurais pu me préparer. C'est un tel désordre. »

Il sourit sans répondre. Il s'étonnait lui aussi d'endosser si facilement ce rôle de poète en sa compagnie. Peut-être était-ce parce qu'il était conscient de ne pas être lui-même en ce moment. Mais alors, qui était réellement ce lui-même ? Un policier membre du Parti ?

– Je ne vois aucun désordre ici. »

En réalité la pièce était conforme à ce qu'il avait imaginé. Cinq ou six mètres carrés en tout. Le meuble principal était un vieux lit superposé qui occupait presque la moitié de la pièce. Le lit du haut était devenu une sorte de porte-bagages comme dans une chambre d'hôtel, à la différence qu'à la place de valises s'y entassaient toutes sortes d'objets, et qu'un chapelet de saucisses était suspendu au plafond taché d'humidité.

Parallèlement au lit supérieur était tendue une corde à linge, heureusement vide, à l'exception d'une paire de collants.

Devant le lit du bas une table en bois brut servait aussi de bureau, avec des livres, un cahier ouvert, un bol sale, un paquet de nouilles et une petite casserole sur un réchaud semblable à celui du sampan. Des chaussures pointaient sous le lit, et il reconnut celles à talons qu'elle portait pour la promenade sur le lac. Un miracle qu'elle ait réussi à tout faire entrer dans un tel cagibi.

Cela lui rappela l'université, quand il avait vécu dans une chambre de dortoir avec trois autres étudiants, à la différence que lui n'avait pas à y faire la cuisine.

Il enregistrait malgré lui tous les détails de la pièce tant elle contrastait avec la maison de Liu, contraste qu'avaient aussi souligné les deux buveurs.

« Le problème avec une chambre de dortoir c'est que vous ne la considérez pas vraiment comme la vôtre parce que vous pensez que vous allez déménager d'un jour à l'autre, dit-elle en lui faisant signe de s'asseoir sur l'unique chaise qu'elle débarrassa d'une pile de journaux. Un autre problème, croyez-le ou non, c'est que vous pouvez ne jamais en partir. »

C'était un commentaire ironique, peut-être une justification humoristique du désordre de la pièce, mais pour lui, à ce moment-là, la petite chambre se prêtait à une atmosphère d'intimité.

Elle se préparait à dîner, l'eau commençait à bouillir dans la casserole.

« Vous n'avez pas mangé, n'est-ce pas, Chen ? »

Habituellement, la question n'appelait pas véritablement de réponse ; c'était une sorte de formule toute faite que deux personnes utilisaient lorsqu'elles se rencontraient dans la rue. Mais ici, la question avait un sens. Et la réponse aussi.

« Non, pas vraiment. »

Au bar il n'avait pris qu'un verre de bière. Les deux buveurs avaient fini tout ce qui se trouvait sur la table.

Elle sortit une boîte en carton de sous le lit, y prit un autre paquet de nouilles et les jeta dans l'eau bouillante.

« Vous savez surveiller les nouilles ? demanda-t-elle en montrant une bouilloire par terre. L'eau froide est là. »

Ce n'était pas difficile. Il suffisait de verser de l'eau froide dans la casserole chaque fois que l'eau commençait à bouillir.

Accroupie devant plusieurs bocaux de sauce qu'elle gardait sous la table, elle prenait une cuillerée de chacun et les mélangeait dans un bol. Sans doute improvisait-elle un assaisonnement selon l'inspiration du moment. Il avait fait le même genre d'expérience chez lui en mélangeant tous les ingrédients dont il disposait. Il ne distinguait pas les étiquettes des bocaux dans la pièce mal éclairée et laissa son regard se déplacer vers ses cuisses blanches sous le peignoir qui s'arrêtait juste au-dessus des genoux.

Après avoir ajouté deux fois de l'eau froide, il servit les nouilles dans deux bols. Elle versa la sauce par-dessus. Puis elle ouvrit un petit paquet de gluten de Wuxi et en ajouta quelques morceaux.

Ce serait leur dîner. Elle s'assit sur le lit et lui sur l'unique chaise, les nouilles posées sur la table entre eux.

À la grande surprise de Chen elles étaient délicieuses, et il les préféra même au banquet du Centre.

Il faut dire qu'il aimait les nouilles. C'était un gourmet, mais pas un chef enthousiaste quand il devait cuisiner pour lui seul.

Elle était probablement comme lui. Il écarta aussitôt cette pensée. Shanshan était beaucoup plus jeune que lui. Attirante comme elle l'était, elle aurait pu avoir beaucoup d'hommes désireux de l'inviter à sortir dîner aux chandelles. Il reconnut un pincement de jalousie, non sans une certaine ironie.

Ou bien se sentait-il soudain plus vieux ?

« Merci. Ce sont les meilleures nouilles que j'ai mangées depuis longtemps.

– Allons donc. Vous qui déjeunez avec les dirigeants du Centre, comment pouvez-vous prendre plaisir à manger un bol de simples nouilles avec moi ?

– C'est la stricte vérité, Shanshan. Les nouilles partagées avec vous ne sont plus de simples nouilles.

– Quand on a les relations spéciales que sont les vôtres, on n'a pas à parler ainsi.

– Que voulez-vous dire ?

– Oncle Wang vient de me raconter que le matin de mes ennuis à l'usine vous avez donné des coups de téléphone. Peu après, un officier de police est arrivé et vous a témoigné autant de respect que si vous étiez son chef.

– Oh, je vois. En effet, j'ai donné quelques coups de téléphone. Je m'inquiétais pour vous. Quant à l'officier de police, expliqua-t-il au cas où le vieil homme l'aurait surveillé depuis l'autre côté de la rue, il se trouve que nous nous sommes fait couper les cheveux chez le même coiffeur. Ensuite, nous avons parlé de mes traductions de romans policiers.

– D'après celui qui m'a relâchée, j'aurais un *guiren* dans ma vie sans le savoir. "Sans le *guiren*, vous auriez pu rester en garde à vue pendant Dieu sait combien de temps." Je ne connais pas beaucoup de monde ici. En tout cas personne d'aussi puissant, Chen. »

Dans la culture traditionnelle, *guiren* désignait une personne influente envoyée par le destin pour apporter une aide inattendue. Huang avait dû employer ce terme pouvant évoquer Chen sans toutefois le trahir.

« Ils n'avaient aucun droit de vous retenir. Quand ils se sont aperçus de leur erreur ils ont dû trouver des excuses, *guiren* ou autre. »

Il se demanda si elle le croyait. Quoi qu'il en soit, cela lui donnait un prétexte pour amener la conversation sur le sujet qui l'intéressait, malgré son peu d'envie de le faire ce soir-là.

« Parlons sérieusement », dit-elle en lui volant l'initiative. Elle remonta les jambes sur le lit et noua les mains autour de ses genoux. « Je ne pense pas que vous soyez venu pour un simple bol de nouilles. »

Il la regarda puis considéra le mur derrière elle.

« Cette cloison me paraît aussi fine que du papier.

– Personne n'entendra, dit-elle en relevant une mèche de cheveux noirs qui lui tombait sur l'œil, pourvu que nous ne parlions pas trop fort. Mais si ce que vous avez à me dire est tellement important, vous auriez pu m'appeler pour me demander de sortir.

– Voici un téléphone pour vous », dit-il plus bas. Et il poussa vers elle le portable qu'il venait d'acheter. Il était d'un rouge aussi éclatant que le trench-coat qu'elle portait sur le sampan. « Pour nos futurs appels, n'utilisez que celui-ci.

– Pourquoi ?

– Les coups de téléphone que vous avez reçus n'étaient pas de simples plaisanteries. Votre ligne est sur écoute.

– Vous me faites peur, Chen. Mais comment diable pouvez-vous savoir tout ça ?

– Par mes relations. Peu importe lesquelles. Je l'ai appris quand je me suis renseigné sur les menaces que vous aviez reçues. Par exemple, on m'a parlé d'appels à un dénommé Jiang. »

Elle le regarda sans dire un mot. Sous le choc. Elle ne lui avait jamais parlé de Jiang. Elle n'avait naturellement pas à le faire, pas à un touriste qu'elle venait de rencontrer par hasard.

« Comment avez-vous pu… » Son visage avait blêmi.

« Les appels que vous avez reçus provenaient d'une cabine publique. Il n'est donc pas possible d'identifier leur auteur. Cela prouve au moins que ce n'étaient pas des blagues de gamin. Des enfants ne dépenseraient pas d'argent pour ce genre de plaisanterie.

– Comment ont-ils pu tomber si bas ?

– Ils sont capables de tout. C'est pourquoi j'ai décidé de venir vous voir dès que je l'ai appris, sans vous téléphoner d'abord. Mais c'est vrai aussi que vous me manquiez. *Un jour sans vous voir me paraît aussi long qu'une séparation de trois automnes*, comme dit le vieux proverbe.

– Vous êtes toujours très poète.

– Sentiments à part, parlez-moi de tout ce qui s'est passé récemment, autour de vous ou dans l'entreprise. Je ne sais pas si je suis en mesure de vous aider, mais s'il y a quelque chose que je puisse faire, j'aurai besoin de toutes les informations dont vous disposez.

– Pourquoi vous donnez-vous tout ce mal pour moi?

– Vous savez pourquoi, dit-il en lui prenant la main. Parce que j'en ai envie.

– Mais j'ignore ce que vous voulez vraiment savoir.

– Une première question: Quoi de neuf dans l'entreprise à présent que Liu est mort?

– Rien de nouveau sous le soleil. Les eaux résiduaires continuent de se déverser dans le lac, jour et nuit. Fu, le nouveau directeur, ne changera rien.

– J'ai appris que Mi avait été promue chef du bureau.

– Vous apprenez vite les choses. Je ne l'ai su qu'hier.

– Elle était la petite secrétaire de Liu, n'est-ce pas?

– Fu n'est ici que depuis quatre ou cinq ans. Je pense qu'il a besoin de l'aide de Mi pour faciliter la transition. Elle sait beaucoup de choses sur l'entreprise.

– Fu est très jeune. Il a dû avoir une promotion rapide.

– Il est diplômé en économie. Quand il était encore étudiant il a publié un article sur la réforme dans le *Quotidien du Peuple* qui l'a rendu instantanément célèbre. Puis il a été représentant à la conférence de la Ligue de la Jeunesse. Quand il a obtenu son diplôme, il a été affecté au poste d'assistant de Liu. En raison de son appartenance à la Ligue il n'a pas tardé à être promu.

– C'est donc un de ces jeunes montés en flèche, dit Chen en hochant la tête. Beaucoup de cadres sont choisis dans la Ligue de la Jeunesse, la fameuse avant-garde du Parti. Il a dû travailler étroitement avec Liu.

– Liu n'était pas quelqu'un avec qui il était facile de travailler, ou de partager le pouvoir. Je ne sais pas grand-chose de la politique entre les membres de la direction, mais Fu semble être resté un outsider ici. Ce n'est qu'une impression, bien sûr. Heureusement, il sait tenir le second rôle.

– Il tient le premier à présent.

– Oui, finalement. C'est intelligent de sa part d'avoir promu la petite secrétaire de Liu, c'est un geste destiné au personnel de Liu.

– Vous avez sans doute raison. Maintenant, dites-moi ce que vous savez sur Jiang.

– Il a eu des ennuis pour les mêmes raisons que moi, ses efforts en faveur de la protection de l'environnement, répondit-elle sans retirer sa main. Sauf que lui est allé plus loin. Mais je n'ai aucune idée de ce qu'il a fait dernièrement. »

Il remarqua qu'elle avait précisé « dernièrement ». C'était sans doute vrai. S'il y avait eu quelque chose entre eux récemment, la Sécurité intérieure lui serait tombée dessus, se dit-il sans l'interrompre.

« Jiang est un "écologiste activiste". Avec une telle étiquette, n'importe qui peut facilement avoir des ennuis. Regardez cette chambre. Liu m'a promis un appartement quand j'ai été nommée ici. Mais dès que j'ai ouvert la bouche, l'appartement promis s'est volatilisé. C'est ma quatrième année dans ce dortoir, et j'ai toujours la même chambre.

– Avez-vous eu des contacts avec Jiang ? demanda-t-il en faisant en sorte que la question paraisse désinvolte.

– Nous sommes pour ainsi dire dans la même branche. Nous avons discuté de problèmes communs. » Elle ne cacha pas une certaine hésitation. « Mais je n'ai pas de contact avec lui depuis longtemps. Je l'ai appelé avant-hier parce que j'avais appris quelque chose. Il n'a pas répondu et ne m'a pas rappelée.

– Vous n'avez aucune idée de ce qui lui est arrivé ?

– Non. Quoi ?

– Il a été arrêté.

– Oh… comme moi ?

– Oui, comme vous. Et ils contrôlent ses proches.

– Ils sont vraiment capables de tout », dit-elle en secouant la tête, les cheveux encore un peu humides, emmêlés. « J'aurais dû étudier autre chose à l'université.

– Non, c'est précisément le sujet à l'ordre du jour dans la Chine d'aujourd'hui. » Il se demanda si elle essayait de détourner la conversation. « Mais revenons à Jiang, s'est-il disputé avec Liu ?

– Ils ont pu se rencontrer une ou deux fois, mais je n'en sais pas plus.

– D'après la Sécurité intérieure, il a voulu faire chanter Liu, récemment.

– Non, c'est impossible. »

Pourquoi ? Elle ne l'expliqua pas. Et lui n'était pas en mesure d'insister puisqu'il n'avait pas encore avoué qu'il était policier.

« Ne lui téléphonez pas, pas avant de me prévenir, dit-il. Je vous tiendrai au courant des derniers événements.

– C'est vraiment grave, n'est-ce pas ?

– Oui, je crois.

– Mais est-ce que vous savez combien la crise de l'environnement est dramatique pour notre pays ? » Elle continua avec ferveur sans attendre sa réponse. « Le gouvernement parle de tous les progrès accomplis en matière de droits de l'homme. Je ne suis pas très au courant. Mais les gens devraient au moins pouvoir respirer un air pur, boire de l'eau propre, manger de bons produits et distinguer les étoiles dans le ciel la nuit. Ce sont des droits fondamentaux, n'est-ce pas? Eh bien non. Je vous donne un exemple. Quand le gouvernement de Pékin a demandé une réduction de dix pour cent du dioxyde de soufre dans l'air, j'étais encore à l'université. Aujourd'hui, cinq ans plus tard, la pollution au dioxyde de soufre a augmenté de vingt-cinq pour cent. Quant à l'eau, vous avez vous-même vu le lac. Il ne s'agit pas seulement du lac Tai, naturellement. Des décennies de pollution incontrôlée, effrénée, ont rendu la plus grande partie de l'eau des grands lacs et des rivières impropre au contact avec la peau, à plus forte raison à la consommation. Une pollution de "niveau 5" signifie que l'on ne doit pas y toucher.

– Un instant, Shanshan. Tous ces chiffres se fondent sur vos recherches?

– Oui, ce n'est pas un secret d'État, je peux vous l'assurer. Vous pouvez les trouver dans les publications officielles.

– C'est terrifiant.» Il essaya en vain de trouver un bout de papier dans sa poche. «Vous permettez que je prenne du papier sur votre bureau et que je note certains chiffres?

– Pourquoi?»

Chen pensait au rapport qu'il devait remettre au camarade secrétaire Zhao. Mais il ne voulait pas donner la véritable raison à Shanshan.

«J'essaie de composer un poème sur la pollution en Chine, mais malheureusement je ne suis pas un expert comme vous. Je veux que mon texte repose sur des bases solides.

– Vous êtes sérieux? Vous pourriez avoir des ennuis. Je doute même que ce soit publiable.

–Je pense pouvoir le faire publier grâce à des relations. Non que les relations soient une chose dont on puisse être fier, mais, voyez-vous, elles aident à réaliser les projets. Après notre conversation sur le sampan, j'ai beaucoup réfléchi. La protection de l'environnement doit être un combat ardu. Où peut se trouver l'origine de cette pollution qui ne cesse d'empirer? Dans la cupidité des hommes. S'il est vrai, comme dit le proverbe, que *les corbeaux sont noirs dans le monde entier*, la pollution n'est pas un problème limité à notre pays, mais il présente ici beaucoup de caractéristiques chinoises.

– Beaucoup de caractéristiques chinoises, répéta-t-elle en le regardant dans les yeux, c'est ce que notre journal dit du socialisme.

– En l'absence d'un ordre juridique solide, et en raison de la désillusion idéologique généralisée, notamment suite à la désastreuse Révolution culturelle, les gens se jettent sur ce qu'ils peuvent, à tout prix, dans notre époque d'hyperavidité. Certains économistes déclarent même que le désir de posséder est un mal nécessaire au développement. L'ironie, c'est que Marx lui-même a dit quelque chose dans ce sens.

– Oh là là, vous mêlez même Marx à cette histoire, Chen. Alors vous vous rappelez sûrement une autre chose que Marx a dite. Selon lui, un capitaliste ferait n'importe quoi pour un profit de trois cents pour cent, y compris tuer.

– Exactement. Je ne pense pas que "tout pour le profit" conduise à quoi que ce soit de bon. La question se complique pour une autre raison. Les autorités du Parti doivent être au fait des problèmes d'environnement, mais la légitimité du régime dépend dans une certaine mesure du maintien de la croissance économique. Compte tenu de cette nécessité, tout ce qui pourrait gêner la croissance est étouffé.

– Vous avez tapé sur la tête du clou, Chen ! s'exclama Shanshan les yeux brillants.

– J'y ai beaucoup réfléchi à cause de votre usine et à cause du poème sur lequel je travaille. Ce pourrait être un poème plus ambitieux que ceux que j'ai composés jusqu'ici.

– Je vais vous montrer mon dossier. »

Shanshan descendit du lit, se mit à quatre pattes et tira une boîte en carton de sous le lit, ses jambes nues étirées, un peu de poussière sur la plante de ses pieds à la cambrure élégante.

Elle en émergea, un dossier bleu à la main et une traînée grise sur le visage.

« Tout ce que vous voulez savoir », dit-elle avant de se rasseoir, un peu plus près cette fois, et d'ouvrir le dossier.

Chen rapprocha lui aussi sa chaise de la table de façon à pouvoir lire les textes imprimés en petits caractères.

Il pensa de nouveau à ses années d'université, penché sur une table semblable, dans une chambre de dortoir semblable, et pourtant empli d'idéal, passionné, faisant ce qu'il croyait être juste...

Au-dehors, la couleur du ciel changeait, quelques étoiles scintillaient dans un bleu devenu sombre.

Il ne se rendit pas compte du temps qui passait pendant qu'ils parlaient, seulement que ses cheveux touchèrent une ou deux fois sa joue, comme un refrain dans un poème à demi oublié, son doigt fin pointé sur les papiers pendant qu'elle expliquait en détail.

Puis elle se redressa avec désinvolture et tira un pied sous elle. Mais elle pensa à quelque chose et se pencha de nouveau sur la table. Lorsqu'elle s'inclina, son peignoir s'entrouvrit. Il crut apercevoir ses seins en un éclair. Si elle surprit son regard, elle ne dit rien.

Un silence s'installa dans la pièce pendant qu'elle finissait de vérifier le contenu du dossier.

« Je vous remercie d'être venu ce soir », dit-elle enfin, ses yeux chatoyant à la lumière instable.

Il regarda sa montre. Il était plus de neuf heures. Elle n'avait pas fait remarquer qu'il était tard. Il pouvait donc choisir de rester… peut-être un peu plus longtemps.

Ce n'était pas confortable de demeurer assis sans changer de position dans le petit espace entre la table et le lit. Cela lui rappela le « Nid des Amants » dans un restaurant du Bund à Shanghai. La taille minuscule de la pièce se prêtait à l'intimité, avec la fenêtre donnant sur le fleuve. Il y était allé avec une femme – pas son « amoureuse » – qui avait été assassinée peu après[1]. Il frissonna à ce sombre rapprochement et remua sur sa chaise qui grinça.

Shanshan recula pour s'adosser au mur nu et lâcha ses genoux. Puis elle tapota le lit comme pour l'inviter à s'asseoir à ses côtés.

Quand son regard se posa sur le lit, Chen remarqua une tache de sauce des nouilles sur la partie charnue de son gros orteil. Sous la lumière atténuée, il était rond, aussi neigeux qu'une Saint-Jacques crémeuse de la spécialité du chef au Centre.

Cette absurde association d'idées la fit paraître soudain d'une vulnérabilité séduisante. Comme aurait dit un poète Jin, *elle était belle à se faire dévorer.* Et il crut voir ondoyer un message dans ses yeux, reflétant ce qu'il avait imaginé.

1. Voir, du même auteur, *Le Très Corruptible Mandarin,* Liana Levi, 2006. [NdÉ]

Mais il se leva pour s'en aller.

« Il est tard, Shanshan. Je dois partir. L'entrée du Centre ferme vers minuit. »

Il était hors de question de faire une chose que l'on n'attend pas d'un policier en vacances toujours incognito, l'inspecteur principal Chen le savait.

S'il voulait l'aider, il devait s'en tenir à son rôle de policier. Pas de conflit d'intérêts, même si pour cela il devait encore cacher sa profession à Shanshan.

11

Le vendredi matin, le sergent Huang gara sa voiture à l'ombre, près de l'entrée du Centre, baissa la vitre et attendit.

Chen et lui avaient décidé que la première entrevue de la journée serait avec Mi. Cela n'étonnait pas vraiment Huang qui avait parlé à la jeune femme avant que Chen n'entre en scène. Il alluma une cigarette en essayant de deviner quelle approche l'inspecteur principal allait adopter.

À l'heure convenue Chen apparut à la grille où un gardien vieillissant se hâta de le saluer obséquieusement. Huang descendit de sa Shanghai Dazhong : tout sauf une voiture de police, avait précisé Chen.

« Merci Huang, dit Chen en prenant place sur le siège passager. Avant d'aller voir Mi, je voudrais jeter un coup d'œil à l'appartement-bureau de Liu. »

Huang sauta sur l'occasion. Son équipe avait à peine terminé le travail sur la scène de crime, plusieurs rapports attendaient encore au laboratoire, quand la Sécurité intérieure était intervenue et avait précipité une conclusion qui ne leur laissait aucune marge. Comme il était le plus jeune de l'équipe, Huang s'était gardé de protester quand les autres membres, plus âgés et beaucoup plus expérimentés, avaient décidé de se taire.

Ce ne serait pas difficile pour lui de conduire Chen à l'appartement de Liu que personne ne surveillait pour le moment. Bien qu'ils en aient déjà commenté quelques photos, la visite de Chen sur les lieux pouvait faire une différence. Sherlock Holmes ne manque jamais de trouver quelque chose d'important que ceux qui ont étudié la scène n'avaient pas remarqué.

« Facile, dit Huang. Nous avons examiné l'endroit, mais vous devriez absolument le voir vous-même. »

Ils arrivèrent en moins de dix minutes devant les appartements situés à l'arrière de l'usine.

Aucun signe, en effet, de surveillance policière à proximité, aucun résident non plus aux abords.

« C'est un nouvel ensemble pas encore entièrement occupé », dit Huang en guise d'explication.

Il montra sa plaque à un gardien raide comme une perche de bambou sous l'arcade blanche de l'entrée.

« Beaucoup de nouvelles constructions résidentielles ont vu le jour ces dernières années, mais avec la flambée du prix de l'immobilier, rares sont ceux qui peuvent se les offrir.

– Mais Liu l'a eue gratuitement, en plus de la grande maison que nous avons visitée », remarqua Chen.

C'était un immeuble de cinq étages aux murs roses qui paraissait neuf, impressionnant au soleil. Ils montèrent au deuxième sans rencontrer personne.

Les scellés étaient encore posés et Huang ouvrit la porte avec un passe. Ils pénétrèrent dans un couloir dallé conduisant à un living ouvrant sur une salle à manger, communiquant elle-même avec une kitchenette. De l'autre côté du living, trois chambres dont une servait de chambre d'amis et une autre de bureau. C'est là que Liu avait été assassiné.

Chen examina chaque pièce avant de revenir dans le bureau. Il était meublé de façon fonctionnelle. Sur le bureau en L, face à la porte, il y avait un ordinateur grand écran, une imprimante et un téléphone-fax. Deux fauteuils étaient placés contre le mur, dans un angle, près d'une bibliothèque sur mesure contenant des livres et des magazines. Une télévision à écran plat était fixée sur le mur opposé.

« Dans ces immeubles neufs, les résidents ne se parlent pas beaucoup. Et Liu n'était là qu'une ou deux fois par semaine, généralement le soir. Ce soir-là, personne dans l'immeuble ne l'a vu ou n'a entendu de bruit dans son appartement. Quand les portes sont fermées, on n'entend presque rien du dehors. Un voisin du troisième dit avoir aperçu une jeune femme descendre l'escalier vers neuf heures, mais c'est peu éclairé et il ne l'a pas bien vue. Elle pouvait avoir rendu visite à n'importe quelle famille dans l'immeuble.

– Elle aurait pu descendre du quatrième ou du cinquième », dit Chen en examinant une photo encadrée sur un rayon de la bibliothèque.

Liu posait en compagnie d'un jeune homme, à cet endroit même. Robuste, de taille moyenne, les yeux très écartés, le regard pénétrant, le front ridé, la mâchoire forte, tandis que le jeune homme, grand et maigre, arborait une expression pensive sur son visage aux traits fins.

« Le jeune homme est son fils Wenliang, le renseigna Huang. Il a fait un stage dans l'entreprise l'été dernier. »

En remettant le cadre à sa place Chen examina les ouvrages ; un curieux mélange de livres et de magazines de mode.

– Il lisait ce genre de magazines ?

– Mi venait ici de temps en temps.

– Redites-moi ce que vous trouvez bizarre à propos de la scène de crime.

– Aucun signe d'effraction, aucune trace de lutte non plus. Le meurtrier devait donc être quelqu'un que Liu connaissait bien. Ce qui expliquerait que le gardien n'ait pas enregistré de visiteur pour lui ce soir-là. Peut-être un résident de la cité, voire du même immeuble.

– Mais comme vous l'avez dit, il ne fréquentait pas ses voisins. Bien entendu, ce n'est pas impossible que le meurtrier soit l'un d'eux. Quel serait le mobile ?

– Cela nous amène à un autre scénario. Quelqu'un qui connaissait bien la cité aurait pu venir sans rien dire à l'entrée. Le gardien fait peut-être des difficultés à un visiteur hésitant, mais il n'essaierait pas d'arrêter un Gros-Sous sûr de lui.

– Ou qui arrive en voiture de luxe, admit Chen comme s'il l'avait déjà fait. Vous avez les photos de la scène de crime sur vous ?

– Oui. » Huang lui tendit un dossier. « Vous les avez déjà toutes vues. »

Chen en posa quelques-unes sur le bureau, les examina, puis son regard fit deux fois le tour de la pièce, essayant de comparer la pièce photographiée et la pièce réelle.

Il demeura ainsi concentré une dizaine de minutes. Puis il gagna le living, mais ne tarda pas à revenir dans le bureau. Huang le suivait sans l'interrompre et sortit un calepin.

« Rien n'a été déplacé ici ?

– Non, bien sûr que non. Personne, pas même Mme Liu, n'a été autorisé à entrer dans l'appartement, sauf quand elle a été amenée ici pour vérifier que rien n'avait été volé. Mais des objets ont été envoyés au laboratoire pour analyse, bien entendu.

– Vous avez la liste ?

– Oui, la voilà. »

Chen l'étudia soigneusement, la posa sur le bureau et se frotta le menton avec un doigt.

« Je vais d'abord vous poser une question. Où, à votre avis, reçoit-on généralement un visiteur ?

– Dans le living, naturellement. C'est une chose à laquelle nous avons aussi pensé. Liu a pu aller dans le bureau, pour prendre un document, par exemple.

– Dans ce cas, il serait entré le premier, suivi par le meurtrier... »

Chen ne poursuivit pas ; il avait du mal à se représenter un meurtrier frappant Liu par-derrière.

« Que pensez-vous de la position des autres fauteuils ? reprit Chen en s'asseyant au bureau sur le fauteuil tournant. Ils n'ont pas été déplacés, n'est-ce pas ?

– Non. Que voulez-vous dire ?

– C'est illogique. Si Liu était assis ici, à ma place, alors le meurtrier était assis en face de lui. Comment les fauteuils ont-ils pu rester dans l'angle ?

– Bien vu, dit Huang en prenant des notes.

– Si celui auquel il parlait s'était tenu debout là – peut-être pas aussi paisiblement, remarquez –, et avait fondu sauvagement sur lui…

– Alors comment expliquer l'absence de toute trace de lutte ?

– Exactement.

– Et si Liu avait montré à son visiteur un fichier sur son ordinateur, un document sur les efforts entrepris pour lutter contre la pollution par exemple, et que celui-ci l'ait frappé par-derrière ? C'est une hypothèse que nous avons envisagée mes collègues et moi.

– L'écran de l'ordinateur ne figure pas sur les clichés. » Chen regarda une des photos. « Dans cette hypothèse, il faudrait que le coup ait été porté à l'instant précis où le doigt de Liu éteignait l'ordinateur. »

Huang voyait que l'inspecteur principal n'était pas convaincu. Lui non plus, d'ailleurs.

« C'est important, je vais le noter, dit Huang en ouvrant de nouveau son calepin.

– Sur ces photos, il n'y a ni verre ni tasse sur le bureau. Ni dans le living. Ni dans la liste des objets envoyés au laboratoire. Quand un homme travaille tard le soir, on pourrait s'attendre à trouver une tasse de café ou de thé sur son bureau.

– C'est vrai.

– Autre chose. L'heure estimée de la mort se situe entre vingt et une heures trente et vingt-deux heures trente, il était donc très tard pour une telle visite, comme l'a souligné la Sécurité intérieure, à moins que les deux hommes aient parlé et se soient disputés pendant une demi-heure ou une heure. Mais alors où ? Certainement pas dans le bureau. Donc, revenons à notre hypothèse : ils sont passés du living au bureau. Mais pas de tasse de thé pour un visiteur dans le living?

– Ou au moins un verre d'eau, dit Huang en se grattant la tête.

– Maintenant, regardez sur l'étagère. Quelle collection imposante de boîtes de thé Puer! Un thé très cher du Yunnan… »

Chen laissa sa phrase inachevée pour s'intéresser à une rangée de statuettes dorées exposées sur l'étagère supérieure. Il en prit une. Elle représentait un grand ouvrier musclé soulevant un globe brillant, debout sur un socle de marbre portant une inscription: «En témoignage de l'exceptionnel accroissement de productivité de l'usine de produits chimiques Numéro Un de Wuxi au cours de l'année 1995. Décerné par le Congrès du peuple de Wuxi.» Toutes les statuettes étaient identiques par le modèle, la taille et l'inscription, à l'exception de l'année.

«Une récompense prestigieuse pour les réalisations de l'usine sous la direction de Liu. Neuf années successives.

– Et dorées à l'or fin, en plus», dit Huang en en attrapant une lui aussi. Elle était lourde dans sa main. «Une statuette de ce genre doit coûter très cher.

– Prenons d'autres clichés, dit Chen. Je les étudierai en rentrant au Centre.»

Chen tira un appareil de sa poche et prit des photos pendant au moins un quart d'heure avant de poser celle de Liu et de son fils à plat sur le bureau pour la photographier aussi. Puis il consulta sa montre.

«À propos, j'ai contacté l'avocat de Liu… grâce à des intermédiaires que je connais à Shanghai, dit Chen comme s'il lisait dans les pensées de Huang, mais sans résultat. Les Liu n'avaient pris aucune disposition particulière concernant leurs biens, à part une plaisanterie de Mme Liu au cours d'un dîner avec l'avocat sur le partage des actions de Liu en cas d'introduction en Bourse. »

Ainsi, beaucoup d'éléments apparaissaient sous un jour nouveau. Un mobile pour Mme Liu auquel Huang n'avait encore jamais pensé, mais qui avait le mérite d'être plus plausible que celui de Jiang. Une épouse trompée décidée à se venger, plus la possibilité que Liu divorce avant l'ouverture du capital, plus la petite secrétaire piaffant en coulisses. Dans ce cas, Mme Liu aurait tout perdu. Elle avait accès à son bureau privé et elle connaissait son emploi du temps pour la soirée. Qui plus est, cela expliquait les anomalies relevées par Chen à propos de la scène de crime : le corps de Liu dans le bureau, aucun signe de lutte et la position des fauteuils.

« Un coup de génie, Chen, je parle de vos questions à l'avocat. Et ce qu'elle a dit à propos du partage des actions n'était pas une plaisanterie. Liu était très doué pour dissimuler. Elle aussi. Le couple a dû essayer de sonder l'avocat sur un accord de divorce, et Liu allait agir. Elle le savait mieux que personne. »

Certes, il y avait un hic dans ce scénario : l'alibi de Mme Liu. Or, contrairement à ce qui se passait dans les romans policiers que traduisait Chen, certains Chinois ne se souciaient guère du parjure. Ceux qui avaient confirmé son alibi étaient des amis proches. Pour eux, lui rendre service par amitié avait pu l'emporter sur toute autre considération. Par ailleurs, même si elle se trouvait à Shanghai ce soir-là, elle avait pu envoyer quelqu'un faire le travail à Wuxi.

« Il est temps de passer au point suivant de notre emploi du temps, dit Chen en sortant de sa rêverie. Allons au secrétariat de l'usine.

– Très bien. » Huang referma son calepin.

Il suggéra un chemin qui menait de la résidence à la porte de derrière de l'usine. « C'est à cinq minutes. Nous pouvons laisser la voiture ici. »

Il ne voulait pas donner son nom à l'entrée en compagnie de l'inspecteur principal Chen. Ses collègues seraient contrariés s'ils l'apprenaient. Il n'était cependant pas obligé d'en parler à Chen.

« Comme pour notre conversation avec Mme Liu, c'est vous qui êtes chargé de l'enquête », dit Chen pendant qu'ils marchaient.

À la porte de derrière, ils trouvèrent un vieux gardien, sans doute un ouvrier retraité qui avait travaillé là. Celui-ci hocha plusieurs fois la tête à la vue de la plaque de Huang et les laissa entrer sans difficulté.

« Elle est fermée après huit heures du soir, expliqua Huang, mais on peut toujours l'ouvrir de l'intérieur. Un soir où Liu est revenu chercher un document important, il a dû appeler le gardien de l'entrée pour qu'il lui ouvre.

– Je vois. C'est vraiment un raccourci. »

Le bureau du directeur général se trouvait dans un bâtiment sur deux niveaux au centre du site. Ils devaient retrouver Mi dans le premier bureau.

« Que pouvons-nous faire pour vous aujourd'hui, officier Huang ? Oh, c'est... » Elle se leva.

Grande, élancée, entre vingt et vingt-cinq ans, Mi avait des yeux en amande, une bouche sensuelle et le corps élégant d'un mannequin. Elle portait un petit haut blanc dos nu qui laissait voir son nombril, un jean et des sandales à talons hauts. Ses ongles de pied étaient vernis d'un rouge vif. Malgré tout, Huang ne lui trouvait rien de très attirant.

« Vous savez pourquoi je suis ici, Mi. Voici mon collègue Chen. Nous aimerions vous parler du meurtre de Liu. »

Elle appuya sur une touche d'un ordinateur flambant neuf que Huang ne se rappelait pas avoir vu la fois précédente et les fit asseoir dans deux fauteuils noirs en face d'elle.

« Nous en avons déjà parlé, officier Huang.

– Je suis nouveau dans l'équipe, intervint Chen, et tout ce que vous pourrez me dire me sera d'une grande aide.

– Toute précision », souligna Huang en remarquant un autre détail sur le bureau : la disparition d'une photo encadrée de Liu parlant dans une conférence nationale. Elle avait été remplacée par une plaque dorée indiquant *chef du secrétariat.*

« Commençons par ce que vous pouvez nous dire sur Liu, demanda Chen.

– C'était un patron extraordinaire. Quand il a pris son poste, l'entreprise était au bord de la faillite Une grande entreprise d'État, employant plus de trois mille personnes, ça n'était pas facile, mais il a réussi à retourner la situation.

– Nous connaissons son travail grâce à la couverture médiatique. Que pensez-vous de lui humainement ?

– Un homme bon, généreux, intelligent, et toujours prêt à aider.

– Je vais vous poser une question d'un autre ordre. Vous qui avez travaillé étroitement avec lui, que savez-vous de sa vie de famille ?

– Il n'en parlait pas beaucoup.

– Vous pensez qu'elle était satisfaisante ?

– Je n'en sais rien. » Elle ajouta : « Mais un homme qui travaillait autant aurait dû être mieux traité.

– Nous avons parlé à son épouse, dit Chen en la fixant. Elle nous a dit quelque chose. »

Il n'alla pas plus loin, fit volontairement une pause et laissa un silence fracassant s'installer dans la pièce. Huang pensait saisir les intentions de l'inspecteur principal.

« Quoi qu'elle ait pu vous dire, répondit Mi en détournant le regard, je ne crois pas qu'elle ait été une bonne épouse. Tout le monde ici voyait qu'il n'était pas heureux chez lui.

– Pouvez-vous nous donner des exemples précis ?

– Seulement par ouï-dire. Ils étaient camarades à Shanghai, elle venait d'une bonne famille de la ville, et lui d'un village pauvre de la province de Jiangxi. Malgré l'opposition de ses parents, elle s'est mariée avec lui, une mésalliance en quelque sorte, et elle l'a suivi ici, à Wuxi. Elle s'est mis en tête d'obtenir qu'il la dédommage de son sacrifice, pour ainsi dire, en la servant en tout, en lui obéissant en tout, des plus petites choses aux plus importantes. Le type même de la femme de Shanghai.

– Mais ensuite il a réussi à Wuxi.

– Exactement. Pour un homme aussi occupé et surmené que lui, il aurait fallu une épouse vertueuse qui s'occupe bien de lui, surtout lorsqu'elle a quitté son travail pour devenir femme au foyer. Toute la famille dépendait du revenu de Liu. Mais non. Elle retournait fréquemment à Shanghai. Pendant la semaine et aussi le week-end. Il restait souvent seul à la maison.

– Sa famille est à Shanghai. C'est naturel qu'elle y retourne de temps en temps.

– Qui saurait dire ce qu'elle fricote réellement là-bas? C'était la reine de son lycée, paraît-il, et elle avait un tas d'admirateurs secrets.

– Tiens, tiens!

– Et je peux vous dire pourquoi il passait parfois la nuit dans son appartement-bureau. Ces derniers temps, il travaillait tard à cause de toutes ses responsabilités. Mais le plus souvent il ne voulait tout simplement pas rentrer chez lui. Son bureau privé était le seul endroit où il pouvait vraiment se détendre. Mais même là elle ne voulait pas le laisser tranquille. Une fois, pendant qu'il était en voyage d'affaires, elle est venue et a mis l'appartement sens dessus dessous.»

Huang l'écoutait sans l'interrompre. Il se demandait pourquoi Chen concentrait ses questions sur Mme Liu. C'était un scénario possible que Huang avait envisagé après leur discussion sur la scène de crime, mais, une fois l'excitation passée, plus il y pensait et plus il trouvait que cette hypothèse ne reposait sur aucune preuve.

L'attaque soudaine de Mi contre Mme Liu était toutefois compréhensible, bien qu'elle ait d'abord affirmé ne rien connaître de la vie de famille de son patron. Elle savait que les policiers avaient entendu des histoires sur elle et elle essayait donc de minimiser l'importance de la relation entre elle et Liu. En décrivant une épouse irresponsable, elle cherchait à justifier son existence, du moins d'un point de vue psychologique. Mais ses déclarations en soi n'apportaient rien à l'enquête criminelle, sauf qu'elles présentaient une version totalement différente de celle de Mme Liu.

Il n'en restait pas moins qu'ils avaient appris du nouveau. Tout d'abord, que Mme Liu se rendait souvent à

Shanghai. Pas très loin, certes, mais en laissant son mari seul. Pourquoi ?

Puis venait le fait qu'elle avait été la reine de son lycée avec des admirateurs secrets. Qu'est-ce que cela pouvait vouloir dire ? Si elle avait un autre homme à Shanghai – un cas tout à fait vraisemblable pour un couple comme les Liu dont le mariage partait à vau-l'eau et où chacun aurait eu sa liaison –, alors cela introduisait un nouveau mobile. L'amant de Mme Liu, quel qu'il ait été, aurait pu tuer par amour ou par intérêt.

« Pensez-vous que Liu comptait faire quelque chose à propos de ses problèmes conjugaux ? poursuivit Chen sans changer de direction.

– Que voulez-vous dire ?

– Envisager de divorcer, par exemple.

– Non, pas à ma connaissance. Comme je l'ai dit, il ne nous parlait pas de ses problèmes personnels. Il se plaignait un peu quand il ne pouvait pas s'en empêcher. »

Chen prit une cigarette, la tapota sur le paquet, regarda Mi et demanda : « Vous permettez ?

– Allez-y. Liu fumait aussi.

– Comme vous le savez peut-être, Jiang est désormais un suspect possible. » Chen avait brusquement changé de sujet. « Dites-nous ce que vous savez sur lui.

– Oh, Jiang, oui, il est venu plusieurs fois à l'usine. Pour parler avec Liu, bien sûr. J'ignore ce qu'ils se sont dit. Je l'ai signalé à la Sécurité intérieure.

– Pouvez-vous nous donner plus de détails ? intervint Huang. Notamment concernant le soir du meurtre.

– J'ai eu Jiang au téléphone deux ou trois jours avant la mort de Liu, il me semble, mais il a insisté pour lui parler. C'est tout ce que je sais. Et... » Elle s'éclaircit la voix. « Et le matin de sa mort Liu a mentionné un rendez-vous désagréable.

– A-t-il dit où et quand ?

– Je ne m'en souviens pas.

– Et avec qui ?

– Il n'a pas donné de nom. » Elle ajouta : « Oh, il y a deux ou trois mois, j'ai vu Jiang et Liu se disputer dans le bureau.

– Ici ?

– Oui, dans celui de Liu.

– De quoi discutaient-ils ?

– Ils se sont tus dès que je suis entrée, mais j'ai saisi un ou deux mots, il m'a semblé que c'était à propos de pollution.

– Vous vous rappelez la date ?

– En mars, début mars, la veille de la journée de la Femme, oui, maintenant je me rappelle… »

C'est alors qu'un homme de haute taille fit irruption dans la pièce et salua Huang d'une voix forte.

« Salut, camarade officier Huang. Quel bon vent vous ramène aujourd'hui ?

– Salut, directeur général Fu.

– Seulement par intérim pour l'instant… Je vous en prie, appelez-moi Fu. Et voici… ?

– Chen, mon collègue, répondit Huang.

– Bienvenue. Venez dans mon bureau.

– Merci, directeur général Fu. » Chen se tourna vers Mi. « Nous reviendrons vous voir si nous avons d'autres questions. Si vous pensez à quelque chose, vous pouvez aussi nous appeler… mon portable déraille, appelez le sergent Huang. »

Ils entrèrent dans le second bureau. Fu leur fit signe de s'asseoir dans deux fauteuils de cuir face à sa table de travail en chêne. Le bureau avait dû être celui de Liu. Le mur derrière la table affichait une collection impressionnante de récompenses encadrées, au nom de Liu pour la plupart, mais sous le verre de la table, Huang remarqua plusieurs photos de Fu.

« C'est le parc du Bund ? » demanda soudain Chen en indiquant une photo de Fu debout devant le parc, montrant fièrement le fleuve.

« Oui, je viens de Shanghai. L'aller-retour est très facile de nos jours. Une heure seulement avec le nouveau train rapide. C'est une photo que j'ai prise il y a deux semaines.

– Alors vous y retournez souvent.

– J'y étais samedi dernier, et j'y retourne ce week-end.

– Vous savez pourquoi nous sommes là, directeur général Fu, dit Chen.

– Oui. Nous devons faire justice pour Liu. Il a accompli une grande œuvre en redressant l'entreprise. Et il a travaillé très dur pour y parvenir. Nous lui devons notre succès et nous ne dévierons jamais de la route qu'il a tracée pour nous. En ce qui concerne votre enquête, vous pouvez compter sur notre entière coopération. »

Fu parlait de Liu avec respect et reconnaissance, comme il convenait à un jeune successeur, bien que dans un langage exagérément officiel.

« Nous avons parlé de Jiang à Mi, dit Chen en allant droit au but. Que pouvez-vous nous dire sur lui ?

– Pas grand-chose, je le crains. Jiang parlait avec Liu, pas avec moi.

– Vous saviez donc qu'ils étaient en contact.

– Eh bien, je les ai vus un jour ensemble dans le bureau, mais en fait je ne savais même pas que c'était Jiang. Mi me l'a appris plus tard.

– Liu vous a-t-il dit que Jiang le menaçait de dénoncer la pollution engendrée par l'usine ?

– Tout d'abord, un mot sur cette prétendue pollution, officier Chen. Il existe à Wuxi un bureau de la protection de l'environnement. Ils ont contrôlé et recontrôlé notre mode de production. Nos échantillons ont toujours répondu aux normes en vigueur, dit Fu d'un air grave. Le rôle de Liu était extrêmement difficile. Sur le marché actuel, ce n'est pas facile pour une entreprise d'État de survivre, encore moins de réussir. Mais il l'a fait, et nous n'avons pas été vraiment surpris de le voir devenir la cible de criminels impitoyables tels que Jiang, de critiques irresponsables qui ne connaissent rien à notre industrie.

– Nous comprenons tout cela, camarade directeur général par intérim Fu, dit Chen. Et nous avons aussi parlé à Mme Liu.

– Vraiment ? C'est bien. Compte tenu de la contribution de Liu nous allons offrir à sa famille une somme adéquate. Et un poste à Mme Liu, si bien sûr elle désirait travailler ici. Elle a quitté son emploi il y a plusieurs années pour soutenir Liu.

– C'est très attentionné de votre part. Elle est originaire de Shanghai. Je me demande si elle ne souhaiterait pas s'y établir de nouveau.

– Cela je l'ignore, dit Fu en changeant soudain de sujet et en regardant sa montre. Vous avez déjà déjeuné, officiers ? J'ai travaillé très tard hier soir et j'ai sauté le petit déjeuner ce matin. »

C'était le signal évident de la fin de l'entrevue.

« Nous avons petit-déjeuné tard », répondit Chen en regardant lui aussi sa montre. Il était presque une heure et demie. « En effet, il est temps pour nous d'y aller. »

Une fois sorti du bureau, Chen resta un long moment silencieux. Perdus dans leurs pensées, les deux hommes se dirigeaient par erreur vers l'entrée principale.

« Désolé, il nous faut faire demi-tour, dit Huang. J'avais oublié que la voiture est garée près de la résidence. »

Brusquement, Chen s'arrêta. Plusieurs visiteurs signaient un registre à l'entrée principale. Au lieu de revenir sur ses pas, Chen continua jusqu'à l'agent de sécurité qui se tenait là.

« C'est la règle de faire signer toutes les personnes qui entrent et sortent ? demanda-t-il en indiquant le registre.

– Nous sommes de la police de Wuxi, ajouta Huang en se hâtant de montrer sa plaque.

– À votre service, messieurs, dit le gardien. Oui, c'est la règle. Tous les visiteurs doivent donner leur nom.

– Et il y a aussi une caméra de surveillance ? demanda Chen.

– Oui, notre défunt patron avait commandé tout un équipement de pointe y compris les caméras de surveillance, ce qui se fait de mieux pour une grande entreprise d'État, mais nous restons quand même ici vingt-quatre heures sur vingt-quatre.

– Je vois. C'est bien. Je veux une copie du registre pour les sept derniers jours… ainsi que les enregistrements de la caméra.

– C'est facile, monsieur », répondit le gardien avec de rapides hochements de tête.

Copier la bande et les pages du registre pouvait prendre plusieurs minutes. Huang observait la scène, perplexe, quand son portable sonna. Il regarda le numéro, s'excusa et s'éloigna pour ne pas être entendu.

Encore une fois, la communication fut plus longue qu'il ne pensait.

Quand il revint à l'entrée principale, Chen tenait déjà une grande enveloppe entre ses mains.

« Mangeons un morceau à la cantine de l'entreprise, dit Huang. J'ai encore les tickets que Fu nous a donnés le premier jour où nous sommes venus. Aujourd'hui, je peux me permettre de vous inviter.

– Bonne idée. »

Bien que l'heure du déjeuner soit passée, ils trouvèrent un petit groupe d'employés en train de manger et bavarder. Ils choisirent une table isolée, près de la fenêtre.

« Qu'en pensez-vous ? demanda Huang devant un bol de nouilles au bœuf fumantes parsemées de ciboule hachée.

– Pour commencer, Mi n'est peut-être pas un narrateur fiable.

– C'est-à-dire ?

– C'est un terme qui désigne celui qui ne fait pas un récit impartial, en littérature. » Il ajouta beaucoup de poivre noir sur ses nouilles. « Mi a fourni une défense passionnée de Liu, mais davantage encore d'elle-même, du moins inconsciemment, au motif qu'un mari satisfait et heureux n'aurait pas de liaison extraconjugale. Un peu sur le modèle du vieux dicton : *Si la palissade est bien close, aucun chien errant n'entrera.* Mais il est indéniable que Liu n'était pas un bon mari et qu'il utilisait son bureau privé pour ses rendez-vous avec Mi. En s'efforçant de défendre sa position de petite secrétaire, Mi n'a sans doute pas pu nous rapporter les faits réels.

– Je vois ce que vous voulez dire, chef. Il y a des incohérences dans ses déclarations à propos de Liu. Moi aussi je les ai rassemblées sur une feuille de papier pour pouvoir les confronter entre elles, mais certaines ne concordent pas. » Il demanda ensuite : « Et Mme Liu ?

– Ce n'est qu'une théorie parmi d'autres, répondit Chen comme s'il revenait sur ses propos, et rien ne vient l'étayer pour l'instant.

– Mais il y a un élément nouveau – pas exactement nouveau puisqu'il relève de l'ancien scénario – apporté par la Sécurité intérieure. Elle a tiré ses conclusions, obtenu l'approbation d'en haut et arrêté Jiang... officiellement.

– De nouvelles preuves ? Une découverte capitale ? demanda Chen apparemment surpris de la rapidité des conclusions de la Sécurité intérieure.

– Non, pas à ma connaissance. D'après ce que j'ai appris de notre chef d'équipe, l'affaire a déjà attiré l'attention internationale ; plus elle traîne, plus elle risque de faire du tort à l'image du gouvernement. Des personnages haut placés ont donc donné le feu vert à la Sécurité intérieure. Je n'aime pas ça. À quoi diable servent les policiers ?

– Je n'aime pas ça moi non plus. » Il reposa ses baguettes sans avoir terminé ses nouilles. « Pouvez-vous m'obtenir une copie de la déposition de Jiang à propos de sa dispute avec Liu ?

– Oui, il a soutenu qu'il n'avait pas parlé avec Liu depuis des mois. Je peux vous obtenir une copie.

– Et aussi le relevé des appels téléphoniques de l'entreprise... depuis le bureau du directeur général, si possible. »

Huang se demanda s'il suivait la réflexion de Chen. Celui-ci avait paru jusque-là soutenir l'hypothèse que Mme Liu soit la meurtrière, autant quand il avait examiné la scène de crime que pendant leur conversation à l'usine.

Et Chen avait un objectif de plus, supposait Huang: exclure la possibilité que Jiang soit le meurtrier.

Mais n'était-il pas trop tard? «L'approbation d'en haut» donnée à la Sécurité intérieure ressemblait à une menace. Un inspecteur principal en vacances, quelles que soient ses relations, pouvait difficilement faire le poids.

Peut-être était-ce cela qui distinguait Chen parmi les policiers, la persévérance. Consciencieux et circonspect à la fois, il poursuivait son chemin.

«Mais la Sécurité intérieure est prête à en finir... dans l'intérêt du Parti. Ce n'est plus qu'une question de jours, je le crains, dit Huang soucieux. Non pas que je refuse de l'affronter si nous pouvons trouver des preuves ou des témoins, et avec vous à mes côtés...»

Sa phrase resta en suspens. Shanshan venait d'entrer dans la cantine et s'approchait d'eux.

«Vous ici, Chen! s'exclama-t-elle, et avec l'officier...»

Son visage exprimait la surprise, une surprise qui tourna vite à quelque chose comme de la colère.

Chen était surpris lui aussi, mais peut-être pour une autre raison.

«Voici mon amie Shanshan. Et l'officier Huang.» Chen s'était levé et faisait des présentations précipitées qui n'étaient nécessaires pour personne. «C'est un fan, il a lu toutes mes traductions de romans policiers.»

Cette phrase était visiblement destinée à Shanshan. Huang le comprit et se demanda si elle croirait à l'explication, mais il sut ce qu'il devait dire pour ne pas révéler le véritable statut de Chen.

«M. Chen est un véritable maître. J'ai lu tous les livres qu'il a traduits. C'est aussi un poète, vous savez, et cela fait une différence considérable pour la traduction. La langue est superbe.

– Vous comptez des fans dans la police, Maître Chen. » Shanshan ne chercha pas à dissimuler son sarcasme.

Huang se leva. « Je vais devoir vous laisser, M. Chen. Vous pouvez me téléphoner à n'importe quel moment.

– Non, restez, officier, et continuez à discuter de l'important travail de la police, dit-elle. Je m'en vais. »

Ils la virent sortir précipitamment de la cantine.

« Je crois lui devoir quelques explications. » Chen se leva avec un sourire amer.

« Rattrapez-la. Nous discuterons plus tard. »

Le légendaire inspecteur principal était vaincu, penaud, plus si légendaire tout à coup.

12

Lorsque Chen se précipita dehors, la jeune femme avait disparu.

Elle avait dû tourner à l'intersection, mais dans quelle direction ?

Sa réaction pouvait se comprendre. Elle avait demandé quel était son lien avec Huang et il avait esquivé la question. Il avait ses raisons pour agir ainsi, du moins tant que durait l'enquête.

L'inspecteur tourna dans une petite rue en pensant que celle-ci pouvait le mener au Centre et réfléchit à ce qu'il venait d'apprendre de plusieurs sources différentes. Il fallait y mettre de l'ordre.

Puis il la vit qui marchait devant lui.

« Shanshan », appela-t-il et il se mit à courir. « Je vais vous expliquer.

– Vous êtes odieux, répondit-elle sans ralentir. L'officier Huang vous écoutait avec vénération en hochant sans cesse la tête comme un pantin. Vous allez encore me dire que vous l'avez rencontré par hasard ?

– Je vous dois des excuses. » Il était décidé à lui révéler ses relations sinon son identité. « J'ai des relations ici. Je ne tiens pas à m'en vanter ni à vous en parler, mais dans la Chine d'aujourd'hui, on ne peut rien faire sans relations, vous le savez.

– Ne gaspillez pas votre salive à me donner des explications. » Elle marchait tête baissée. « Je m'étonne qu'un maître en relations tel que vous ait du temps à me consacrer.

– Ne dites pas cela, Shanshan. Quant au sergent Huang, il se trouve qu'il est véritablement admiratif des romans policiers que j'ai traduits. C'est la pure vérité et c'est pourquoi il me traite de maître. En fait, je ne connaissais pas Huang avant de venir ici, mais après avoir fait votre connaissance j'ai pensé que je devais développer cette relation ici, vous savez pourquoi.

– Vous avez beaucoup de relations, anciennes et nouvelles, vous me l'avez déjà dit », répondit-elle, toujours avec un ton incrédule.

« Je vais vous dire ce qu'il vient de m'apprendre. D'après lui, les choses se présentent de plus en plus mal pour Jiang.

– Comment ça ?

– Il va être inculpé du meurtre de Liu. » Il ajouta : « Je ne connais Jiang ni d'Ève ni d'Adam. Quoi qu'il lui arrive, ce n'est pas mon affaire. Mais vous êtes impliquée. C'est pourquoi je devais vous dire que j'avais rencontré Huang par hasard. Parce que ce ne serait bon pour personne de révéler cette relation. Notamment à ce stade.

– Qu'attendez-vous de moi ? » Elle semblait se remettre peu à peu du choc initial.

« Nous devons parler, Shanshan. »

Ils devaient avoir fait un bon bout de chemin sans s'occuper de la direction qu'ils prenaient. Un nouveau virage les amena au début de la petite route pittoresque qui menait au Centre.

Elle ralentit le pas et s'arrêta, hésitant à aller plus loin en sa compagnie. C'était pour Chen la seule route familière de Wuxi. Ils se rappelait certains panneaux touristiques qu'il avait déjà vus.

« Je crois qu'il y a un pavillon à mi-hauteur de la colline. Ce devrait être tranquille. Allons-y. »

Elle le suivit en silence. Ils montèrent les marches à demi recouvertes de mousse et d'herbe.

Sur leur gauche, la paroi plane de la falaise était gravée de caractères en rouge ou noir laissés des années plus tôt. Parmi eux, un couplet de Qian Qianyi, un ministre de la dynastie des Qing qui avait d'abord servi sous les Ming. Il était couvert en partie par « La Longue Marche », un des poèmes de Mao, gravé par des Gardes rouges pendant la Révolution culturelle. En dessous du poème, un serment romantique inscrit par un jeune couple avec leurs noms sous un cœur rouge. Sans doute pensaient-ils qu'ainsi ils resteraient aussi longtemps que la pierre.

Puis le chemin se fit accidenté, glissant, et même traître par endroits avec ses marches de pierre branlantes, serpentant parmi les mélèzes et les fougères. Heureusement, une brise leur parvenait entre les petits épicéas tandis qu'ils montaient avec effort.

Ils arrivèrent à un vieux pavillon délabré au toit de tuiles jaunes vernissées soutenu par des poteaux vermillon. Ceux-ci entouraient un banc de bois en arc de cercle avec un ravissant dossier en treillis.

Chen eut une impression passagère de déjà-vu. Étrange. Aucun endroit ne ressemblait au vieux pavillon dans le parc de la Tête de Tortue.

Shanshan s'assit en s'appuyant contre le poteau et s'éventa avec un journal tiré de sa poche. Il prit place à côté d'elle, le bras étendu sur le dossier.

«Jiang va être accusé et condamné, je le crains, commença Chen. Dans deux jours.

– Comment est-ce possible? Ils n'ont pas l'ombre d'une preuve.

– Ils croient en avoir. Et c'est ce qui compte. Ce ne sont pas des policiers ordinaires, vous savez. C'est la Sécurité intérieure.

– Mais pourquoi?

– Derrière l'affaire il y a la politique, Shanshan, dit-il prudemment. Jiang est un empêcheur de tourner en rond pour les personnages haut placés, pas seulement à Wuxi, à Pékin aussi.

– À cause des questions d'environnement, je sais. Je suppose que vous êtes au courant de tout.

– Une fois le jugement prononcé, personne ne pourrait retourner la situation quelles que soient ses relations. J'ignore pratiquement tout de Jiang et je ne suis pas en mesure de le défendre. Et j'ai vraiment besoin de vous parler.

– Je comprends, Chen. Désolée de m'être autant emportée.

– Vous n'avez pas à vous excuser. »

Ils gardèrent le silence plusieurs minutes.

Il secoua son paquet de cigarettes pour en sortir une. Cette fois, il ne lui demanda pas la permission et l'alluma.

Le ciel au loin était tacheté de nuages blancs comme des voiles égarées, se déplaçant sans but, effilochées sur les bords.

«J'essaie de vous aider, Shanshan, répéta-t-il. S'il vous plaît, dites-moi ce que vous savez sur Jiang. »

Elle resta immobile sans répondre, semblable à une statue. La colline s'étendait à leurs pieds tel un rouleau de peinture traditionnelle de paysage.

«Je ne peux espérer être utile et vous tirer d'affaire qu'en l'innocentant, ajouta-t-il gravement.

– Je ne vois pas comment vous pouvez être utile», répondit-elle doucement.

Mais elle commença à lui raconter ce qu'elle savait.

Jiang avait débuté comme chef d'entreprise à Wuxi à la fin des années quatre-vingt. Après s'être fait une petite fortune grâce aux premières vagues de la réforme économique, il avait pris conscience de la détérioration de l'environnement dans la région. Né à Wuxi où il avait grandi près du lac, il considérait qu'il avait la responsabilité d'attirer l'attention sur ce problème. Au début, ses efforts avaient bénéficié de soutiens et il avait obtenu un certain succès. Les médias parlaient de lui comme d'un combattant. Il était même passé à la télévision de la province et à la radio. En parlant et en écrivant à partir de sa propre expérience des problèmes de l'industrie locale, il avait réussi à faire changer les pratiques de plusieurs usines, du moins en apparence.

«Ensuite, Jiang a pris les problèmes plus au sérieux. Il a vendu son affaire et s'est consacré à plein temps à la protection de l'environnement. Il parvenait à vivre modestement de ses conférences et de ses articles. Mais ses efforts dérangeaient de plus en plus certains Gros-Sous, en particulier ceux qu'ils critiquaient nommément. Ceux-ci ont donc déclenché une violente contre-attaque, prétendant qu'il ne recherchait que sa propre publicité aux dépens d'entreprises respectueuses des lois, et que ses articles étaient du mauvais travail d'amateur dénué de fondement scientifique.

« Puis ils sont allés plus loin et ont fait appel aux autorités de la ville. Après tout, la réussite de Wuxi dépendait de l'essor de son industrie, qui ne pouvait se permettre d'être discréditée. Les dirigeants n'ont pas hésité à faire pression sur lui.

«Jiang s'est acharné contre les usines qui continuaient à polluer le lac. Après des recherches approfondies, il a envoyé des rapports détaillés à plusieurs journaux et revues. À sa grande consternation, ceux-ci les lui retournaient invariablement et il a appris que des instructions avaient été données aux médias pour qu'ils rejettent ses travaux. Ces entreprises étaient intouchables parce qu'elles constituaient l'essentiel du PIB local. Il a continué à adresser des lettres et des rapports aux autorités nationales, au plus haut niveau, une persévérance qui a fini par faire de lui un "fauteur de troubles".

« D'après ses recherches, la plupart des entreprises de Wuxi étaient en faute, loin de répondre aux normes relatives à l'environnement, et la situation était aggravée par l'approbation du gouvernement.

« Il est devenu encore plus gênant en atteignant les médias étrangers par des "moyens illégaux", comme l'ont dit les autorités locales. Il a pris contact avec des correspondants occidentaux qui le rémunéraient parfois et faisaient publier ses articles, lesquels, aussi ironique que cela puisse paraître, sont parvenus à revenir en Chine, et même dans certains "bulletins internes" destinés aux dirigeants de Pékin. Son nom figurait sur une liste noire, mais ces usines ont continué à produire, comme avant, aux dépens de l'environnement.

« Alors il a modifié sa tactique en menant des études de terrain, photos et chiffres à l'appui, avant de les présenter aux usines en question en leur demandant de corriger leurs pratiques. Si elles ne faisaient rien dans ce sens, il publiait ses articles sur le Web avec photos significatives et informations concrètes. Ses interventions sur le Web sont devenues très influentes et ont attiré des milliers de réponses d'internautes. La propagation de ces informations à travers un nombre croissant de personnes est devenue une grave préoccupation pour les autorités.

« Et finalement, il y a eu tout à coup cette accusation disant que Jiang gagnait une fortune en faisant chanter les patrons d'usines. L'un d'eux est allé jusqu'à montrer une lettre de Jiang où il avait écrit : "Si vous ne réagissez pas, vous devrez en payer le prix." C'était un avertissement, sans aucun doute, mais trop vague pour être considéré comme du chantage.

« Bref, depuis deux ans, les tentatives se succèdent pour le faire tomber. Mais je le crois incapable de faire du chantage par intérêt personnel. »

Chen l'avait écoutée attentivement, sans l'interrompre ni faire de commentaire. Au loin, une brume légère commençait à adoucir les collines. La lumière de l'après-midi qui dessinait sa silhouette déclinait peu à peu.

« Mais comme vous l'avez dit, il avait vendu son affaire et il devait gagner sa vie, reprit Chen. Actuellement, il ne gagne rien pour ses conférences et ses articles.

– J'imagine qu'il avait gagné assez avant de devenir un activiste.

– Quel genre d'homme est-il à votre avis ?

– Ce n'est pas un meurtrier, j'en suis certaine. » Comme si cela lui venait à l'esprit après coup, elle ajouta : « Naturellement il a ses défauts. Par exemple il aime trop se mettre en avant. Et il est suffisant. Quand une entreprise le rémunérait comme consultant, il ne disait pas non. Il avait prévu d'utiliser l'argent pour son travail en faveur de l'environnement, mais ce n'était pas une bonne idée.

– En quoi ses activités vous ont-elles affectée ?

– J'ai fait sa connaissance il y a environ un an. Nos intérêts communs nous ont amenés à nous rencontrer. Une fois, je lui ai parlé du problème de l'entreprise en citant plusieurs résultats de recherches qu'il a repris dans un rapport spécial.

– Et il est allé voir Liu avec ce rapport ?

– C'est possible. Ensuite, Liu a été furieux de ma "trahison", bien qu'il n'y ait rien eu de secret ni de confidentiel. N'importe qui pouvait en avoir connaissance en cherchant convenablement. Mais j'ai été fâchée contre Jiang. Il aurait dû penser aux conséquences avant de montrer ce rapport à Liu. Il m'a dit qu'il n'avait pas mentionné mon nom, mais cela ne changeait rien au fait que c'était moi qui lui avais fourni les éléments, ce qui revenait au même. J'étais tellement furieuse que j'ai cessé de le voir. »

Il remarqua le choix des mots : *cessé de le voir*. Une indication subtile sur la nature de leur relation.

« C'était donc il y a plusieurs mois ?

– Oui. J'ignore ce qu'il a fait depuis.

– Il y a environ deux mois, en mars, je pense, il a revu Liu. Dans le bureau de l'usine. Et ils se sont disputés.

– Quoi ? C'est impossible. Il savait que j'étais contrariée et il m'a promis de s'attaquer à d'autres entreprises. Il a dit qu'il y en avait beaucoup dans la région.

– C'était peut-être une question de conjoncture. Avec l'ouverture prochaine du capital de l'entreprise, il est vraisemblable que Liu aurait choisi le compromis, c'est du moins l'opinion de la Sécurité intérieure.

– Je continue à penser que Jiang ne serait pas venu à l'usine.

– Mi l'a vu se disputer avec Liu dans le bureau.

– Quand ?

– Début mars, la veille de la journée de la Femme, Mi a été formelle. »

Shanshan ne réagit pas. Elle demeura un instant les yeux fixés sur Chen puis les détourna sur quelque chose de beaucoup plus lointain.

L'air devenait frais sur la hauteur, même pour cette époque de l'année. Soudain il remarqua en elle quelque chose de vulnérable. Elle se redressa, les bras ballants, les mains légèrement ouvertes, comme suppliante. Elle n'avait cependant rien dit encore à propos de sa relation avec Jiang. Chen décida de ne pas insister. Elle finirait par lui dire ce qu'elle voulait lui dire.

En dehors des considérations personnelles, Chen avait à présent une vision claire des circonstances du meurtre. Pour le gouvernement local, un effort en faveur de l'environnement ne devait pas compromettre l'apparence de « société harmonieuse » qui dépendait de l'accroissement constant du PIB grâce aux usines qui déversaient leurs déchets industriels dans le lac. En dénonçant les problèmes aux médias occidentaux et sur le Web, Jiang était devenu politiquement intolérable. La Sécurité intérieure devait donc l'avoir suivi depuis longtemps. Cela expliquait la rapidité avec laquelle elle était intervenue dans l'affaire.

« C'est compliqué, n'est-ce pas ? » dit Shanshan comme si elle lisait dans ses pensées.

C'était compliqué parce qu'il n'arrivait pas à exclure la possibilité que Jiang soit un criminel, même si l'hypothèse d'une persécution politique lui paraissait beaucoup plus vraisemblable.

« À qui d'autre avez-vous parlé dans l'usine ? demanda-t-elle soudain sur le qui-vive. Vous n'avez pas retrouvé l'officier Huang rien que pour déjeuner à la cantine, n'est-ce pas ?

– Vous avez raison. Nous avons parlé à Mi et à Fu. Mais je ne suis pas un policier ici, c'est surtout Huang qui a parlé. Ils ne nous ont rien appris de nouveau ou d'utile. J'ai aussi parlé à Mme Liu chez elle. Avec Huang, bien sûr.

– Vous avez enquêté comme un policier. »

Il ignora le sarcasme de sa remarque.

« Il y a quelque chose de bizarre chez Mme Liu, mais je ne sais pas quoi. Elle fait des voyages fréquents à Shanghai, presque toutes les semaines, pour jouer au mah-jong. Comment peut-elle se le permettre ?

– L'argent n'est rien pour elle. Liu en gagnait beaucoup, dix pour cent des bénéfices annuels de l'entreprise d'État comme bonus. Et ce n'est que son revenu légal. Sans parler des sommes provenant de la zone grise.

– Mais elle devait être au courant pour sa petite secrétaire. Comment pouvait-elle le laisser seul à Wuxi ?

– Elle savait pour ses petites secrétaires. Mais j'ai entendu dire qu'ils avaient passé une sorte de marché, il lui donnait beaucoup d'argent. Il a déclaré une fois qu'il s'était acheté un environnement domestique sûr, un luxe coûteux, mais nécessaire.

– Un instant, Shanshan. Ses petites secrétaires? Liu en avait une autre en plus de Mi?

– Au moins une avant Mi, à ma connaissance.

– Qu'est-elle devenue?

– Jetée comme une vieille serpillière.

– Pouvez-vous en apprendre davantage sur elle?

– Je peux essayer. Une fille de karaoké, paraît-il. Quant à Mi, elle travaillait dans un salon de massage des pieds. Pour un cadre du Parti d'une grande entreprise d'État, c'était très malin de sa part d'entretenir un foyer calme et sûr en se montrant généreux avec sa femme. En même temps il avait Mi pour le servir de la tête aux pieds comme une concubine dans son appartement-bureau.

– Je vois la logique de votre analyse.

– Que vous ont dit Mi et Fu?

– Mi a décrit la vie de famille de Liu comme très malheureuse. Je crois comprendre pourquoi. Pour justifier son existence de petite secrétaire. Fu n'a pas raconté grand-chose. Lui aussi vient de Shanghai. Et il a dit qu'il s'y rendait ce soir.

– Il y retourne très souvent. Maintenant qu'il est le grand patron, il peut le faire quand il en a envie.» Elle ajouta soudain: «Je me demande ce que va devenir l'entreprise… et la Chine.»

Cela lui rappela les mots de Fan Zhongyan, poète et homme d'État de la dynastie des Song. *Joyeux de la joie du pays, et attristé de la tristesse du pays. Hélas, en qui puis-je trouver un tel compagnon ?*

Accablée par les soucis, Shanshan venait d'exprimer un sentiment semblable.

Elle se distinguait réellement en ces temps avides de possession et luttait en faisant fi des considérations matérielles personnelles. Elle lui rappelait ses années lointaines d'université, quand il avait chéri lui aussi ces rêves idéalistes passionnés.

Leurs regards se rencontrèrent et ne se quittèrent plus. Une brise capricieuse leur parvenait à travers les arbres, comme une chanson égarée.

Deux lignes qu'il avait écrites plus tôt lui revenaient en tête… *quand tu n'appartenais plus / ni à un lieu, ni à un temps, ni à toi-même.* Des vers qu'elle lui avait inspirés, il le savait.

Il ne sut pourtant que dire, et il finit par répéter ses formules de policier.

« Merci pour ces informations, Shanshan. Et si vous remarquez quelque chose d'inhabituel, faites-le-moi savoir. »

13

C'était un des rares matins où l'inspecteur Yu de la police de Shanghai n'était pas obligé de se lever tôt. Ce samedi-là, de toute façon, il n'en avait aucune envie.

L'horloge au mur indiquait huit heures trente, mais il était encore au lit avec Peiqin. Qinqin, leur fils unique, était parti vers six heures à Pudong pour une session de révisions intensives en vue de son prochain examen d'entrée à l'université.

Une mince cloison séparait leur chambre de celle de Qinqin et ils n'avaient guère de véritable intimité, mais ce matin-là c'était différent.

Peiqin s'assit adossée à deux oreillers pour regarder la télévision en mettant le volume assez fort. Elle non plus ne voulait pas aller au marché de bonne heure. Comme Qinqin était absent pour la journée, elle n'avait aucune raison de préparer un repas spécial.

Yu resta étendu près d'elle, satisfait. Il aurait aimé fumer une cigarette au lit, mais il savait à quoi s'en tenir.

Il pensa lui parler de son travail en cours, mais changea d'avis. C'était un précieux moment de tranquillité. Il y avait plusieurs « affaires spéciales » pas trop spéciales pour lesquelles il n'était pas pressé. L'inspecteur principal Chen serait de retour dans une semaine.

Peiqin éteignit la télévision comme si elle avait songé à la même chose que lui.

« Tu as eu des affaires spéciales dernièrement ?

– Non, pas vraiment. L'une d'elles concerne un fonctionnaire de l'administration. Mais il est déjà un tigre mort et ce n'est plus qu'une question de procédure. Une liste de ses méfaits, puis un éditorial dans le quotidien *Libération* saluant la détermination du Parti dans la lutte contre la corruption. Une autre affaire concerne des dissidents qui ont voulu lancer une pétition pour le progrès des droits de l'homme. Je ne pense pas que notre brigade puisse faire quelque chose. Les autorités de Pékin les ont mis depuis longtemps sur la liste noire. C'est couru d'avance. Même Chen ne peut rien y faire.

– Alors pourquoi ces vacances soudaines de ton inspecteur principal ? »

Il avait plus ou moins prévu la question. Le caractère impénétrable de Chen était devenu un des sujets de conversation préférés de Peiqin. « Je ne vois rien ici qui ait nécessité de déranger Chen.

– Il t'a donné une explication pour ses vacances ?

– Aucune.

– Mais on ne peut jamais savoir ce que ton patron mijote vraiment. Tu te rappelles ce voyage à Pékin il n'y a pas si longtemps ? Je n'ai rien contre lui, tu le sais...

– Certains disent qu'il va peut-être devoir quitter bientôt son poste pour avoir irrité quelques personnages haut placés. Ses vacances pourraient n'être qu'un moyen de sauver la face. Mais je ne pense pas. Elles ont été organisées par le camarade secrétaire Zhao, ce qui montre au moins que Chen est toujours dans les bonnes grâces de Pékin. Ce ne sont probablement que des vacances. Ce qui n'a rien d'impensable.

– Il a besoin d'une pause, si on pense qu'il a fait une dépression nerveuse il n'y a pas longtemps et que son ex-petite amie en a épousé un autre. Des vacances lui feront sûrement du bien. Mais je me demande quand même ce qu'il fait à Wuxi. Je le vois mal se reposer en buvant du thé ou en faisant du tourisme. On dirait que ton patron apporte les ennuis partout où il va.

– J'ai appris quelque chose sur ce qu'il fait à Wuxi. Par le sergent Huang, un jeune policier de là-bas. D'après lui, Chen pourrait bien avoir une aventure de vacances. Avec une jolie femme, beaucoup plus jeune.

– C'est vrai ? s'exclama Peiqin en se redressant. Il sait y faire avec les femmes.

– Mais la chance n'est peut-être pas avec lui. Selon Huang, il y a un os. Elle est liée à un homme qui a des ennuis. De gros ennuis… »

C'est alors que le téléphone sonna.

« Oh, inspecteur principal Chen, dit Yu. Nous parlions justement de vous.

– Yu, je dois vous demander un service.

– Oui, chef?

– J'ai besoin que vous fassiez une vérification sur une personne à Shanghai. Elle vit à Wuxi, mais elle vient de Shanghai et elle continue à s'y rendre régulièrement.

– Une jeune femme?

– Mais non! Elle a la cinquantaine. Mme Liu. Son mari, directeur d'une grande usine de produits chimiques, a été assassiné il y a quelques jours.

– Je vois. Il s'agit donc de votre enquête à Wuxi, exact?

– Non. Ce n'est pas mon enquête. Je suis en vacances ici. C'est l'affaire de la police de Wuxi, mais j'ai besoin de votre aide. Mardi soir dernier, elle était à Shanghai et jouait au mah-jong avec trois partenaires. Je vais vous envoyer par SMS son adresse à Shanghai ainsi que le nom et le numéro de téléphone d'un des trois joueurs qui se trouvaient avec elle ce soir-là.

– Vous voulez que je vérifie son alibi.

– Oui, mais pas en tant que policier si vous pouvez l'éviter. Des policiers de Wuxi ont déjà fait des enquêtes préliminaires, mais elle n'est pas suspecte, pas exactement. » Comme s'il venait d'y penser, Chen se hâta d'ajouter: « Pendant que vous y êtes, trouvez aussi des informations sur un homme qui s'appelle Fu. Il travaille à Wuxi, mais lui aussi vient de Shanghai. Et il y sera ce week-end.

– Pourquoi? Il y a un lien entre les deux?

– Il pourrait y avoir quelque chose que je n'ai pas encore saisi. La police de Wuxi ne s'est pas renseignée sur lui. Pour elle, il n'est pas suspect. Je suis simplement curieux. Ce n'est sans doute qu'une intuition sans fondement. »

Bizarre. Le ton de Chen était loin d'exprimer le doute.

« Il vit dans le secteur de la vieille ville, tout près de l'intersection entre la rue de Renmin et la rue du Henan, plus au sud. Je vous envoie aussi son adresse à Shanghai. Si ma mémoire est bonne, ce ne devrait pas être très loin de l'ancien domicile de Peiqin.

– Je m'en occupe, chef. Vous voulez que je cherche quelque chose de précis ?

– Tout ce que vous pourrez. C'est samedi, je sais. Je vous le revaudrai, Yu. Et saluez Peiqin de ma part. »

« Quoi de neuf ? » demanda Peiqin dès que Yu eut raccroché.

Yu lui répéta les requêtes de Chen, qui paraissaient n'avoir aucune raison d'être si ce dernier était vraiment en vacances à Wuxi. Il aurait souhaité avoir davantage d'explications, mais l'inspecteur principal devait avoir ses raisons, comme toujours.

« Nous ferons de notre mieux pour l'aider, naturellement. »

Yu se leva, souriant du « nous » qu'elle avait employé spontanément. Comme toujours, elle était impatiente de participer.

Au début, elle l'avait suivi avec réticence dans ses responsabilités. Mais depuis qu'il était le partenaire de l'inspecteur principal elle avait beaucoup changé. En fait, elle avait contribué à sa manière à plusieurs enquêtes difficiles.

Après vérification du SMS, il composa le numéro de la femme du nom de Bai qui s'était trouvée avec Mme Liu le soir du meurtre. Elle n'était pas chez elle. Yu lui laissa un message demandant qu'elle le rappelle dès qu'elle le pourrait.

« Nous pouvons essayer de parler à ses voisins pour commencer.

– Bonne idée. »

C'était finalement pour eux un samedi d'activité, pas du tout celui que Yu avait d'abord envisagé. Mais il n'allait pas s'en plaindre.

Peu après, ils partirent pour l'ancien quartier de Mme Liu à Zhabei, une zone qu'ils connaissaient mal. Avant 1949, Zhabei ressemblait à un ramassis de vieilles maison délabrées et d'usines laides et sales, puis les « logements ouvriers » en béton des années soixante et soixante-dix ne l'avaient guère embelli. Ni Yu ni Peiqin n'avaient d'amis ni de parents à Zhabei, où il n'y avait ni magasins connus ni distractions. Compte tenu de la circulation infernale de Shanghai, ils n'avaient jamais eu de raison valable de prendre deux heures pour s'y rendre.

Mais Zhabei aussi avait beaucoup changé ces dernières années. Lorsqu'ils sortirent du métro dont la ligne venait d'être prolongée, ils découvrirent un grand nombre de nouvelles tours portant des noms et représentant des marques qu'ils n'avaient vus qu'à la télévision.

L'impression générale était néanmoins singulièrement mitigée. À deux ou trois pâtés de maisons d'un gratte-ciel ultramoderne, ils aperçurent des transversales miteuses aux bâtiments délabrés, de petites allées aux entrées sordides et des scènes qu'ils auraient crues d'un autre âge.

Ils s'approchèrent d'une petite épicerie familiale à l'entrée de l'allée où avait vécu Mme Liu. Ils eurent l'agréable surprise d'apprendre que la propriétaire, une quinquagénaire loquace appelée Xiong, connaissait bien Mme Liu dont elle avait été la voisine et l'amie d'enfance.

À en croire Xiong, Mme Liu revenait très régulièrement, bien que ses parents soient décédés, et son ancien logement restait la plupart du temps inoccupé, sauf lorsqu'elle invitait des visiteurs occasionnels. Parmi ses anciens voisins, Mme Liu jouissait de beaucoup de prestige pour en avoir invité une fois un important groupe dans un restaurant chic. Elle possédait également un appartement luxueux à Xujiahui, un des quartiers sélects de Shanghai, mais ne semblait pas y aller souvent. Aucun de ses voisins de Zhabei ne l'avait jamais vu, mais son seul emplacement en disait long sur la richesse de Mme Liu.

« Vous devriez voir comment elle joue au mah-jong, cent yuans la partie, plus les pourboires, comme si elle avait une machine à fabriquer les billets, dit Xiong avec fierté.

– Elle fait tout ce chemin pour jouer au mah-jong… Est-ce qu'elle perd aussi beaucoup ?

– Elle ne sera pas ruinée par une table de mah-jong, inutile de vous inquiéter. Pour une femme, un bon mari est beaucoup plus important qu'un bon travail, décréta Xiong. Elle a eu du nez avec les hommes. En ce temps-là, Liu était encore un rien-du-tout de la campagne, et elle l'a quand même suivi à Wuxi. Personne n'aurait eu sa clairvoyance. Pas étonnant qu'il lui donne tout ce qu'elle veut. »

Toutes ces informations n'apportaient rien. En dépit de la grande amitié qu'elle prétendait entretenir avec Mme Liu, Xiong n'était même pas au courant de la mort de son mari.

Yu et Peiqin s'adressèrent ensuite à d'autres voisins dont ils ne tirèrent pas grand-chose non plus. Certains, méfiants face à leurs questions, refusèrent de répondre. Ils réussirent à monter jusqu'au logement que Mme Liu conservait dans un modeste bâtiment à un étage. Il était verrouillé, bien entendu, mais de l'extérieur il n'était pas différent des autres.

Ce qu'ils avaient trouvé sur Mme Liu représentait donc l'histoire d'une réussite, surtout par contraste avec ses voisins, se dit Yu en cherchant une cigarette dans sa poche, mais il décida de ne pas la sortir devant Peiqin. Pourquoi Mme Liu continuait à venir dans ce malheureux quartier n'en restait pas moins un mystère. Sa famille n'avait pas été tellement riche, quoique peut-être bien vue dans le quartier. La seule explication que put imaginer Yu fut qu'elle voulait se pavaner, mais quel intérêt y a-t-il à se pavaner sans cesse pendant des années?

« Si elle est heureuse en ménage, pourquoi revient-elle si souvent? » On aurait dit que Peiqin lisait dans ses pensées.

«Je ne sais pas.» Il secoua la tête. Des enquêtes comme celle-là pouvaient être difficiles. Il n'avait aucune idée de ce que Chen cherchait exactement. Mais peut-être l'inspecteur général lui-même n'en avait-il pas une idée très claire.

Son portable sonna. Il s'agissait encore de Chen.

«Je dois vous demander un autre service, Yu.

– Allez-y, chef. Je me trouve en ce moment dans l'ancien quartier de Mme Liu.

– Merci, Yu. L'usine de produits chimiques Numéro Un de Wuxi est sur le point d'ouvrir son capital. Le directeur, Liu, est celui qui a été assassiné. J'ai peu d'informations sur les modalités de l'introduction en Bourse prévue. Cela m'aiderait si vous pouviez en apprendre davantage. Le restaurant de Peiqin appartient maintenant au groupe

Pavillon des Fleurs de Pêcher, qui va aussi ouvrir bientôt son capital. Je me souviens qu'elle m'en a parlé. Je me demande si, en tant que comptable, elle pourrait trouver quelque chose sur la privatisation de l'entreprise de Wuxi.

– Je le lui dirai. En fait, elle est à côté de moi. Vous voulez lui parler ?

– Non, je ne peux rien lui dire de plus. S'il vous plaît, remerciez-la pour son aide. Je vous dois beaucoup à tous les deux. »

« J'ai de nouveau quelque chose à faire ? » demanda Peiqin avec un sourire.

Yu lui expliqua ce que Chen attendait d'elle.

« Notre petit restaurant n'est qu'un parmi beaucoup d'autres appartenant au groupe, dit Peiqin. Ces choses-là se décident entre grands patrons, je n'ai rien à y voir.

– Mais tu as une idée de comment fonctionne une ouverture de capital ? » Il savait qu'elle s'était un peu intéressée au nouveau marché boursier.

Elle réfléchit. « Les entreprises peuvent agir de différentes manières. C'est un phénomène sans précédent depuis 1949. J'ai entendu parler de titres non cotés. Les patrons qui projettent une ouverture de capital peuvent obtenir un certain nombre d'actions en fonction de leur poste à un prix symbolique ou pratiquement pour rien. Autrement dit, quand une entreprise d'État est introduite en Bourse, le directeur général membre du Parti peut devenir millionnaire ou multimillionnaire. Personne ne peut plus faire la différence entre socialisme et capitalisme.

– C'est totalement contraire à la tradition du Parti qui veut que ses cadres servent le peuple avec dévouement et désintéressement.

– C'est pourquoi les gens veulent maintenant devenir cadres du Parti, répliqua-t-elle avec un sourire ironique. C'est tout ce que je sais sur ce type d'opération. Comment savoir ce qui se passe dans une entreprise à Wuxi ? Ton chef doit vraiment être désespéré. *Quand quelqu'un est gravement malade, il va voir n'importe quel médecin.*

– Tu crois que Chen a des ennuis ?

– Il cherche désespérément quelque chose. Sans doute à cause de ce meurtre. En tout cas, la Bourse est fermée le samedi. Inutile d'y aller. En plus, je n'y connais personne.

– Et je ne peux pas m'adresser à ceux qui y travaillent, renchérit Yu, pas en tant que policier, Chen a insisté là-dessus. Même si je le faisais, rien ne les obligerait à collaborer. Je n'ai aucune autorité dans ce domaine.

– Non, inutile, à moins de trouver quelqu'un qui possède des informations, ou des relations à l'intérieur.

– Alors, qu'est-ce qu'on fait maintenant ?

– Allons dans le quartier de l'autre. Celui de Fu. »

Il se trouvait que c'était celui où Peiqin avait grandi avant la Révolution culturelle. Comme sa famille était « noire[1] », elle ne fréquentait pas beaucoup ses voisins à l'époque. Puis ils avaient été déplacés. Le souvenir d'avoir été un « chiot noir », tête basse et queue entre les jambes, était encore douloureux. Elle n'y était pratiquement jamais revenue.

« Après tant d'années, dit-elle pensivement, je risque de ne trouver personne qui me reconnaisse, encore

1. C'est sous cette étiquette générique que tout individu dont les origines de classe, les propos ou les actions étaient jugés condamnables était mis au ban durant la Révolution culturelle. [NdÉ]

moins quelqu'un qui nous parle de Fu. Si ma mémoire est bonne, sa famille vivait dans une allée transversale où je n'allais pas très souvent. »

Cette fois, Yu eut plus de chance après avoir donné plusieurs coups de téléphone en chemin. Un de ses collègues connaissait le policier du quartier, Wei Guoqiang, et celui-ci avait promis de l'aider.

Wei les attendait dans le bureau du comité de quartier qui, tout en n'étant plus aussi puissant que durant les années de « lutte des classes » sous Mao, servait encore d'organisme de base responsable de la sécurité du secteur. Wei n'avait eu aucune difficulté à trouver tous les renseignements concernant un des résidents.

Selon Wei, Fu était né et avait grandi dans une famille pauvre dans ce quartier de classe moyenne. Dans une pièce de quinze mètres carrés d'une maison *shikumen*[1] s'entassaient trois générations de Fu : son grand père, ses parents, lui et son petit frère. Depuis que Fu travaillait à Wuxi, il partageait avec son frère une pièce en sous-location sous les toits et revenait très régulièrement.

« Attendez, l'interrompit Yu. Fu est à la tête d'une grande entreprise d'État. Il devrait avoir les moyens d'acheter un appartement pour lui, si ce n'est pour toute sa famille.

– Il est déjà directeur ? » Wei n'attendit pas la réponse. « Je peux vous dire pourquoi il n'a pas acheté d'appartement par ici. Le quartier est touché par le plan de reconstruction de la ville. Les vieilles maisons vont sans doute être bientôt détruites pour laisser place aux nouvelles

1. Ces maisons avec porche de pierre, agencées autour d'une cour, forment l'habitat traditionnel de Shanghai. [NdÉ]

constructions, et dans ce cas la famille Fu recevra au moins deux appartements en dédommagement. S'il en avait acheté un et avait déménagé, ce serait une tout autre histoire. Le dédommagement dépend du nombre de personnes dans une famille.

– Je comprends. Mais il travaille à Wuxi. Est-ce le plan de relogement qui l'oblige à revenir régulièrement à Shanghai ?

– Il paraît qu'il a une petite amie ici, quelqu'un qui a vécu dans ce quartier. Elle venait le voir chaque fois qu'il était là. Je ne la vois plus depuis un bon moment. Une dispute d'amoureux ou que sais-je. Allez savoir ce qui se passe entre deux jeunes gens. Au cas où sa famille recevrait deux appartements en dédommagement, il pourrait en garder un pour lui et sa future femme. »

Yu remarqua que c'était une chose que Chen n'avait pas mentionnée – une petite amie à Shanghai. Mais cela n'avait peut-être aucun rapport.

« Y a-t-il quelque chose de bizarre ou de suspect à signaler à son propos, Wei ?

– Dans quel sens ? Bizarre ou suspect, non, je ne pense pas. Il est entré à l'université de Fudan. Avec des parents à peine instruits ça n'était pas facile. Il a beaucoup étudié, à ce que je sais. Il y a plusieurs années, il a été représentant à la conférence nationale de la Ligue de la Jeunesse. Puis il est entré au Parti. Il a sûrement travaillé très dur s'il est déjà directeur d'une grande usine d'État.

– Vous travaillez ici depuis longtemps ? intervint Peiqin pour la première fois.

– Trois ans, presque quatre.

– J'habitais ce quartier, dit-elle d'un air mélancolique, mais c'était il y a environ trente ans.

– Vraiment?

– J'aimerais faire un tour, Yu. Il fait si beau aujourd'hui.

– Bonne idée.

– Revenez me voir si vous avez d'autres questions», dit Wei en souriant.

Ils prirent congé du policier et quittèrent gaiement le bureau du comité de quartier.

Ainsi que Peiqin l'avait supposé, beaucoup de voisins étaient partis. Elle n'en reconnut aucun. C'était bientôt l'heure du déjeuner. Quelques personnes cuisinaient à l'extérieur sur un poêle à charbon, d'autres lavaient la vaisselle dans l'évier collectif et d'autres déjeunaient déjà. Une ou deux seulement regardèrent passer les deux étrangers avec curiosité.

Finalement, elle parvint à retrouver un stand improvisé de ciboule et de gingembre au coin de la rue devant une allée transversale; la veille femme penchée dessus habitait autrefois la maison d'à côté. Peiqin l'appelait alors Tante Hui et elle devait avoir à présent dans les soixante-dix ans. Cheveux blancs, édentée, voûtée, elle était assise sur un petit tabouret. Le stand, lui, était resté le même, la ciboule toujours appétissante et le gingembre toujours doré, étalés sur la même étroite planche de bois. La seule différence étant qu'avec le temps un petit bouquet de ciboule qui n'avait coûté qu'un centime en coûtait à présent cinquante.

«J'étais une petite fille tête en l'air, Tante Hui. Un jour, vous m'avez donné un bouquet de ciboule pour un centime et vous m'avez fait cadeau d'un gros morceau de gingembre. Et ma mère m'a trouvée intelligente pendant des jours.

– Tu te rappelles encore tout ça», lui dit Tante Hui. Son visage rayonnant ressemblait à un melon d'hiver séché. «Et lui c'est…

– Oh, c'est mon mari, Yu.»

Tante Hui était contente de ces retrouvailles inattendues, mais en dehors des souvenirs des jours anciens elle n'avait pas grand-chose à dire. En tout cas, que son petit stand existe encore indiquait que la vie de la vieille femme ne s'était guère améliorée. Peiqin amena la conversation sur le sujet qui l'intéressait.

«La famille Fu vit juste en face, n'est-ce pas?

– Oui, depuis trois générations maintenant.

– Fu Guoqiang, l'aîné des petits-fils, est devenu le patron d'une grande entreprise d'État à Wuxi, paraît-il.

– Oui, je l'ai entendu dire moi aussi», répondit la vieille femme en regardant tout à coup Peiqin avec circonspection.

Peiqin sourit. «Alors notre vieux quartier a produit quelques belles réussites.»

À cet instant, la porte de la maison *shikumen* d'en face s'ouvrit avec un grincement, tel un écho du passé, et un homme grand et anguleux sortit, vêtu d'un costume de laine gris clair et portant des lunettes cerclées d'or.

Tante Hui leva de nouveau les yeux vers Peiqin avant de chuchoter: «Ça n'est autre que Fu Guoqiang. Tu ne le connais pas?

– Non, je suis partie d'ici il y a très longtemps.»

Yu se hâta de dire: «Nous devons y aller, Peiqin. Tu es restée un bon moment ici.»

Il ne crut pas nécessaire d'expliquer sa décision à Peiqin qui comprit immédiatement.

« Oui, allons-y. C'est samedi. Nous avons des courses à faire, dit-elle en épouse compréhensive. Nous reviendrons, Tante Hui. »

Ils s'éloignèrent d'un pas nonchalant, main dans la main, comme un couple d'amoureux, ce qu'ils étaient. *La chose la plus romantique c'est de vivre, aimer et vieillir avec toi, côte à côte,* dit la chanson populaire.

Ils suivirent Fu à bonne distance. Yu n'avait pas d'intention précise. Chen ne lui avait rien demandé, mais il n'avait rien d'autre à faire. Il avait appelé de nouveau Bai qui n'était pas encore rentrée. Il pensait donc que ce n'était pas une mauvaise idée de suivre Fu pendant un moment.

Ils traversèrent la rue de Yanan et arrivèrent rue de Fuzhou. Fu marchait d'un bon pas vers le nord, sans chercher d'arrêt de bus ni de taxi et sans se douter qu'il était filé.

Il tourna ensuite à gauche dans la rue de Nankin qui, à partir de l'intersection avec la rue du Henan, devenait piétonne, grouillante de boutiques et de touristes.

Yu savait que personne ne pouvait avancer vite dans la rue de Nankin. Ils risquaient toutefois d'être gênés par le nombre de magasins qui se succédaient de part et d'autre, certains bondés. On pouvait facilement se perdre de vue. Comme ils étaient deux à ne suivre qu'un seul homme, Yu pensa qu'ils pouvaient y arriver en le surveillant depuis l'autre côté de la rue.

« Nous n'étions pas venus rue de Nankin depuis des mois, dit Peiqin.

– Nous y sommes aujourd'hui. Et nous pourrons faire des courses quand nous l'aurons perdu de vue. Ne t'inquiète pas, Chen n'a pas dit qu'il était suspect. Ce n'est peut-être qu'une intuition saugrenue de la part de notre excentrique inspecteur principal. »

À présent Fu ralentissait en arrivant à l'intersection avec la rue de Zhejiang et regardait autour de lui comme s'il cherchait quelqu'un.

En effet, il s'avança quand il vit une jeune femme mince près du restaurant Sheng. Elle lui souriait et lui faisait signe. Au lieu d'entrer dans le restaurant, ils allèrent tout droit vers le vieux bâtiment à côté.

Yu et Peiqin se dépêchèrent de traverser la rue. À leur grande surprise ils se trouvèrent devant un hôtel. Ils jetèrent un coup d'œil à l'intérieur, mais ne virent pas Fu et sa compagne à la réception, ni dans le couloir mal éclairé. Ils devaient déjà être montés.

Dehors, une grande pancarte annonçait: « Servir le peuple, tarif horaire jour et nuit, disponibilité, commodité. » Le début rappelait Mao, mais la suite était surprenante. Rue de Nankin, après des heures de courses, une courte pause était la bienvenue, mais pas dans un hôtel.

Yu ne put s'empêcher d'aller regarder de plus près en laissant Peiqin en arrière.

Une jeune employée apparut, une charmante fossette à la joue. « C'est vraiment commode. Et aussi très propre. Nous changeons les draps pour chaque client. Si vous n'avez pas de compagne, nous pouvons vous en recommander une, dit-elle.

– Non, je n'ai besoin de rien. »

Yu fit un rapide demi-tour. Il doutait que dans un hôtel de ce genre Fu et sa compagne se soient inscrits sous leur vrai nom. Poser des questions à la réception ne donnerait sans doute rien. Il ne voulait pas non plus causer d'affolement inutile. Certains lieux de Shanghai avaient des liens étroits avec la police. Et il était certain que l'hôtel en faisait partie. Les clients devaient y être en sécurité.

Mais pourquoi Fu y serait-il allé si la fille qu'il venait de retrouver était sa petite amie ? Ou peut-être était-ce une de celles qui « travaillaient » pour l'hôtel ? Revenait-il à Shanghai pour cette raison ?

« Tu as vu quel genre d'hôtel c'est ? demanda Peiqin.

– Je crois que oui. Asseyons-nous quelque part un moment. »

Il décida d'attendre que le couple ressorte. Le comportement de Fu était bizarre, et même suspect. Peiqin était d'accord.

De l'autre côté de la rue, une petite place affichait un immense écran à cristaux liquides. À proximité se trouvait le fameux Septième Ciel, un célèbre dancing d'avant 1949. Il s'était transformé en Pharmacie Numéro Un de Shanghai lorsque Peiqin et Yu étaient enfants et avait à présent retrouvé sa fonction d'origine pour servir de night-club rattaché à un hôtel. Il n'était plus aussi célèbre, ni aussi chic que son ancien nom le laissait supposer. Le bâtiment de six étages était écrasé par les nouveaux gratte-ciel qui l'entouraient.

En bordure de la place, il y avait une sorte de maison de thé à la mode avec des tables dehors. Ils s'assirent. Personne ne remarquerait un couple d'âge mûr.

Yu prit une tasse de thé Colline du lion et Peiqin, un bol de tofu soyeux aux amandes.

« Je n'aurais pas le plaisir d'être ici avec toi si ton patron ne t'avait pas demandé un service, dit-elle en feignant la mauvaise humeur.

– Quand Chen sera revenu, je demanderai moi aussi des vacances, une semaine entière. Et je resterai avec toi comme aujourd'hui, tous les jours, toute la journée, si c'est ce que tu veux vraiment, Peiqin.

– Je ne me plains pas. Tu n'as pas à envier les vacances de ton chef. Elles lui sont peut-être payées, assorties de tous les privilèges auxquels a droit un cadre de haut rang, mais y a-t-il quelqu'un en ce moment même pour contempler le beau lac à ses côtés?

– On ne sait jamais ce qu'il mijote, pas vrai? Et je suppose que ce qu'il veut que nous trouvions aujourd'hui a quelque chose à voir avec la fille liée à quelqu'un qui a des ennuis.

– C'est vrai», dit-elle avec un petit soupir.

Yu passa à un autre sujet. «Tu aimes le quartier?

– Oui, mais sans doute par nostalgie. Quand j'étais encore petite fille, je suis passée quelquefois devant le Septième Ciel, il était pour moi tellement haut, tellement inaccessible...»

Tout en sirotant son thé Colline du lion, Yu jeta un coup d'œil à la rue piétonne qui ne semblait pas avoir changé de façon aussi spectaculaire que d'autres à Shanghai. Plusieurs vieux magasins, bien que rénovés, se dressaient encore là.

Sur la place, des gens se mirent à danser autour d'une radiocassette posée par terre. Un quinquagénaire chauve qui devait être le chef, vêtu d'un vieux T-shirt trempé de sueur portant le caractère Danse et d'un pantalon de soie blanche évasé dans le bas, évoluait avec beaucoup de conviction et d'application. Le mouvement semblait représenter pour lui la signification du monde, et sa ceinture verte flottait au vent. D'autres faisaient du tai chi près du coin des rues de Nankin et de Zhejiang, enchaînant les figures comme des nuages flottants, de l'eau courante… Puis Yu remarqua quelque chose sur le trottoir opposé.

Deux jeunes filles, entre dix-sept et dix-huit ans, s'approchaient d'un Occidental corpulent en montrant du doigt la pancarte de l'hôtel. Le service horaire que celle-ci vantait prit tout son sens. L'hôtel permettait un « express », pour ainsi dire, deux heures au lit suivies d'une douche rapide.

La Chine avait changé radicalement, *passant de l'océan azuré à un champ de mûres lie-de-vin*[1], aimait dire le Vieux Chasseur, le père de Yu, en citant une vieille expression.

« J'ai du mal à me rappeler ce qu'il y avait à la place de l'hôtel, dit Peiqin qui avait suivi le regard de Yu.

– Une papeterie, je m'en souviens. »

Mise à part la scène devant l'hôtel, ils se sentaient bien, assis tranquillement, regardant autour d'eux.

« Le seul endroit qui n'a pas l'air d'avoir changé est le restaurant Sheng. En tout cas pas son nom. Ni sa devanture.

– La rue de Nankin a cessé d'être la plus importante de Shanghai, mais la ville paraît toujours jeune, il y a toujours des jeunes qui arrivent et repartent, dit Peiqin. Et tous ces nouveaux magasins, ces hôtels, ces restaurants qui surgissent… »

Ce fut le tour de Yu de suivre son regard vers un nouvel hôtel près de la rue de Fujian. Luxueux, de style européen. Yu avait dû passer devant plusieurs fois, mais il

---

1. Métaphore des mutations permanentes de l'univers selon la conception taoïste, empruntée au *Baopuzi neipian* (*Traité ésotérique du maître qui porte la simplicité*) de Ge Hong (283-343). Une immortelle y explique à Wang Fangping que, depuis leur dernière rencontre, elle a vu par trois fois le mer se transformer en champ de mûres. [NdÉ]

n'avait jamais eu l'idée d'entrer. Un Gros-Sous sortait par la porte tournante et envoyait un baiser à quelqu'un à l'intérieur ; un gros diamant scintillait à son doigt.

« Oh, la Bourse, s'exclama Peiqin comme si elle venait d'avoir une inspiration. Nous ne connaissons pas d'hommes d'affaires mais Chen oui, un Gros-Sous, M. Gu, qui représente un groupe mondial.

– C'est exact, je l'ai rencontré au cours d'une enquête. Il nous a aidés en déclarant être un admirateur de l'inspecteur principal. Je pense qu'il le fera de nouveau si je lui dis que nous avons besoin d'informations pour Chen. »

Il allait utiliser son portable quand Peiqin lui toucha le coude.

« Attends. Il sort… ils sortent. »

Fu quittait l'hôtel avec la fille. Mais au lieu de se séparer, ils s'en allèrent nonchalamment bras dessus bras dessous et traversèrent la rue en direction du grand magasin Yongan, encore un vieux bâtiment d'avant 1949, mais entièrement rénové, à l'intérieur comme à l'extérieur.

Un Africain d'un certain âge en costume blanc sortit sur le balcon blanc du deuxième étage du Yongan et se mit à jouer de la trompette, comme dans un vieux film. La scène attira bientôt les curieux, dont Fu et sa compagne qui s'arrêtèrent, tête levée.

Yu profita de l'occasion pour les photographier avec son portable. Ils ne s'aperçurent de rien. Et même s'ils l'avaient remarqué, c'était une chose qui se faisait habituellement dans la rue de Nankin.

Ce n'était pas ce que Chen avait demandé, mais c'était inoffensif. Par ailleurs, ce n'était pas une mauvaise idée d'avoir des photos du quartier. La rue de Nankin changeait sans cesse. Dans deux ans, lui et Peiqin ne la reconnaîtraient plus.

Les deux se séparaient sous le balcon. Ils s'étreignirent plusieurs fois avec passion.

« Nous devrions nous séparer aussi si tu veux que je suive la femme, dit Peiqin.

– Je n'en vois pas l'utilité. »

Aussi absurde qu'ait pu paraître l'épisode de l'hôtel, Yu ne pensait pas qu'il ait un rapport avec l'enquête de Chen. Il pourrait vérifier plus tard avec Wei, le policier du quartier, cela devrait être plus que suffisant.

« Tu en es sûr ?

– Oui. Faisons nous aussi quelques courses, Peiqin. C'est samedi. Ensuite j'appellerai encore une fois Bai. »

14

Le samedi matin, Shanshan se réveilla en sursaut. Encore un mauvais signe, se dit-elle en essayant de se rappeler une horrible scène de cauchemar qui s'effaçait déjà, et elle tira sa montre de sous l'oreiller.

Il n'était pas encore huit heures. Étendue dans son lit, elle tenta de récapituler ce qui lui était arrivé les jours précédents.

Puis son regard se posa sur la soucoupe en porcelaine qui avait servi de cendrier à Chen pendant sa visite impromptue. Son doigt tapota involontairement le bord du lit, à la façon dont il avait tapoté sa cigarette.

Comme par un mystérieux contact avec la lumière matinale qui frappait sa minuscule fenêtre, le téléphone écarlate que Chen lui avait donné vibra.

« Bonjour, Shanshan. Je viens de me réveiller en pensant à vous.

– Merci de m'annoncer cette grande nouvelle. » Elle se frotta les yeux et ajouta vite : « Je plaisantais.

– Je suis à la fenêtre et je bois ma première tasse de café de la journée. La vue est extraordinaire. Je voudrais que vous soyez près de moi. *Ne t'appuie pas tout seul contre la balustrade / Fleuves et monts à l'infini...*

– Comme c'est romantique ! Je vais réfléchir à votre invitation. » Elle entendit soudain des pas qui avançaient dans le couloir et s'arrêtaient devant sa porte. Sans doute une voisine du dortoir où les jeunes, dont beaucoup de célibataires comme elle, s'empruntaient parfois du sucre ou du sel pour le petit déjeuner. « Je crois que j'ai de la visite. »

Elle se leva en short et débardeur blanc, le portable à la main.

« Réfléchissez-y Shanshan. Venez l'après-midi ou le soir, quand vous voudrez. Et si vous pensez à quelque chose d'inhabituel au sujet de votre entreprise, n'importe quoi, appelez-moi. »

La dernière phrase lui rappelait un film policier populaire, songea-t-elle avant d'entendre frapper.

Elle ouvrit la porte et eut un choc en voyant deux étrangers. L'un était grand et fort, l'autre petit et mince. Tous deux étaient en civil, avec toutefois un air féroce comme s'ils sortaient tout droit de son cauchemar.

Le grand lui montra une sorte de plaque de police et une carte de visite : Ji Lun, Sécurité intérieure.

« Mon coéquipier, Han Bing, également de la Sécurité intérieure, dit Ji en indiquant son compagnon et sans manifester l'intention d'entrer. Notre voiture est garée devant. Suivez-nous, Shanshan. »

Ce n'étaient donc pas des policiers ordinaires. Chen l'avait prévenue. Elle ignorait ce que la Sécurité intérieure pouvait faire, mais cela signifiait des ennuis, beaucoup plus graves que Shanshan ne l'avait imaginé.

« Pouvez-vous attendre un instant dehors? Je vais m'habiller. »

Quand la porte s'ouvrit de nouveau, Shanshan portait un chemiser à manches courtes, un jean et des sandales.

Ils la firent monter dans une voiture garée devant, une Lexus noire neuve. Elle ne protesta pas. Elle se dit que cela ne ferait qu'aggraver les choses devant les voisins en train de prendre leur petit déjeuner dehors.

La voiture s'éloigna en silence, à part quelques crissements de pneus sur la courte allée de gravier avant de tourner dans la rue principale.

L'habitacle baignait dans la fumée des cigarettes sur lesquelles les deux hommes tiraient avec insolence sans lui adresser la parole.

Ils mirent un quart d'heure pour arriver à un hôtel imposant, peut-être assez proche bien qu'elle ne l'ait encore jamais vu. C'était un bâtiment tentaculaire à plusieurs étages qui menaçait le lac comme un monstre surréaliste.

Les deux officiers firent un signe de tête aux employés de la réception. Ils conduisirent Shanshan directement dans une grande suite du dernier étage.

Dans le living, Ji lui indiqua un fauteuil gris tandis que lui et son camarade prenaient place face à elle sur un canapé de velours.

« Vous feriez mieux de tout nous dire immédiatement, Shanshan, commença Han.

– Je ne vois pas de quoi vous parlez, officier.

– Ne croyez pas que vous pouvez vous en tirer comme ça, enchaîna Ji. *Oubliez votre rêve de printemps et d'automne.* Jiang a déjà avoué. Crachez le morceau ou il sera trop tard pour vous.

– Je me suis séparée de lui il y a environ six mois. J'ignore tout de ce qu'il a fait depuis.

– Mais vous lui avez fourni des données sur la pollution industrielle du lac qu'il continue d'utiliser contre les intérêts du gouvernement. Vous ne pouvez pas le nier.

– Ce n'est pas un secret d'État. Elles proviennent toutes de publications officielles. Quant au lac, il suffit de le regarder.

– Pas un secret d'État ? Le document que vous lui avez fourni était estampillé "informations internes", nous avons vérifié. Il s'agit bien d'un secret d'État. Pas de doute.

– Comment aurais-je eu connaissance d'un secret d'État ? »

C'était un cauchemar récurrent, sauf que cette fois c'était la Sécurité intérieure et non Liu qui l'accusait de « divulguer un secret d'État ». Une accusation d'une extrême gravité, d'autant qu'elle était portée par la Sécurité intérieure.

« Mais l'inscription "informations internes" sur la couverture signifie seulement qu'il s'agit du bulletin interne de l'entreprise.

– C'est votre interprétation.

– C'est un crime en soi, poursuivit Ji avec rudesse. Jiang vous a parlé de vendre des secrets d'État à l'étranger ?

– Combien en a-t-il tiré ? insista Han.

– Il ne m'a rien dit. Nous ne sommes sortis que deux fois ensemble. Et nous nous sommes séparés, comme je vous l'ai dit.

– Écoutez bien ! Il va être inculpé du meurtre de Liu. Et vous serez punie aussi en tant que complice.

– De quoi parlez-vous, officiers ?

– Jiang a fait chanter Liu en se servant du secret d'État que vous lui avez fourni, et il a tué Liu qui refusait de céder, dit Ji posément en prononçant chaque mot avec une gravité tout officielle. Si vous n'êtes pas complice, qui diable l'est ? »

Dans une telle logique, elle était incontestablement impliquée, coupable, qu'elle s'en défende ou pas. Inutile de discuter.

« Et vous lui avez téléphoné après le meurtre de Liu, intervint Han. Vous prétendez toujours que vous vous étiez séparés ? »

Le désespoir la saisit. Chen avait raison sur tout, y compris sur les détails, comme ce coup de téléphone auquel Jiang n'avait pas répondu quelques jours plus tôt. Elle était surveillée et son téléphone était sur écoute depuis longtemps.

« Vous n'avez pas parlé à Jiang de l'emploi du temps de Liu ce soir-là à son appartement-bureau ? ricana Ji. Non seulement vous l'avez appelé, mais en plus on vous a vue avec lui près de l'usine la veille même du meurtre de Liu. »

Elle protesta énergiquement. « Non, je n'étais pas avec lui.

– Dans une gargote près de l'usine où vous vous retrouviez en secret. Nous savons tout sur vous, Shanshan. *Le singe n'échappe pas à la paume de Bouddha*, vous pouvez en être sûre. »

L'idée lui vint brusquement que c'était de Chen qu'ils parlaient; chez Oncle Wang. Celui qui l'avait suivie s'était trompé. Elle décida néanmoins de ne pas les contredire. Chen ne devait pas être entraîné dans cette sale histoire, elle ne se le pardonnerait jamais.

Puis elle se rendit compte qu'il y avait en effet une légère ressemblance entre Jiang et Chen.

«Nous voulons quand même vous laisser une seconde chance. Collaborez avec nous, Shanshan», dit Han en faisant tomber ses cendres dans un cendrier improvisé. C'était une suite non-fumeur. «Dites-nous ce que Jiang a fait.»

Elle se mordit les lèvres. «Vous venez de me dire qu'il a avoué. Alors pourquoi avez-vous besoin de ma collaboration?»

Ji attaqua de nouveau: «Ne faites pas la maligne, jeune femme. Ou vous vous laverez la figure avec des larmes amères tous les jours de l'année. J'y veillerai personnellement.

– Vous pensez peut-être qu'il y a *derrière* vous quelqu'un qui vous protège et qui pourrait vous aider, dit Han sur un ton plus persuasif. Vous vous trompez. Personne ne peut rien pour vous dans cette affaire. Il s'agit d'un meurtre. Vous ne feriez qu'aggraver les choses et lui causer des ennuis... aussi intelligent qu'il puisse être. Nous sommes les seuls à pouvoir vous donner une chance.»

Comme dans la vieille formule, *l'un portant le masque rouge et l'autre le masque blanc*, les deux officiers de la Sécurité intérieure appliquaient une subtile division du travail pour l'intimider. Leur allusion à un protecteur éventuel l'inquiétait cependant plus que tout le reste, même s'ils ne semblaient pas très bien savoir de qui il s'agissait en réalité. Chen avait eu raison de prendre des précautions. S'il n'avait pas acheté un nouveau portable, ils auraient découvert son identité.

Mais savait-il que la Sécurité intérieure connaissait déjà son existence ?

Quant à Jiang, elle ne croyait toujours pas qu'ils détenaient des preuves solides contre lui. Du moins pas encore. C'est pourquoi ils voulaient qu'elle collabore.

« Tout dépend de votre attitude, conclut Ji. Utilisez votre cervelle, jeune femme. »

Elle savait qu'« attitude » signifiait la manière dont elle collaborerait avec eux, mais quoi qu'elle décide de faire, c'étaient eux qui l'interpréteraient.

« Je vous laisse mon numéro de portable, dit Han en l'inscrivant sur sa carte de visite avant de se lever pour lui ouvrir la porte. Mais nous n'attendrons pas longtemps. Jiang sera inculpé, avec ou sans votre collaboration. C'est dans votre propre intérêt. »

Elle sut à peine comment elle était sortie de l'immeuble, seule.

Elle avait agi mécaniquement, l'esprit vide, avant de se retrouver sur un chemin étroit et sans nom qui longeait le lac. Des pousses de saules apparurent, longues, tendres et pourtant mélancoliques. L'hôtel n'était plus visible derrière elle. Elle ralentit, s'arrêta et regarda le lac. Son reflet dans l'eau ondulait sous le soupir de la brise.

Elle pensa qu'il était inutile de continuer à se battre.

Une oie sauvage blanche prit son envol. Où la mènerait son voyage ? Le long de la rive, rien que des cheminées d'usines de tous côtés.

Puis elle fit une chose qui l'étonna elle-même. Elle s'assit sur une pierre surplombant le lac, ôta ses sandales et mit les pieds dans l'eau.

La fraîcheur lui rappela tout à coup les souvenirs de son enfance dans la province d'Anhui. Derrière leur maison paysanne, un ruisseau gargouillait. Petite fille dans ce village rural elle allait s'y asseoir toute seule et trempait les pieds dans l'eau cristalline en rêvant d'une vie différente quand elle serait grande... Le temps s'était écoulé, telle l'eau entre ses orteils. Après l'école élémentaire, après le lycée, après l'université, un nouveau monde s'était ouvert – brièvement – lorsqu'elle était arrivée à l'usine à Wuxi. Mais bientôt, tout avait changé.

Elle s'aperçut qu'elle avait fait la même chose deux jours plus tôt dans le sampan avec Chen, elle avait plongé les pieds dans l'eau.

Elle commençait à se calmer. L'esprit moins confus, elle se dit que si quelqu'un pouvait l'aider à ce stade, ce ne pouvait être que Chen. Un homme mystérieux, mais qui avait le bras long, à sa manière. Même la Sécurité i ntérieure avait fait allusion à lui en reconnaissant à contrecœur qu'il était plein de ressources.

En pensant à Chen tandis qu'elle sortait les pieds de l'eau et remettait ses sandales, elle éprouva une sensation qu'elle eut du mal à interpréter, aussi soudaine qu'une marée de printemps.

Il était entré dans sa vie alors qu'elle n'y était pas préparée. Elle venait de rompre avec un homme qui ne lui avait apporté que des ennuis et n'était pas pressée d'entamer une nouvelle relation. Et la situation dans laquelle elle se trouvait l'y encourageait encore moins. Elle savait cependant que quelque chose l'avait attirée chez Chen dès leur première rencontre à la gargote. Quant à lui, il avait plus que clairement exprimé ses sentiments, il faisait tout pour l'aider, jusqu'à prendre des risques pour elle.

Parmi les observations qu'il avait faites, elle en trouvait une particulièrement convaincante. On avait lié son sort à celui de Jiang. Si celui-ci tombait, il l'entraînerait inévitablement dans sa chute. S'il était déclaré coupable, elle serait poursuivie pour complicité.

Mais elle ne croyait pas que Jiang ait commis le meurtre. Elle ne pouvait pas croire non plus qu'il soit allé parler à Liu à l'usine. Pas début mars, pas après la promesse qu'il lui avait faite.

De toute façon, ce qu'elle croyait ne comptait pas dans l'enquête. Elle ne pouvait rien prouver.

Une idée la fit sursauter, comme si un lapin avait jailli des hautes herbes.

Elle se ressaisit, fit demi-tour, et se dirigea droit vers l'usine.

Elle réfléchit pendant tout le chemin.

Le gardien à la grille de l'entrée fut surpris de la voir, mais ne lui posa pas de questions.

« Vous travaillez beaucoup, même le week-end, Shanshan.

– Je dois vérifier quelque chose. Ce ne sera pas long. »

Un ingénieur pouvait décider de travailler dans son laboratoire pendant le week-end. Elle l'avait déjà fait.

Elle commença par vérifier l'agenda de l'entreprise. Dans celui sur son bureau certaines dates étaient signalées en rouge avec parfois quelques mots qu'elle était sans doute la seule à comprendre, mais elle ne fut pas satisfaite.

Elle se connecta alors au site de l'entreprise et vérifia les événements répertoriés pour le mois de mars.

Son regard s'arrêta sur une page. Elle avait vu juste et poussa un soupir de soulagement.

Au début du mois, elle avait prévu de présenter à Liu une nouvelle méthode de traitement des eaux résiduaires, efficace par rapport à son coût, mais Liu n'était pas dans son bureau. Il avait une réunion à Nankin. La date indiquée sur son agenda était le 7 mars. Puis elle avait été barrée et une note indiquait: « Liu absent jusqu'au 8. » Liu était revenu tard ce soir-là. Le site le confirmait.

Il n'y avait donc aucune possibilité que Jiang l'ait vu le 7 mars, veille de la journée de la Femme, que Mi se soit trouvée à la réception et qu'elle ait entendu leur dispute dans le bureau.

Quand Shanshan quitta l'usine, le crépuscule s'étendait déjà dans le ciel.

La route pour retourner au dortoir était longue, mais Shanshan, perdue dans ses réflexions, ne se rendit pas compte de la distance.

Elle s'effondra pourtant en arrivant dans sa chambre. Elle ferma sa porte à clé, baissa le rideau et se jeta sur son lit.

Jamais elle ne s'était sentie aussi impuissante. Elle rejeta la couverture en tissu éponge décoloré et tenta de chasser les pensées qui la troublaient. Elle resta plusieurs minutes à regarder le plafond, attendant que la fin du jour y révèle des images mystérieuses.

Graduellement, elle prit conscience des bruits de cuisine dans le couloir, et surtout de l'odeur forte du poisson salé grésillant dans un wok voisin.

Elle pensa de nouveau à la visite que lui avait faite Chen l'autre jour. Y aurait-il ce soir aussi un léger coup frappé à sa porte? Elle l'espérait.

Elle se leva, enfila son peignoir, s'assit sur la chaise qu'il avait utilisée et posa les pieds sur le lit. Elle remarqua une tache rouge au-dessus de sa cheville gauche et une autre derrière son pied droit. Elle se gratta en se demandant si c'était à cause du contact avec l'eau du lac le jour même ou plus tôt, sur le sampan, à côté de lui.

Des bribes de souvenirs refirent surface, ondulant dans l'immobilité de la petite chambre. En tripotant la ceinture de son peignoir elle se souvint que ce soir-là il avait eu du mal à la quitter des yeux…

Mais quelle sorte d'homme était-il réellement, elle n'en avait aucune idée. Sûrement pas le professeur plongé dans ses livres qu'il prétendait. Au contraire, plus vraisemblablement un cadre en pleine ascension avec des relations exceptionnelles, un homme « qui avait réussi » dans la société actuelle. C'était une explication bien plus plausible aux mystères qui l'entouraient. Quelle qu'ait été sa véritable identité, pourquoi la lui avait-il cachée ?

Mais elle-même, lui avait-elle tout dit ?

Capable de l'aider ou non, c'était quelqu'un qu'elle avait envie de voir ce soir. Une épaule solide pour y appuyer la tête, un cliché.

Elle songea alors à Jiang, qui ne correspondait certainement pas à ce cliché. Elle avait essayé de le chasser de son esprit, sans toujours y parvenir. Elle ne pouvait pas croire une seule minute que c'était un meurtrier. Notamment après la vérification qu'elle venait de faire. Elle était plus convaincue que jamais que la conclusion imposée par la Sécurité intérieure reposait sur des considérations politiques.

Jiang devait être au courant depuis longtemps. En fait, il lui avait parlé de la situation dangereuse dans laquelle il s'était mis. Était-ce pour cela qu'il avait si facilement rompu ? Mais ce n'était pas sa faute si elle avait des ennuis elle aussi. Il s'était seulement montré trop empressé d'agir pour faire ce qu'il fallait pour l'environnement, pas pour lui-même.

Elle décida de ne plus y penser, elle avait mal à la tête à force de réfléchir.

Et puis, elle avait une autre idée pour la soirée.

15

Tard l'après-midi du samedi, Chen décida de faire une pause et se leva pour entrouvrir la fenêtre.

Les feuilles bruissaient faiblement, le lac s'étendait jusqu'à l'horizon, un poisson argenté bondit hors de l'eau qui s'assombrissait.

Chen savait qu'il ne s'agissait pas seulement de ce lac, et il savait aussi qu'il n'était que policier. Il tira une cigarette d'un nouveau paquet.

Il avait passé le plus clair de la journée enfermé dans la villa à réfléchir sur les informations qu'il avait réunies jusque-là et à se livrer à des spéculations, en ne s'interrompant que pour le petit déjeuner et la tisane médicinale qui lui avaient été servis tôt le matin.

Le directeur Qiao était absent du Centre pour le week-end. C'était donc une journée vraiment tranquille, telle que l'avait prévue l'inspecteur principal.

Mais ses efforts n'étaient guère fructueux. Il regarda le cendrier sur le bord de la fenêtre, un cendrier en forme de coquille, plein de mégots qui semblaient le fixer, tels des yeux de poissons morts.

Il continuait de ne pas exclure la possibilité que Jiang soit le meurtrier. Certes, la Sécurité intérieure était animée par des considérations politiques, mais elle avait également des preuves indirectes, des témoins, et un mobile plausible : un chantage raté. Lui n'avait que des théories sans fondements.

Il pouvait naturellement se dire que ce n'était pas sa faute, qu'il n'était pas un policier de Wuxi et que, puisqu'il avait les mains liées, tout se résumait à des suppositions, rien que des suppositions sans consistance.

Il se versa un verre de vin rouge en sifflotant. Bordeaux, indiquait l'étiquette. Offert par le Centre. Il contempla le vin dans le verre. Elle lui manquait.

Elle était celle qui tenait à lui sans connaître son statut. Non qu'il ait fait exprès de garder son identité secrète comme dans ce roman anglais qu'il avait lu des années plus tôt, où un noble riche et puissant se déguise en malheureux vagabond en compagnie de la fille d'un pasteur pauvre et tente de trouver le véritable amour, pour l'homme qu'il était et non pour sa richesse ou son rang.

Shanshan ne lui avait pas dit grand-chose sur elle non plus. Elle avait ses raisons, étant donné les circonstances dans lesquelles ils s'étaient rencontrés.

Une jeune femme séduisante et intelligente comme elle devait attirer beaucoup d'hommes, dont Jiang. Il n'y avait pas de quoi s'étonner.

Mais lorsqu'ils s'étaient rencontrés à la gargote d'Oncle Wang, elle n'avait personne dans sa vie, il en était certain. Et lui n'avait personne dans la sienne.

Il s'empêcha d'y penser davantage. En ce moment, il avait des choses beaucoup plus importantes à faire, en tant que policier. Il n'était pas opportun que l'inspecteur principal Chen s'égare dans une histoire sentimentale naissante.

Si la Sécurité intérieure découvrait leur relation en pleine enquête, il risquait de ne pas pouvoir se laver de cette tache, *même s'il plongeait dans le fleuve Jaune*, comme on disait autrefois.

Il était très tard dans l'après-midi. Il avait sauté le déjeuner. Il avait demandé à la réception qu'on ne le lui apporte pas. Il ne voulait pas être dérangé.

Il commençait tout de même à avoir un peu faim. Il pouvait aller à la cantine en quelques minutes, mais n'aimait pas l'idée d'y être traité en «hôte spécial». Il fit bouillir de l'eau et y jeta un paquet de boulettes aux crevettes, une préparation instantanée qu'il avait achetée au magasin du Centre.

Il termina son repas sans penser à son goût, qui n'était probablement pas trop mauvais. Quand il le fit, il lui restait encore une saveur agréable dans la bouche.

Il laissa le bol et la casserole dans l'évier sans prendre la peine de les laver. Derrière la fenêtre de la cuisine arrivait un vent capricieux qui dissipait les nuages dans le lointain.

Il enfila un vieux T-shirt et un short et décrocha de nouveau le téléphone.

Mais il hésita. Il lui avait déjà laissé un message et elle ne l'avait pas rappelé. En reposant le combiné il se demanda ce qu'elle avait fait pendant la journée. C'était tentant d'envisager une autre visite surprise chez elle, mais il décida de ne pas sortir. Il n'avait rien de vraiment nouveau à lui annoncer. En outre, le dortoir pouvait être sous surveillance.

Il alluma l'ordinateur portable. Il avait soudain envie de poursuivre ce qu'il avait commencé à écrire plus tôt dans la semaine. Il ouvrit le fichier en pensant à elle. Ce n'était qu'un premier jet, mais le texte pouvait se développer en un long poème, peut-être aussi ambitieux que *La Terre vaine.*

De nouveau des images jaillirent. En désordre, elles se pressaient autour du lac et la montraient, elle, au milieu des mots. Le moment où elle était assise avec lui dans le sampan, l'eau du lac qui l'appelait dans un murmure, et elle qui lui parlait des problèmes d'environnement…

Le matin arrive au lac
en vagues d'eau toxique, en vagues
d'air empoisonné, déferlant pour éteindre
le sourire du réveil dans les rameaux.
Elle marche en veste rouge,
voile lumineuse à travers la poussière
sous le réseau de tuyaux,
depuis longtemps délabrés, vaste toile d'araignée
dégouttante d'eau souillée.
Un crapaud couvert de boue se lève d'un bond
devant le rapport pailleté de rosée dans sa main,
ouvre ses yeux endormis, voyant tout
encore sombre autour, retombe dans son sommeil.

L'idéalisme juvénile de Shanshan semblait contagieux. Chen avait cru ne plus être capable de lyrisme sincère. Mais peut-être n'était-il pas trop tard pour recommencer, se dit-il, et il pianota sur les touches en pensant à elle.

Les ongles cassés et bleuis
des feuilles enserrent
la rive stérile du lac,

les poissons morts flottent, brillants,
ventres tremblants de mercure,
leurs yeux vitreux luisent encore
de l'horreur et de la fascination passées,
se lèvent encore quand apparaît
une sorcière dansant en bikini noir,
ses longs cheveux de jais répandus
sur ses épaules blanc de neige, jaillit
dans la fumée noire des cheminées,
sur les courants noirs des déchets
à travers le lac, un bois noir de
cauchemar surgit.
Un chien enfermé aboie
dans le lointain.

Qui marche à tes côtés ?

La lumière de la lune coule comme l'eau,
et les soucis dérivent tel un bateau...
Qui siffle le Beau Danube bleu ?
Si près, pourtant si loin.
Toute la joie et la tristesse d'un rêve.

Sous des mesures de violon,
un rat d'eau rampe sur la rive.
La ville s'éveille au matin en éternuant
et s'endort le soir en toussant.

Qui marche à tes côtés ?

Les vers affluaient, comme par vagues. Il travaillait dans une intense concentration et il était en train de se verser un autre verre de vin quand le téléphone sonna. C'était l'inspecteur Yu à Shanghai.

À l'évidence, Yu n'appelait pas de chez lui, mais de quelque part dans la rue. Chen entendait la circulation en bruit de fond et, de temps en temps, les exclamations de Peiqin.

Yu lui raconta ce que Peiqin et lui avaient appris.

Ce fut un assez long récit. Yu tenait à inclure en la citant les analyses de Peiqin. Chen écouta sans l'interrompre en dégustant son vin jusqu'à ce que Yu finisse de lui parler de Mme Liu.

« Alors que pensez-vous de ses fréquents voyages à Shanghai ?

– Difficile à dire, chef. Peiqin pense que c'est peut-être compliqué. Que ce n'est pas qu'une façon d'échapper aux désagréments de Wuxi. Il n'y a qu'à Shanghai qu'elle peut conserver son image de femme qui a réussi. C'est, sans aucun doute, un personnage qui tient désespérément à son apparence, à garder la face. » Il ajouta : « Et il en est certainement de même pour Fu.

– Mais encore ? »

Yu lui résuma ce que Peiqin et lui avaient vu depuis la maison de thé de la rue de Nankin.

« J'ai pris plusieurs photos de lui avec la fille, dit Yu. Peiqin dit que je suis un détective privé. Une profession en vogue, ici. Il paraît que le Vieux Chasseur envisage une nouvelle carrière dans ce domaine.

– Ce serait une bonne idée. Dans la société actuelle, beaucoup d'épouses riches ont recours à ce service pour prouver les infidélités de leur mari. Votre père est aussi expérimenté qu'énergique, un véritable vieux chasseur. Alors pourquoi pas ?

– Encore une chose. Peiqin et moi avons pris contact avec Gu, le président de la New World Cooperation. À sa connaissance, il n'y a rien d'extraordinaire dans le projet d'ouverture de capital de l'usine de produits chimiques Numéro Un de Wuxi. Quand une entreprise est introduite en Bourse, le directeur général membre du Parti obtient naturellement la majorité des actions. Bien entendu, Gu a promis de se renseigner autour de lui.

– Je vous remercie, Yu, pour tout ce que vous avez fait pour moi, et je remercie aussi Peiqin, bien entendu. »

Chen essaya de faire entrer ces dernières informations dans le puzzle, mais sans succès. Il se sentit bientôt épuisé par les spéculations stériles. À sa grande surprise, il avait une vague envie de dormir. Peut-être avait-il un réel besoin de vacances.

Après un coup de téléphone insignifiant à Shanghai, il se prépara une tasse de thé Nuage et Brume dans l'espoir qu'elle le revigorerait. Il n'en fut rien. Il fit alors du café en complément. Ce n'était pas un jour à se coucher tôt. La Sécurité intérieure était déjà en train de conclure. Il devait être en possession de tous ses moyens, se dit-il en se servant.

Une idée le frappa soudain : Liu aussi, ce soir-là, avait essayé de travailler. Seul dans son appartement, il avait pu s'assoupir, c'était concevable. Mais il n'aurait probablement pas pris de somnifères, pas aussi tôt. Si on comptait une demi-heure pour qu'ils fassent effet, Liu ne les aurait pas avalés avant vingt et une heures. Inexplicablement tôt pour quelqu'un qui avait prévu de travailler tard sur un dossier important.

Et cela conduisait à une autre énigme. L'absence de tasse visible dans l'appartement. Il était arrivé que Chen avale des médicaments sans eau dans certaines circonstances, dans un train bondé par exemple. On imaginait difficilement que Liu, dans son propre appartement, ait agi de la sorte.

En cas de meurtre sans préméditation, l'agresseur avait pu utiliser comme arme ce qu'il avait sous la main et l'emporter avec lui. Mais une tasse aurait été trop légère pour infliger un coup fatal. D'après le rapport d'autopsie, il ne pouvait s'agir que d'un objet lourd. Quoi d'autre, de lourd et contondant, manquait sur les lieux ?

Il essaya encore une fois de faire entrer Jiang dans ce tableau. Le meurtre sans préméditation s'y prêtait, comme pour tout autre visiteur inattendu ce soir-là. Mais la prise de somnifères rendait le scénario improbable. Quant à l'arme du crime, Chen n'avait aucune idée.

Il ressentait une légère nausée, la tête lui tournait, sans doute à cause d'un excès de café dans son estomac vide.

Il décida de faire une nouvelle pause. Appuyé à la fenêtre, il regarda dehors. Pour cette époque de l'année la lumière se prolongeait dans un long crépuscule. Il était fasciné par les nuages écarlates derrière les sommets déchiquetés ; ils semblaient lancer une gigantesque flamme qui dorait l'immense étendue du lac. Celui-ci ne s'était jamais montré aussi magnifique, comme s'il exposait sa grâce naturelle en s'efforçant de se protéger de la contamination…

Il se vit incapable de se remettre à travailler sur le poème inachevé. Il conserverait ces fragments dans l'ordinateur portable. Il ignorait quand il connaîtrait de nouveau l'inspiration pour y mettre la dernière main.

Quoique, ce n'était peut-être pas très important. Il pensa de nouveau à ce que Shanshan avait dit à propos de l'insignifiance de la poésie dans la Chine d'aujourd'hui. Il appuya sur la touche de sauvegarde et alla prendre une douche.

Il s'enveloppa ensuite dans le peignoir gris fourni par le Centre, alluma une cigarette et s'allongea sur le canapé avant d'allumer la télévision.

Rien ne méritait vraiment d'être regardé sauf un match de football « très attendu », ce qui ne le passionnait pas. Un souffle imperceptible d'air frais montait du lac. Il alla chercher un drap de bain. Il s'endormait parfois plus facilement avec la télévision allumée. Il ne voulait pas se coucher pour la nuit, mais un somme pouvait lui éclaircir les idées.

16

Il y eut un coup léger à la porte.

Il pensa s'être assoupi. C'était un soir où la plupart des gens du Centre devaient être assis devant la télévision. Qui pouvait être le visiteur ? Il se frotta les yeux.

Il ouvrit la porte et vit Shanshan en chemisier blanc à manches courtes, jean et sandales, une sacoche vert clair à l'épaule.

Elle avait l'air aussi à l'aise que si elle revenait d'une longue promenade au bord du lac. Quelques cheveux accrochés à ses joues donnaient de la gaieté à son visage en dépit de très légers cernes sombres sous ses yeux.

« J'ai pris le raccourci que vous m'avez montré l'autre jour et je suis entrée par la porte dans la clôture. À l'intérieur, personne ne m'a arrêtée ni posé de question. »

Chen comprit que les agents de sécurité s'étaient certainement égarés devant le match de foot.

« Bienvenue, Shanshan. Mais vous m'avez pris par surprise. Excusez le désordre. Entrez.

– Je voulais moi aussi vous voir quand vous n'attendez personne. Nous sommes à égalité maintenant. » Elle entra et ajouta plus bas, toujours souriante : « Vous aviez parlé de la possibilité que le téléphone soit sur écoute. Alors j'ai pensé qu'il valait mieux que je vienne sans vous appeler.

– C'est vrai que nous ne saurions être trop prudents, mais…

– Qu'avez-vous fait ce soir ?

– Oh, rien de particulier, j'ai regardé la télévision. Mais il n'y a rien de bien.

– Quel merveilleux endroit, Chen, et rien que pour vous !

– Pas trop mal, disons. Je vous en prie, asseyez-vous.

– Un endroit pour cadre de haut rang, vraiment. » Elle s'approcha du fauteuil tournant devant le canapé mais ne s'assit pas immédiatement.

« Vous êtes sarcastique, Shanshan. Oui, c'est un traitement spécial, mais je vous l'ai dit plusieurs fois, il ne m'était pas destiné.

– Vous ne dormiez pas, au moins ?

– Non, je viens de prendre une douche. »

Elle jeta un coup d'œil tout autour de la pièce et s'attarda sur l'emballage plastique roulé en boule sur le bureau.

Elle le prit, le jeta dans la corbeille à papier sous le bureau, et sa main effleura le clavier par inadvertance. L'écran s'alluma et les lignes inachevées apparurent.

« Oh, vous écrivez de la poésie.

– Rien que des bribes. » Il ajouta sans réfléchir : « Mais c'est vous qui les avez inspirées.

– Arrêtez, dit-elle en se penchant vers l'écran. Je peux regarder ?

– Naturellement, mais le poème n'est pas achevé, il est encore à l'état brut. »

Elle s'installa pour lire et prit un crayon rouge comme si elle allait faire des commentaires. Il lui glissa un bloc-notes.

Elle n'écrivit rien. Absorbée par sa lecture, elle mordillait le crayon. Debout derrière elle, il sentait le parfum de ses cheveux.

Elle mit un certain temps à lire jusqu'à la fin. Puis elle leva la tête. « C'est très beau, Chen.

– Pas du tout, ce n'est qu'un début, un premier jet, désorganisé.

– Vous allez finir ce poème et le publier, dit-elle avec sérieux. La protection de l'environnement est une question encore très accessoire pour beaucoup de Chinois en ces temps matérialistes, trop technique pour certains et trop irréaliste pour les autres, mais ils liront votre poème et ils y réfléchiront.

– Je l'espère. Oh, j'ai laissé un message sur votre portable cet après-midi.

– Désolée, je ne l'ai écouté qu'il y a une heure environ. Quelle sale journée !

– Racontez-moi. » Il sortit une canette de Coca-Cola du réfrigérateur et la luit tendit.

« Quelle journée ! répéta-t-elle les yeux fixés sur la canette. Parfois on aimerait oublier tous ses soucis et faire ce qu'on n'a pas encore pu faire, pas vous ?

– Si, moi aussi, répondit-il en se demandant ce qu'elle voulait dire, de temps en temps. »

Elle lui raconta alors ce qui lui était arrivé depuis le matin.

Chen ne fut pas vraiment surpris d'apprendre la démarche de la Sécurité intérieure. Mais Shanshan n'était plus aussi vague sur ce qui s'était passé entre elle et Jiang. Il aurait dû le deviner depuis longtemps. On ne voit décidément que ce qu'on veut bien voir. Mais il était policier, il devait se montrer plus clairvoyant.

Se pouvait-il qu'elle soit venue ce soir dans l'intérêt de Jiang? Chen se contrôla pour ne pas y penser.

Elle avait également expliqué qu'elle s'inquiétait pour lui, Chen, après avoir rapporté en détail ce que les hommes de la Sécurité intérieure avaient dit à propos de quelqu'un *derrière* elle. Il était donc possible aussi qu'elle soit venue pour son bien.

« Vous devez faire attention à vous, Chen, conclut-elle.

– Ne vous en faites pas pour moi. Je ne pense pas qu'ils puissent m'atteindre si facilement.

– Mais je me fais un sang d'encre. En venant ici, je me retournais tout le temps pour m'assurer que je n'étais pas suivie. » Elle poursuivit, manifestement secouée par l'entrevue avec la Sécurité intérieure. « Dans votre message, vous me demandiez de penser à ce qui était inhabituel à l'usine et j'y ai beaucoup réfléchi. Il y a une chose que je retourne dans ma tête, mais je ne sais pas quoi en penser.

– Dites-moi.

– Liu est mort. On ne doit pas dire du mal des morts.

– Je comprends, mais la vie d'un autre homme, peut-être un innocent, est en jeu.

– Et en tant que femme, je déteste dire du mal d'une autre femme dans son dos.

– De qui parlez-vous?

– De Mi, la petite secrétaire. Tout le monde sait que Liu allait à son appartement-bureau pour coucher avec elle. Mais en tant que petite secrétaire, elle n'a jamais travaillé tard au bureau. J'ai vérifié auprès de ses collègues. Pourtant elle a dit que ce soir-là, précisément, elle était restée très tard.

– C'est une bonne remarque, Shanshan. Mais Mi a un alibi. Fu l'a vue travailler tard ce soir-là, en raison du projet d'introduction en Bourse. Ils étaient vraiment très occupés.

– C'est possible. Mais j'ai vérifié autre chose. Les gens du bureau travaillaient sur un plan de restructuration préalable à l'ouverture du capital. Je ne sais pas ce qu'il implique exactement. Certains devront peut-être partir…

– Ce pourrait être très important. Savez-vous quelque chose sur Mi en rapport avec l'introduction en Bourse ou le plan de restructuration ?

– Elle ne sera pas licenciée. Quelle que soit la restructuration, Mi restera et obtiendra ses actions en cas d'ouverture sur le marché boursier. C'est certain. Même moi, si je ne suis pas licenciée d'ici là, je récupérerai peut-être dans les deux cents actions, ce qui n'est rien, bien sûr. Pensez donc, deux ou trois cents actions pour un employé ordinaire contre deux ou trois millions pour Liu. Le nombre d'actions serait déterminé par le poste. Quant à Mi, ce que Liu aurait pu lui donner en privé, c'est une autre histoire… Mais revenons au soir en question. D'après ce que j'ai appris des collègues de Mi, elle n'a jamais été mêlée aux décisions stratégiques. Ce n'est qu'une petite secrétaire. Vous savez ce que cela signifie.

– Mais à présent qu'elle est à la tête du bureau, elle va peut-être prendre de nouvelles responsabilités.

– C'est vrai. L'ironie étant que Fu lui ait donné ce poste deux jours seulement après la mort de Liu.

– Fu a-t-il expliqué cette promotion ?

– Il a dit que Liu avait pris la décision depuis longtemps ; il n'a fait que l'appliquer. Il a probablement besoin de son aide. Certains dossiers de l'entreprise n'étaient sans doute connus que de Liu et de Mi.

– Oui, il a sûrement besoin d'elle. À propos, je viens d'apprendre que Fu a une petite amie à Shanghai.

– Comment avez-vous pu… » Au lieu d'achever sa phrase elle répondit : « Non, je ne pense pas. Il n'en a jamais parlé à personne. Pourquoi en ferait-il un secret à l'usine ? »

Était-ce une de ces « filles » que Fu avait ramassée devant un hôtel sordide ? Non, se dit Chen, cela ne cadrait pas avec la description de Yu.

« Comment pouvez-vous en être aussi sûre, Shanshan ?

– Fu m'a dit lui-même qu'il n'avait pas de petite amie, une façon de me faire des avances. Il n'y a pas très longtemps, avant que j'aie tous ces ennuis, naturellement.

– Je ne m'étonne pas qu'il vous ait fait des avances. Rien de surprenant. Comme dans *Le Livre des poèmes, Un homme ne peut que courtiser une beauté* .

– Ne dites pas cela Chen, pour être exacte il n'a pas trop insisté, dit-elle en fronçant légèrement les sourcils. Excusez-moi, je me suis écartée du sujet. Mais il y a quelque chose à propos de Mi dont je dois vous parler.

– C'est ma faute, Shanshan. S'il vous plaît, continuez.

– Admettons qu'elle ait travaillé tard ce soir-là, ce dont je doute, elle a menti à propos d'autre chose.

– De quoi ?

– Vous m'avez dit qu'elle avait vu Jiang et Liu se disputer dans le bureau le 7 mars, la veille de la journée de la Femme. C'est bien ce dont elle s'est souvenue ?

– Oui.

– Eh bien ce n'est pas vrai. J'ai vérifié l'agenda de l'entreprise, et aussi le site. Liu était à Nankin ce jour-là et il n'est revenu que tard le soir.

– C'est une information. Mais, un instant… je crois que Fu a confirmé la déclaration de Mi. » Il se leva pour prendre le dossier fourni par le sergent Huang et le consulta sur-le-champ. « Voyons. Là-dedans, Fu ne donne pas de date précise, il évoque seulement le début du mois de mars, mais il dit qu'il a vu Jiang dans le bureau sans savoir qui c'était et que Mi le lui a dit plus tard. »

Il s'aperçut qu'elle regardait avec beaucoup d'attention la mention « confidentiel » sur le dossier. Au lieu de s'asseoir, il resta debout le dossier dans les mains. La vue de celui-ci pouvait confirmer les soupçons de Shanshan sur son identité, mais ce n'était pas le moment de s'en inquiéter.

« J'ignore pourquoi Mi a fait cette déclaration défavorable à Jiang. Mais grâce à vos relations, vous pourriez peut-être le découvrir.

– Je ferai appel à la collaboration de l'officier Huang, dit-il. Nous revérifierons les déplacements de Liu le 7 mars. Si besoin est, je peux aussi téléphoner à la police de Nankin. Toutes les pierres seront retournées. »

Elle se leva à son tour, une expression grave sur son visage que découpait la lumière douce de la fenêtre.

« Je suis venue aussi vous demander une faveur, Chen.

– Tout ce que je peux faire pour vous, Shanshan.

– J'ai rassemblé des informations sur la pollution industrielle dans le secteur. » Elle sortit un gros dossier de sa sacoche. « Données authentiques. De première main. Introuvables même dans les "bulletins d'informations internes".

– Oui ?

– La Sécurité intérieure peut fouiller ma chambre n'importe quand. Je veux que vous gardiez ce dossier pour moi. Si vous en avez la possibilité, publiez-le. Pas pour moi, mais pour tous ceux qui subissent ce fléau.

– Il ne vous arrivera rien, Shanshan.

– Ce n'est peut-être pas facile, même pour quelqu'un comme vous, je sais, mais je vous le demande quand même.

– Je ferai tout mon possible pour qu'il soit publié. Je vous en donne ma parole. »

Elle le regarda dans les yeux. « Vous êtes la seule personne en qui j'ai confiance.

– Je vous le promets », répéta-t-il, et il lui prit le dossier.

Puis la main.

Soudain, elle se pencha vers lui, la main dans la sienne, sa tête touchait son épaule. Il sentit son souffle tiède.

Ils étaient debout devant la fenêtre, l'un près de l'autre. Derrière elle, le lac était calme, magnifique au clair de lune. Dans le ciel d'un bleu profond les nuages de la nuit se dissolvaient.

Elle tourna son visage vers lui, ses yeux brillaient. Il serra plus fort sa main, douce, légèrement moite. Elle leva l'autre main et ses longs doigts effleurèrent son visage, aussi légèrement qu'une brise venue du lac.

Comme portés par l'eau, plusieurs vers d'un autre poète, dans un autre pays, lui revinrent. *Viens à la fenêtre, l'air de la nuit est doux… Ah mon amour, soyons fidèles / L'un à l'autre…*

Longtemps auparavant, très loin, le poète avait regardé la nuit à la fenêtre, en compagnie de quelqu'un de très proche, de très cher, en pensant à la raison pour laquelle ils devaient s'aimer: *le monde, bien qu'il semble / s'étendre devant nous comme un pays de rêve / Aussi varié que beau et neuf, / est vraiment sans amour, sans joie et sans lumière, / Sans paix ni certitude, où la douleur est reine...*

C'était un poème mélancolique qui présentait l'amour comme le seul moyen de fuir, momentanément, un monde sans foi, affligé par «la misère humaine» et «une éternelle note de désespérance.» Mais à cet instant, le monde de Shanshan et de Chen près du lac était encore pire, un monde totalement pollué. Aucune certitude, ni dans l'air, ni dans l'eau, ni dans la nourriture; ils se tenaient *sur une plaine / Que traversent les bruits confus de luttes et de débandades / D'armées aveugles qui se heurtent dans la nuit.*

Ils pouvaient cependant être fidèles l'un à l'autre.

Depuis son arrivée, Chen attendait confusément ce moment. Mais ils avaient été absorbés par leur conversation sur le meurtre, la conspiration, la politique environnante. Soudain, dans le silence inopiné, ils prirent conscience de la portée de cette nuit.

Peu avant, elle avait paru préoccupée, mais elle était maintenant intensément présente. Le clair de lune semblait n'illuminer que son visage serein. Il posa le dossier sur le bord de la fenêtre, ses doigts touchèrent les lèvres de Shanshan, et elle murmura son nom contre sa main.

«N'avons-nous pas assez parlé des autres?» Elle se retourna en le tirant par la main.

Il distingua à droite l'invitation de la porte ouverte de la chambre. La lumière miroitante se répandait telle une étendue d'eau.

17

À minuit il se réveilla.

Elle dormait près de lui, la tête nichée contre son épaule, les jambes emmêlées dans les siennes.

Le rideau entrouvert laissait passer un rayon de lune ; son corps nu avait un éclat de porcelaine, une petite nappe de sueur s'évaporait dans le creux entre ses seins à peine dissimulés par la couverture fripée.

Au-dehors il aperçut, hautes dans le ciel, les étoiles scintillantes, et au loin une faible lueur vacillante qui disparut sur l'eau. Un bateau passa en silence. Le tic-tac du réveil électrique égrenait des secondes invisibles.

Ainsi c'était arrivé. Il avait encore du mal à y croire. Comme si après avoir été un autre homme il se repassait à présent avec stupéfaction ce qui était arrivé à un étranger. Il la regarda de nouveau, ses cheveux noirs répandus sur l'oreiller blanc, son visage clair, paisible, et cependant consumé de passion après le moment d'embrasement où le nuage était arrivé et la pluie était tombée.

Au IIe siècle avant J.-C., Song Yu, célèbre poète de l'État de Chu, avait écrit des élégies sur la liaison du roi Chu Xiang avec la déesse de la montagne Wu. Celle-ci promit, quand ils se séparèrent, qu'elle reviendrait sous forme de nuages et de pluie. Métaphore éblouissante, adoptée par la littérature classique chinoise pendant des milliers d'années, pour désigner l'amour charnel.

Dans l'obscurité, le souvenir intense de ce moment revint à Chen par bribes lumineuses.

La part de désespoir qui les habitait l'un et l'autre avait rendu leur passion plus violente. Nul ne pouvait dire ce qu'il adviendrait; d'elle, de lui, du monde. Ils n'avaient rien à quoi se retenir sinon à l'instant où ils étaient eux-mêmes, se perdant et se retrouvant fondus l'un dans l'autre.

Au-dessus de lui, elle était devenue nuage blanc éblouissant, balancement langoureux, doux et ferme, envoûtant, presque immatériel, puis frémissante lorsqu'elle s'était transformée en pluie soudaine d'une incroyable tiédeur et pourtant fraîche, éclaboussante, ses longs cheveux en cascade tel un torrent sur son visage éveillant des sensations qu'il n'avait encore jamais connues. Puis elle avait ondulé sous lui comme le lac, flot constant de vagues convulsives, montant et descendant dans l'obscurité, se cambrant, les jambes nouées autour de lui, sa tiédeur humide l'engloutissant, l'entraînant dans les profondeurs avant de le ramener à la surface…

Ensuite ils étaient restés dans les bras l'un de l'autre, alanguis, en harmonie avec l'eau du lac qui clapotait dans le calme nocturne.

« Nous avons le lac pour nous seuls. »

Elle avait répondu en chuchotant d'une voix rauque : « Oui, nous sommes le lac », avant de s'endormir dans ses bras…

Un oiseau de nuit hulula ; un cri sinistre à la fois lointain et proche. Chen espéra que ce n'était pas une chouette, censée porter malheur à cette heure. La sensation inexplicable d'un pressentiment le ramena au présent.

Il se tourna de nouveau vers elle, pelotonnée à côté de lui, l'éclat serein de ses traits clairs à la lumière de la lune. Il fut inondé de gratitude.

Tout cela lui donnait peut-être trop à penser dans l'immédiat. Mais il devait au moins envisager un plan pour la protéger, et ensuite, si possible, un plan pour leur avenir.

Or, huit ou neuf fois sur dix, les choses ne se passent pas comme prévu en ce monde, a dit un sage d'autrefois.

À l'université, Chen avait envisagé bien des carrières, sauf celle de policier, mais il avait échoué. Puis il avait essayé d'en être un bon. Était-il en train d'échouer à nouveau ? Il n'était pas prêt à l'admettre. Pas encore. On ne pouvait rien juger en dehors du contexte ; cela, il l'avait appris grâce à son travail.

Pour lui, être un bon policier se résumait invariablement à résoudre consciencieusement une affaire et, dans le cas présent, il devait en outre s'assurer qu'il n'arriverait rien à Shanshan.

En était-il capable ? Cette fois, en fin de compte, il s'agissait de politique, et celle-ci roulait telles les balles de couleur entre les mains d'un prestidigitateur, mais malheureusement pas dans les siennes.

Ainsi, tout ce qu'il pouvait faire était de jouer la partie comme un policier. Ce ne serait pas facile. La Sécurité intérieure était certes guidée par la politique, mais au moins avait-elle des témoins et des preuves. Politique mise à part, il n'avait pratiquement aucun atout dans son jeu. Sans parler de l'éventuel conflit d'intérêts, pour la première fois dans sa carrière.

Mais il y avait quelque chose dans ce qu'elle lui avait dit au début de la soirée à propos d'une déclaration capitale pour l'enquête…

Elle s'étira et se retourna en étendant ses longues jambes. Il ne put s'empêcher de tendre la main et de suivre le dessin de son dos nu, aussi doux sous ses doigts que *la rumeur qui commence, cesse et recommence / Sur un rythme tremblant et traînant...*

Une fois encore il était trop distrait pour se concentrer sur l'affaire.

Il se leva, alla chercher l'ordinateur dans le living et retourna vers le lit. Adossé aux oreillers, il posa l'ordinateur sur ses genoux relevés, en regardant le visage de la jeune femme blanchi par la lune. Immobile, indifférent aux vagues du temps qui s'écoulait dans la nuit, il réfléchit.

La pluie commença à tomber. Il l'écouta crépiter contre les vitres en songeant au lac et à la *ceinture étincelante de ses plis.*

Soudain, Shanshan lança un bras, ses doigts effleurèrent les touches et sa main retomba pour saisir sa jambe, comme si elle voulait s'assurer qu'il était auprès d'elle dans son sommeil. Un geste accidentel qui fit apparaître ce qui était déjà écrit sur l'écran.

Il se mit alors à travailler sur la foule d'images qui lui venaient en tête, en pensant au combat solitaire qu'elle menait pour le lac.

Bientôt le printemps s'éloigne de nouveau.
Combien de vent et de pluie
peut-il encore endurer ? Seule la toile d'araignée
tient encore à attraper
un brin de la mémoire qui s'efface.
Pourquoi la porte est-elle toujours couverte
par la poussière des doutes ?
Le lac pleure, face
au splendide soleil silencieux.

Qui marche à tes côtés ?

La lune s'éveille d'un cauchemar
plongée dans l'ammoniac, pâle,
pensive, elle s'interroge,
dans le reflet acide du lac,
les étoiles clignent des yeux larmoyants,
tremblantes dans le froid.

Près du lac, un pommier en fleur
transparent dans la lumière attend…
un geste, rien
qu'un geste, l'analyse toujours faite
sur l'échantillon le plus pur
conforme aux normes.

Les vers étaient désordonnés, mais il était impératif qu'il les note sans faire de pause. Il continua de taper, de juxtaposer des scènes, de sauter d'une strophe à l'autre, sans se soucier de la structure ou de la syntaxe. La réalité aussi était désordonnée.

Les vers semblaient couler du lac, à travers elle. Il était seulement là par hasard, à taper sur l'ordinateur. Le silence autour de lui respirait le parfum délicat de son corps nu. Entre les images qui se pressaient sur l'écran il s'interrompit pour la regarder encore. Il se rappelait à peine comment il l'avait rencontrée dans la petite gargote, une semaine plus tôt seulement.

Il essaya de se faire une idée précise de la rude bataille qu'elle menait dans son travail, seule près du lac, jour après jour.

Et lui, qu'avait-il fait? Policier estimé, membre du Parti, profitant de tous les privilèges et même de ceux d'un «cadre de haut rang» au Centre, il n'avait guère prêté attention aux questions d'environnement. Il était bien trop occupé à être l'inspecteur principal Chen, un homme en pleine ascension dans le système.

Il écarta de son front une mèche de cheveux collés par la sueur; il aurait voulu la rencontrer plus tôt et en apprendre davantage sur son combat. Il ajouta une touche intime au poème en pensant à une conversation qu'ils avaient eue à propos du lac.

La nuit dernière un oiseau blanc
est entré de nouveau dans mon rêve,
comme une lettre, m'annonçant
que la pollution était maîtrisée…
À mon réveil le nuage de la nuit se dissipait
dans l'éther, j'ai frissonné,
retrouvant mes esprits avec difficulté.
Il semble que la clé n'ait
tourné qu'une seule fois
avant que la porte ne s'ouvre, seulement
sur les étoiles anémiques perdues
dans le lac des déchets… »

Finalement, il revint au début du poème et tapa un titre provisoire, «Les Courants fourbes du lac Tai». Il savait qu'il n'était pas achevé, mais il savait aussi que le lendemain serait une journée chargée pour le policier. Il déposa l'ordinateur sur la table de nuit, prit la main de Shanshan et s'endormit enfin.

18

Ce n'est que le dimanche matin que Bai rappela l'inspecteur Yu.

Celui-ci répéta ce qu'il avait dit dans son message: «Je sais que vous et Mme Liu êtes bonnes amies et j'aimerais vous parler.

– J'aimerais aussi vous parler, M. Yu, mais je suis sur le point de me rendre à l'église, et je pars pour Nankin cet après-midi. Si c'est réellement urgent, nous pouvons nous retrouver ce matin après le service, je serai à Moore, près du cinéma de la Paix. Ensuite, j'irai sans doute directement à la gare.»

Yu et Peiqin rejoignirent donc l'église qui avait été élevée et nommée ainsi en mémoire d'un donateur américain de la fin du XVIIIe siècle. C'était un édifice néogothique en brique, arborant une énorme croix au sommet de son clocher, au coin de la rue de Xizhuang. Une sorte de repère autrefois; mais comme d'autres constructions anciennes telles que le Septième Ciel, l'église paraissait maintenant perdue parmi les gratte-ciel ultramodernes. Elle avait néanmoins fait l'objet d'un ravalement récent.

Quand ils arrivèrent, le service venait de commencer, mais il y avait encore beaucoup de monde dehors qui bavardait. Ils furent surpris de trouver autant de gens.

«Je suis allée plusieurs fois au cinéma d'à côté, mais je n'ai jamais mis les pieds à l'église, dit Peiqin.

– Moi non plus.

– Je pense qu'il vaut mieux croire en quelque chose plutôt que de ne croire en rien.

– En quoi crois-tu, Peiqin?

– Je n'ai pas de grandes théories, mais je crois que c'est mal de tuer quelqu'un. C'est pourquoi je veux t'accompagner aujourd'hui.

– Merci. »

L'église était imposante avec les piliers rectangulaires de la salle et les balustrades en pierre de la galerie, mais elle était bondée. La brochure qu'ils avaient prise en entrant indiquait que le rez-de-chaussée et la galerie pouvaient accueillir un millier de personnes.

Ils ne trouvèrent pas de places et durent rester debout au fond.

À leur grande surprise, il y avait là beaucoup de jeunes. Notamment dans le chœur. À côté d'eux, une jeune fille en robe d'été jaune décolletée à la mode, les cheveux teints en blond clair, priait avec dévotion, tête baissée. Elle devait avoir dans les vingt ans et serrait une bible.

Main dans la main, Yu et Peiqin attendirent patiemment la fin du service.

Dès que l'assistance commença à sortir, Yu appela Bai sur son portable.

« Qui est-ce ? demanda-t-elle.

– Je suis Yu. Nous nous sommes parlé ce matin, je vous attends près de l'entrée. »

Une femme d'âge moyen se dirigea vers eux avec un regard interrogateur. La cinquantaine, un peu enrobée, des lunettes cerclées d'or sur un visage rond.

Dehors, des petits groupes s'attardaient et bavardaient bruyamment. Soit ils attendaient pour le cinéma, un ticket à la main, soit ils venaient de sortir de l'église. Le grondement de la circulation dans la rue de Xizhuang était incessant.

« Ce n'est pas l'endroit pour parler, dit Peiqin. Allons au parc du Peuple de l'autre côté de la rue. »

Ils empruntèrent le passage souterrain pour arriver au parc qui parut à Peiqin beaucoup plus petit que dans son souvenir. Il occupait l'emplacement de l'ancien hippodrome installé par les Britanniques au XIXe siècle. D'abord d'une taille extraordinaire pour un centre de ville, il avait été grignoté récemment par les nouvelles constructions.

Ils trouvèrent au fond une table de pierre entourée de tabourets d'où ils apercevaient la place du Peuple.

Bai parla la première dès qu'ils furent assis.

« Expliquez-moi. Mme Liu vous connaît-elle tous les deux ?

– Non, mais un de nos amis essaie de l'aider à Wuxi.

– En quoi puis-je vous être utile ? demanda Bai. Et lui être utile à elle ? Liu est mort. Personne n'y peut rien.

– Certains essaient d'orienter l'enquête de façon à ce qu'elle soit suspectée.

– Quoi ? C'en est trop. Elle a déjà perdu son mari.

– Les policiers de Wuxi ont dû vous questionner sur son alibi, dit Yu. Pour eux, il y avait là quelque chose de louche. Le soir où son mari a été tué à Wuxi, elle n'était pas chez elle mais ici avec vous. N'était-ce qu'une coïncidence ? Ils s'interrogent sur ses voyages répétés à Shanghai, en semaine ou pendant les week-ends. Rien que pour une partie de mah-jong ? Et ils savent aussi que leur mariage allait à vau-l'eau depuis longtemps.

– Je m'y perds, M. Yu, dit-elle alarmée. Si c'est le cas, je ne vois pas comment vous ou votre ami pouvez l'aider. »

Yu montra sa plaque. Il ne pouvait plus éviter cette révélation. Il montra aussi une carte de visite de Chen.

« Oh, l'inspecteur principal Chen de la police criminelle de Shanghai ! Il me semble avoir lu des articles à son propos dans les journaux.

– C'est mon partenaire, et il se trouve à Wuxi en ce moment. Il n'est pas en mission officielle, mais il essaie d'aider Mme Liu à sa manière. C'est pourquoi il a voulu que je me mette en rapport avec vous.

– Maintenant je comprends, inspecteur Yu.

– Dites-nous ce que vous savez sur elle. Je vous le demande de façon informelle, comme à l'amie de Mme Liu que vous êtes. Et je vous assure que vous nous aidez, et que vous l'aidez elle aussi. C'est dans l'intérêt de tout le monde. Quand les autres policiers prendront la relève, ce sera une autre histoire.

– Merci de votre franchise, commença lentement Bai. Je suis son amie depuis le lycée. Bien sûr je souhaite l'aider, sans savoir si je suis capable de répondre à toutes vos questions. Pour ce qui est de ses déplacements entre Wuxi et Shanghai, je peux vous en donner la raison. Elle vient ici pour le service religieux.

– Il n'y a pas d'église à Wuxi ?

– Dans une église, les gens sont comme frères et sœurs, ils se connaissent bien. Wuxi n'est pas très loin, à peine plus d'une heure par le train. J'habite à Minhang, et je mets autant de temps pour venir. Mais surtout, en tant qu'épouse d'un cadre important du Parti, elle pensait qu'il valait mieux que les gens de Wuxi ne sachent pas qu'elle allait à l'église.

– Ce n'aurait sûrement pas été bon pour la carrière officielle de son mari, dit Peiqin. Et les parties de mah-jong ?

– Les gens aiment bien jouer avec de vieux partenaires. Ce n'est pas seulement un jeu, vous savez. Autour de la table de mah-jong, les gens bavardent beaucoup. Mais je vais vous dire… C'était surtout parce qu'elle ne voulait pas rester toute seule dans la grande maison de Wuxi à imaginer ce que faisait son mari avec une autre femme.

– Elle était donc au courant de sa liaison ?

– Oui. Elle en souffrait beaucoup parce qu'elle était trop fière pour l'accepter, ou y faire face.

– Pour un Gros-Sous tel que Liu, c'est presque banal d'avoir une petite secrétaire, dit Peiqin.

– Je connais l'histoire de Mme Liu depuis le début. Le destin d'une beauté est aussi fragile qu'une feuille de papier. À l'époque, beaucoup de jeunes hommes la courtisaient, mais parmi tous les candidats elle a choisi Liu. Quand il a commencé à réussir à Wuxi, nous nous sommes tous réjouis de son choix. Cependant, les choses de ce monde sont comme les fleurs, elles ne durent que peu de temps. Liu a bientôt eu des petites secrétaires, des filles de karaoké, de salons de massage et que sais-je encore. Après avoir obtenu son appartement-bureau, il rentrait de moins en moins souvent. Leur fils étant parti à l'université à Pékin, elle s'est retrouvée seule. Il ne lui restait rien d'autre à faire que penser à son mari au lit avec une autre, en train de se vautrer dans le nuage et la pluie. Il faut reconnaître que Liu a essayé d'être bon avec elle à sa manière. Il lui a juré de ne jamais divorcer, et il disait qu'elle était la seule qui tenait vraiment à lui, que toutes les autres ne s'intéressaient qu'à son argent, prêtes à faire n'importe quoi derrière son dos. Il l'a donc pourvue généreusement et lui a acheté un appartement luxueux ici à

Shanghai. Dernièrement, les choses s'étaient quelque peu arrangées entre eux. Leur fils allait sortir de l'université diplômé, c'est peut-être une des raisons pour lesquelles ils n'ont pas divorcé. Je suis la seule à qui elle en ait parlé. Elle tient beaucoup à garder la face, et elle l'aurait perdue si on avait su à Shanghai que Liu lui avait préféré une autre femme.

– Si elle était si malheureuse, elle aurait pu divorcer.

– Non. Pour elle, les apparences comptent plus que tout. Divorcer aurait été admettre l'échec désastreux de son mariage. Aux yeux des autres, sa vie devait rester l'histoire d'une réussite ; beaucoup de femmes l'enviaient et auraient fait n'importe quoi pour être à sa place. Naturellement, elles ne savaient pas ce qu'il y avait derrière la splendide façade rutilante.

– Et même si elles le savaient, dit Peiqin, je parie que certaines seraient encore prêtes à le faire.

– Vous avez raison. Quel dommage que les hommes soient ainsi ! Dès qu'ils réussissent, ils se mettent en quête de filles qui ont l'âge de leurs enfants. On dirait qu'ils rajeunissent du jour au lendemain. Elle a vraiment fait des efforts, il faut le reconnaître. Dimanche dernier, après le service religieux, elle est repartie à Wuxi avec un pot de langue de porc au vin du restaurant Wufangzai, le plat préféré de Liu. Je vous l'ai dit, les choses avaient l'air de s'arranger entre eux. Elle avait prévu de dîner avec lui. Mais il l'a appelée pour dire qu'il resterait à son fameux appartement-bureau. Elle était si contrariée qu'elle est venue me voir tard dans l'après-midi. Elle savait que nous jouions au mah-jong ce soir-là.

– Encore une question, dit Yu. Vous avez dit qu'elle était très courtisée quand elle était jeune. Certains de ses admirateurs doivent encore se trouver à Shanghai. Est-elle encore en contact avec eux ?

– Pensez donc. Vous ne connaissez pas la différence entre les hommes et les femmes. Les hommes entre quarante et soixante ans sont dans la fleur de l'âge, notamment s'ils font une belle carrière. Tandis que les femmes de notre âge sont des fleurs d'hier piétinées dans la boue. Elle est trop fière pour faire pitié à ceux qui s'intéressaient à elle autrefois. Non, elle ne cherche pas à les revoir.

– Une autre question. » Yu n'abandonnait pas. « Y a-t-il des hommes jeunes avec elle à la table de mah-jong ?

– Il peut y en avoir qui traînent autour de la table. Mais comme elle est riche, cela n'a rien d'étonnant. Ce sont des moins-que-rien qui flattent une "grande tante" pour un petit pourboire, mais elle ne se laisse pas leurrer.

– Ainsi elle revient ici comme dans un refuge où elle peut encore conserver son ancienne image, dit Peiqin.

– Oui, vous êtes une femme et vous comprenez. » Bai regarda sa montre et ajouta : « Jouer au mah-jong l'aide sans doute à oublier, mais surtout, c'est dans cette église qu'elle commence à trouver la paix. C'est une longue histoire. Mais je crains de devoir aller prendre mon train.

– Merci, Bai. Vous nous avez beaucoup aidés. »

Ils se levèrent et regardèrent Bai sortir du parc en hâte.

« Qu'en penses-tu, Peiqin ?

– Mme Liu s'accroche désespérément à ce qu'autrui interprète de son apparence. Certains de ses actes, tels que ses voyages répétés et ses parties de mah-jong, peuvent paraître ne rimer à rien, mais sont très importants pour elle.

– Depuis quand es-tu psychologue, Peiqin ?

–Je ne le suis pas. Mais je crois qu'elle s'est donné le rôle de la femme qui a réussi et qu'elle voudrait continuer à se délecter de l'admiration et de l'envie des autres, mais pas avec Bai. Elles se connaissent depuis si longtemps. Quant à sa fréquentation de l'église, elle y trouve peut-être un réconfort sans égal.

– Tu as fait une bonne analyse psychologique, Peiqin.» Il ne put se retenir d'ajouter avec une pincée d'ironie: «Autant la rapporter mot pour mot à Chen.

– Tu sais quoi? Je suis heureuse que tu n'aies pas tellement réussi, dit Peiqin en changeant brusquement de sujet. Autrement je devrais m'inquiéter, comme Mme Liu.

– Voyons, Peiqin! Mais ce que nous avons appris ne sera probablement pas très utile à notre inspecteur principal.

– Retournons dans mon ancien quartier.

– Pourquoi?

–J'ai comme l'impression que ce n'était pas une fille de karaoké que Fu a retrouvée devant cet hôtel de bas étage.

–Je devrais montrer les photos au policier de quartier.»

19

Quand Chen se réveilla de nouveau il était presque neuf heures.

Le rideau toujours à demi fermé, la chambre restait enveloppée dans une opacité grise, comme si elle attendait d'être projetée dans le matin avec tout ce qu'elle contenait.

Il resta couché, désorienté par les sensations durables de la nuit, avant de se tourner vers elle.

Elle n'était plus là.

Il se redressa brutalement et regarda le drap froissé.

« Shanshan ! »

L'écho de son nom résonna dans le silence, comme dans un rêve. Mais ce n'était pas un rêve. L'oreiller blanc conservait la forme de sa tête, et quand il le toucha à la lumière du jour il était encore légèrement tiède.

Il enfila son peignoir, chercha dans toute la maison, elle n'était nulle part.

Il sortit et un pressentiment le fit frissonner quand il vit les marches de pierre jonchées de pétales tombés après une nuit d'orage.

Il rentra et vit sur le bureau un mot sur lequel était posé son serre-tête en plastique noir. Elle l'avait ôté la veille quand elle était debout près de lui devant la fenêtre. Le mot disait :

> N'essayez pas de me revoir. Vous montrer en ma compagnie vous ferait du tort. Vous avez été très bon avec moi. Merci pour tout. Mais vous avez votre destination et moi la mienne.
>
> Shanshan

Pourquoi ? Il était complètement perdu. La dernière phrase lui semblait vaguement familière, mais il ne sut pas la situer.

À côté du mot se trouvait le gros dossier qu'elle lui avait confié. Il le soupesa et le trouva lourd.

Qu'allait faire l'inspecteur principal Chen ?

Il se mit à marcher de long en large comme s'il cherchait à retrouver l'écho des pas de Shanshan.

Il avait du mal à comprendre son apparition de la veille. Et sa disparition subite.

Était-elle à ce point déprimée qu'elle avait seulement voulu se laisser aller pour une nuit avec un homme qui lui plaisait?

Les pousses de saules apparaissent dans la brume.
Je trouve mes cheveux emmêlés,
l'épingle en forme de cigale tombée à terre.
Pourquoi me soucierais-je
des jours à venir
si tu as été comblé par moi ce soir?

Mais le dossier contredisait cette hypothèse. Elle n'abandonnerait pas son combat pour la défense de l'environnement. Il signifiait aussi davantage: peut-être était-ce sa façon de le remercier pour son soutien dans cette rude bataille.

Ce n'était pas le moment de se perdre en conjectures. Le policier devait décider de la ligne de conduite à tenir.

Tout oublier était une option possible, ainsi qu'elle le suggérait dans ces lignes brèves. Aucune obligation. Aucun engagement. Ils n'avaient pas parlé de projets d'avenir. Bien entendu, il tiendrait sa promesse en emportant le dossier, même si rien ne l'y obligeait. Au bout du compte, c'était dans l'intérêt du pays et du peuple que l'inspecteur principal Chen fasse du bon travail efficace d'officier de police.

Ou bien il pouvait essayer d'aider Shanshan à traverser la crise. Il se dit qu'il devait être capable de la protéger des griffes de la Sécurité intérieure qui l'avait dans sa ligne de mire à cause de Jiang. Sa « collaboration » n'était pas si cruciale après tout; avec ou sans elle, Jiang serait jugé coupable. En dernier recours, Chen irait jusqu'à faire appel à l'aide du camarade secrétaire Zhao pour un incident survenu pendant ses vacances, bien que cette éventualité ne lui plaise guère.

Il pouvait également décider de s'impliquer davantage en lavant Jiang de l'accusation. Un effort que l'inspecteur principal Chen ferait si Jiang se révélait innocent. Il se demandait toutefois s'il pourrait peser de tout son poids à Wuxi. Ce n'était pas qu'une affaire d'homicide. Et il n'était pas sur son territoire.

Par ailleurs, il se trouvait devant un dilemme. En tentant d'aider Jiang, il agissait en faveur d'un rival potentiel.

Il chassa cette considération de son esprit. S'il renonçait à ses efforts à cause de cela, il ne serait plus digne d'elle, ni de sa mission de policier.

Mais à Wuxi il n'était pas policier. Il n'avait aucune possibilité d'affronter la Sécurité intérieure, pour laquelle il était depuis longtemps un perturbateur car il s'était mis en travers de sa route en plusieurs occasions. Toute discussion sur le « secret d'État » était exclue puisque la Sécurité le définirait dans l'intérêt du Parti.

Aucune chance non plus de faire pression sur la police locale. Il était hors de question qu'il entre en scène. Ce qu'il avait raconté à Huang à propos du camarade secrétaire Zhao et de sa « mission spéciale » ne tiendrait pas vraiment.

« Service, monsieur… »

La jeune fille apportait le plateau du petit déjeuner et le Thermos de tisane médicinale. Elle afficha un sourire espiègle qui laissait supposer qu'elle avait remarqué un changement dans la pièce.

« Merci. »

Il avala la tisane en deux ou trois gorgées tout en regardant la serveuse se retirer. Puis il composa le numéro du portable de Shanshan, mais elle l'avait éteint.

Peut-être valait-il mieux ne pas retourner la voir chez elle, le dortoir était certainement surveillé par la Sécurité intérieure.

Il décida de se rendre plutôt à la gargote d'Oncle Wang où il attendrait ; il pourrait au moins apprendre quelque chose sur elle. Avant de sortir il prit une serviette de cuir souple, cadeau du Centre, où il glissa un paquet de photos et des papiers. Il ne savait pas ce qu'il allait faire de sa journée, mais il pourrait étudier de nouveau les éléments de l'enquête en attendant que Shanshan l'appelle.

Ce matin-là, la route lui parut d'une monotonie insupportable. Il marchait sans regarder autour de lui, perdu dans ses pensées.

Une décapotable bordeaux le doubla à toute vitesse avec un bruit strident. Le conducteur, un jeune homme fringant d'une vingtaine d'années, lui fit un salut de la main ; sur le siège arrière, une fille extrêmement mince en robe bleu clair laissait ses pieds retomber à l'extérieur par-dessus la portière.

À sa grande surprise, la voiture s'arrêta dans un crissement de pneus et recula. Le conducteur tourna la tête vers lui.

Avec un sourire fier il annonça : « Mon père aussi séjourne au Centre. Je vous emmène quelque part ? »

Des ECS, des enfants de cadres supérieurs, ou encore des princes communistes. Chen connaissait leurs manières. Un cadre du Parti en vacances avait fait venir sa famille.

« Non, merci.

– Nous habitons la villa à côté de la vôtre. Pas trop mal la villa, mais pas vraiment drôle le Centre ! Rien que des vieux, coincés. Nous devons sortir faire la fête ailleurs.

– Vous avez raison. Une autre fois peut-être », dit Chen en regardant la voiture s'éloigner dans un nuage de poussière.

En sifflotant il essaya d'appeler Shanshan. Aucune réponse.

Un appel arriva alors qu'il avait encore le téléphone à la main. Il reconnut le numéro sur l'écran. C'était le sergent Huang.

« Chef, je viens d'apprendre quelque chose, dit le jeune policier avec une sécheresse bizarre dans la voix. Je vous ai dit que le téléphone de Shanshan était sur écoute à cause de son lien avec Jiang, vous vous rappelez ?

– Oui ?

– Elle était en relation avec Jiang, mais pas seulement à cause de leur travail. D'après la Sécurité intérieure, elle avait une liaison avec lui. C'est comme ça que son nom est apparu sur la liste de la Sécurité intérieure. Les agents ont pris des photos d'elle sortant de l'appartement de Jiang tard le soir, il y a plusieurs mois. »

Chen resta un moment à court de mots. Il se hâta de se rappeler qu'ils avaient rompu, quelle qu'ait été leur relation.

Cela prouvait tout au plus que la Sécurité intérieure suivait Jiang depuis longtemps. Et peut-être aussi Shanshan. Il pensa soudain à un marchand ambulant suspect qu'il avait vu quelques fois au cours des derniers jours. Mais peut-être qu'alors il était sur les nerfs.

Faute de réaction de la part de l'inspecteur principal, Huang reprit :

« Et elle lui a téléphoné il y a deux jours seulement.

– Que se sont-ils dit ?

– Il n'a pas répondu.

– Merci, Huang. S'il y a du nouveau, avisez-moi. »

L'appel de Huang n'aurait pas pu tomber plus mal. Comment aurait réagi le sergent s'il avait su que Shanshan avait passé la nuit au Centre avec l'inspecteur principal ?

Le hurlement soudain d'une sirène perça la grisaille du ciel couvert. Chen leva la tête pour s'apercevoir qu'il était déjà devant la gargote où Oncle Wang se tenait courbé sur un gros poêle à l'extérieur.

« Vous venez tôt aujourd'hui, Chen », dit Oncle Wang occupé à allumer le feu avec de vieux journaux et des brindilles sèches avant de jeter dans le poêle une pelletée de boulets de charbon. Il venait à peine d'ouvrir. « Nous ne servons pas le petit déjeuner. Je n'ai encore rien à vous offrir. Mais si vous voulez, je peux chauffer un bol de soupe de haricots salés au micro-ondes.

– Ne vous en faites pas, Oncle Wang. J'ai pris mon petit déjeuner. Shanshan est là ?

– Non, pas aujourd'hui. C'est dimanche. Elle n'est pas venue hier non plus. Vous avez de ses nouvelles ?

– Je l'ai vue hier soir.

– Je m'inquiète beaucoup pour elle. Et pour vous aussi. Avant-hier, deux étrangers sont venus. Ils m'ont posé beaucoup de questions compromettantes sur elle et sur l'homme vu ici en sa compagnie ces derniers jours.

– Vraiment ?

– Je n'ai rien dit, naturellement. »

Ainsi ils se renseignaient déjà sur lui. Il s'aperçut qu'il avait été trop naïf en pensant pouvoir la protéger. Si la

Sécurité intérieure découvrait leur relation, cela risquait de tourner au désavantage de Shanshan.

Lui-même n'était pas intouchable en dépit de ce qu'il lui avait assuré. En Chine, tout était facilement politique. Ses ennemis pouvaient frapper un grand coup en agitant un nouvel exemple de son «mode de vie bourgeois».

Un homme efflanqué arriva en triporteur, le coffre chargé de produits alimentaires. Oncle Wang prit une carpe, la renifla et la rejeta, puis il se mit à marchander avec le fournisseur.

À ce moment-là Chen reçut un appel de l'inspecteur Yu qui devait téléphoner de nouveau depuis la rue, d'après les bruits de fond.

Yu résuma son entrevue avec Bai après le service religieux.

«Selon elle, il se peut que Mme Liu soit à l'église de Wuxi aujourd'hui.

– Elle semble trouver la paix à l'église.

– C'est ce que pense Bai.» Yu exposa ce qu'il avait appelé l'analyse de Peiqin avant de passer à un autre sujet avec une excitation renouvelée. «Mais vous savez quoi, chef? Je viens de parler de nouveau avec Wei, le policier de quartier. Il a reconnu la fille sur les photos, la photo devant l'hôtel minable dont je vous ai parlé. Elle n'est autre que la petite amie attitrée de Fu. C'est très bizarre. Pourquoi tant de clandestinité?

– Peut-être pas tellement bizarre si on pense au logement de Fu à Shanghai.

– C'est très fréquent dans cette ville que deux ou même trois générations s'entassent dans une seule pièce. Malgré tout, on trouve toujours le moyen de faire ce qu'on veut faire. Peiqin et moi avons vécu avec mes parents pendant des années, vous le savez. Peiqin disait qu'elle ne dépenserait jamais d'argent pour ce genre de chose.

– Peiqin est toujours très perspicace. Très bien, je vais vérifier ici, dit Chen. En tout cas, vous feriez bien de garder les photos des amoureux. Un jour, vous pourriez les vendre très cher. »

En fermant son portable, Chen se dit que ce devait être une déception pour Yu, il avait passé son week-end à travailler pour un résultat médiocre.

Quant à Mme Liu, Chen ne savait pas ce qu'il pouvait faire de plus. Les nouvelles informations donnaient d'elle une image plus intéressante, mais moins suspecte. Ce n'était cependant pas la première fois que l'inspecteur principal devait admettre que ses théories, aussi élaborées soient-elles, se révélaient infondées.

Puis il pensa au comportement de Fu la veille, « très bizarre » d'après l'inspecteur Yu. Il y avait beaucoup d'interprétations possibles. L'une était que Fu n'avait pas pris de décision, que c'était un malin qui gardait sa liaison « clandestine » pour pouvoir s'intéresser à d'autres femmes en même temps. Lorsque Chen avait été nommé dans la police de Shanghai, lui aussi avait essayé de garder secrète sa liaison avec une ECS de Pékin, quoique pour une raison différente.

Chen décida de ne pas trop y penser. Quelle que soit l'interprétation, cette histoire n'avait pas de rapport immédiat avec l'enquête.

« Vous n'êtes pas professeur, n'est-ce pas ? demanda Oncle Wang en l'arrachant à ses réflexions.

– Excusez-moi, je viens de recevoir un appel de Shanghai. »

Le vieil homme qui le scrutait à présent avait-il entendu une partie de sa conversation ? Le triporteur était reparti sans que Chen s'en soit rendu compte.

« Elle peut être obstinée, mais c'est une fille bien. » Oncle Wang, mélancolique, s'assit sur le banc en face de Chen et prit une tasse sur une autre table. « Je voudrais vous raconter quelque chose.

– Je vous en prie », répondit Chen en se demandant ce que le vieil homme voulait lui dire et en lui servant du thé.

À quelques portes de là, une femme entre deux âges, accroupie avec un panier de capselles vertes, regardait les deux hommes avec curiosité et leur fit un sourire aimable.

« J'étais instituteur dans la province d'Anhui. Pendant des vacances d'été, il y a très longtemps, je suis venu à Wuxi et j'en suis tombé amoureux. Pour être franc, c'était surtout à cause du poisson et des crevettes du lac. Les Trois Blancs que vous connaissez. Alors quand j'ai pris ma retraite, j'ai déménagé et j'ai ouvert cette gargote. Pas vraiment pour faire des affaires. Je dois me préparer de quoi manger et j'aime cuisiner. Retraité et seul, puisque mes enfants étaient grands et vivaient dans le Xinjiang, je voulais simplement profiter des années qui me restent, avec une tasse d'alcool de riz du Sud et un plat de poisson du lac à la vapeur, mais personne n'a paru comprendre ma décision.

– Moi je la comprends, Oncle Wang. Dans l'ancien temps, un fonctionnaire poète qui avait la nostalgie d'un certain poisson qu'on ne trouvait que dans sa ville natale a abandonné son poste pour retourner chez lui. Il s'appelait Jiying, je crois. Non, votre décision n'était pas une erreur.

– Ainsi vous connaissez l'histoire. Quelle chance ! *Alors que le vent d'ouest se lève, / Jiying n'est toujours pas de retour.* Le monde n'a de sens que d'après ce qu'il signifie pour vous. En tout cas, en ce temps-là, je ne pensais pas que c'était une erreur. Puis le lac est devenu moins limpide, le poisson et les crevettes moins frais, et Wuxi s'est transformé en ville touristique de plus en plus tournée vers le commerce. Malheureusement, il est trop tard pour que je retourne chez moi. »

Chen attendit sans faire de commentaire, curieux de voir où le vieil homme voulait en venir.

« C'est pourquoi je suis très sensible aux efforts de Shanshan pour la protection de l'environnement, reprit Oncle Wang en hochant la tête. Je ne suis qu'un vieil homme, rien ne compte plus vraiment pour moi. Mais c'est un problème qui a touché beaucoup de monde, tout le monde, pourrait-on dire. Elle croit sincèrement à ce qu'elle fait, quoi que les autres en disent. Pour apprécier quelqu'un comme elle à notre époque, il faut un homme extraordinaire. »

Chen était plus qu'impressionné, et pas seulement par l'histoire d'Oncle Wang. D'une manière ou d'une autre, nous adoptons une ligne de pensée qui nous rend le monde logique ou explicable. Et nous vivons en accord avec elle, bien que nos actes ne soient pas toujours compréhensibles pour les autres. Chen se souvint que Yu venait précisément de citer une remarque de Peiqin dans ce sens.

Tout était décidément relié par un réseau invisible. Des années plus tôt, Oncle Wang s'était rappelé l'histoire de ce lettré amateur de poisson en dégustant celui du lac Tai, et il avait décidé d'ouvrir une petite gargote à Wuxi. C'était apparemment la fin d'un enchaînement de cause à effet pour le vieil homme. Des années plus tard, en raison de la crise de l'environnement, il avait noué des liens avec Shanshan, et ensuite, à cause de vacances qui lui étaient imposées, l'inspecteur principal était venu par hasard de Shanghai dans cette gargote où il avait rencontré Shanshan... Tant de liens mystérieux. Une pièce manquante ou mal placée et l'histoire aurait été différente. Dans le bouddhisme, on dit souvent que tout arrive par une sorte de karma, une gorgée d'eau, un oiseau qui picore dans votre main, tout est prédéterminé, et conduit à son tour à autre chose.

« *Pour qui sonne le glas, il sonne pour toi...*

– Pardon ?

– Rien qu'une citation. Je pensais au désastre écologique en Chine. »

À vrai dire, il pensait aussi à l'affaire de meurtre.

Tous étaient reliés : Liu, Mme Liu, Mi, Jiang, Shanshan, Oncle Wang, Fu et bien d'autres sans doute, en une longue chaîne de causalité yin et yang, par des fils visibles et invisibles. Mais il lui était difficile de dire si le lien était bien réel. Par exemple, il avait essayé d'envisager une vague possibilité, quelque chose de commun entre les voyages à Shanghai de Mme Liu et de Fu, mais ce lien n'existait finalement pas.

Une pièce, cependant, ne s'articulait pas avec le reste du puzzle, la déclaration de Mi à propos de la dispute entre Jiang et Liu le 7 mars, à moins que Shanshan n'ait voulu égarer les recherches. Après tout, dans sa position, elle pourrait ne pas être un « narrateur fiable ».

Mais il était décidé à croire Shanshan. Plus encore, il appréciait « quelqu'un comme elle à notre époque », selon les mots d'Oncle Wang.

L'inspecteur principal Chen devait travailler la question.

Une épouse comme Mme Liu pouvait ne pas se rappeler avec précision une date deux mois plus tôt, mais si son mari l'avait réveillée en rentrant à minuit ce serait peut-être différent.

Or, comment approcher Mme Liu ? La dernière fois, il lui avait rendu visite avec le sergent Huang. Était-ce nécessaire à présent ? Au train où allaient les choses, ce n'était qu'une question de temps avant que la Sécurité intérieure ne comprenne son implication dans l'enquête. S'il pouvait se débrouiller seul, mieux valait ne pas entraîner Huang.

Il se leva brusquement. « Merci, Oncle Wang. Vous m'avez été d'une grande aide, mais je dois m'en aller. Appelez-moi si Shanshan vient chez vous. »

Il salua le vieil homme et héla un taxi.

20

Vingt minutes plus tard, Chen arriva devant chez Mme Liu.

Un grand jeune homme mince et délié ouvrit la porte. Un peu plus de vingt ans, chemise blanche imprimée de caractères chinois noirs, et l'air d'un étudiant.

« Elle est à l'église. Je ne pense pas qu'elle revienne avant cet après-midi. Que lui voulez-vous ?

– Vous êtes Wenliang, son fils.

– Lui-même.

– Heureux de vous rencontrer, Wenliang. Je m'appelle Chen », dit Chen en lui tendant deux cartes de visite, celle faisant état de son statut de policier et l'autre fournie par l'Union des écrivains. «Je vous reconnais d'après la photo. Puisque votre mère n'est pas là, je peux tout aussi bien parler avec vous.

– Oh, vous êtes inspecteur principal à Shanghai», dit Wenliang avant d'examiner la seconde carte. «Et aussi poète!»

Il conduisit Chen dans le living où Mme Liu l'avait reçu quelques jours plus tôt. Le seul changement qu'il remarqua était une grande photo en couleur de la famille Liu au mur, montrant Wenliang debout entre ses parents souriants. Ce devait être un tirage récent.

«Du thé ou du café?

– Du thé, merci. Je suis un policier en villégiature. Il se trouve que je collabore à l'enquête sur le décès de votre père. J'ai entendu parler de vous, de votre stage dans l'entreprise l'année dernière. Ce que vous pourrez nous dire nous sera très utile.

– Que voulez-vous savoir, inspecteur principal Chen?

– Tout d'abord, pourquoi un stage dans une usine de produits chimiques ici? Vous faites des études de lettres à l'université de Pékin, n'est-ce pas?

– Mon père avait des projets pour moi après mon diplôme.

– Quels projets?

– Il voulait que je travaille dans l'entreprise. D'après lui, il avait un poste tout prêt pour moi. Mon stage faisait partie de son projet. Je crois qu'il prévoyait que je lui succède. En homme de sa génération, il tenait à ce que l'entreprise reste dans la famille, ce que je comprends. Il m'en avait parlé quelques fois.

– Pour autant que je sache, la nomination d'un cadre dans une grande entreprise d'État, notamment à un poste comme celui de votre père, est décidée par les hautes autorités du Parti. Et l'usine de produits chimiques Numéro Un de Wuxi restera une entreprise d'État, même après l'introduction en Bourse.

– Je me posais la même question, mais mon père disait que dans la société actuelle tout est possible grâce aux relations, et il en avait beaucoup, parmi les dirigeants de la ville et même plus haut. Inutile de dire que je n'allais pas lui succéder du jour au lendemain.

– Je comprends. Je ne suis pas étonné que l'unique photo présente dans son bureau soit une photo de vous deux.

– Quelle photo?

– Celle qui a été prise pendant votre stage, il me semble, où vous êtes tous les deux devant la bibliothèque, devant une rangée de statuettes. » Chen sortit des photos de sa serviette et lui en montra une.

« Ah, celle-là. Oui, nous l'avons prise pendant mon stage l'été dernier. Il était très fier des réalisations de l'entreprise, une statuette par an pendant toutes ces années. Il les conservait toutes sur l'étagère. »

Mais la vue des statuettes étincelantes à l'arrière-plan réveilla soudain quelque chose dans l'esprit de Chen. Il avait photographié la photo encadrée parce que c'était la seule de Liu dont il disposait. D'après son expérience, les photos établissaient parfois une sorte de lien entre l'enquêteur et la victime. Et de retour au Centre, il l'avait examinée plusieurs fois.

« Il n'en a pas reçu une à la fin de l'année dernière?

– Si, bien sûr, pourquoi? »

Au lieu de répondre immédiatement, Chen choisit d'autres photos prises par la police sur les lieux du crime ainsi que celles qu'il avait prises lui-même. Sur toutes, on comptait neuf statuettes.

« Il avait insisté pour que nous posions devant », dit Wenliang en regardant la photo du père et du fils.

Mais quelque chose ne collait pas, se dit Chen. Sur les photos il aurait dû y avoir dix statuettes, en comptant celle obtenue après l'été précédent.

« Il les avait fait dorer à l'or fin, grâce à un fonds spécial de l'entreprise réservé à cet effet. Il m'a téléphoné à la fin de l'année dernière et m'a dit très précisément : "Il y a maintenant dix statuettes successives obtenues sous ma direction, mais la onzième ou la douzième devrait être gagnée sous la tienne." »

La dixième manquait donc dans l'appartement-bureau de Liu. Comment expliquer cette absence ? Chen ne pouvait pas exclure la possibilité que Liu l'ait rangée ailleurs. Mais ce n'était pas le moment de se plonger dans des spéculations sans rapport immédiat avec l'enquête.

« Allez-vous obtenir le poste qui vous a été promis dans l'entreprise, Wenliang ?

– Je ne pense pas. *Un nouvel empereur doit nommer les ministres de son choix.*

– Alors quels sont vos projets ?

– Croyez-le ou non, je nourris une véritable passion pour l'opéra de Pékin. J'envisage de faire une maîtrise dans ce domaine.

– Très intéressant », dit Chen qui s'aperçut aussitôt que c'était la réponse que d'autres feraient en apprenant sa passion pour la poésie.

« Cela ne paraît sans doute pas un choix raisonnable de nos jours, mais avec ce que mon père a laissé, je pense pouvoir me débrouiller.

– Je vois. Mais comme pour la poésie, une carrière dans l'opéra de Pékin ne rapporterait pas beaucoup.

– Mon père a trimé toute sa vie pour gagner de l'argent, mais combien en a-t-il emporté avec lui ?

– C'est vrai. On ne peut pas vivre sans argent mais on ne peut pas vivre pour lui.

– D'ailleurs, personne ne souhaite réellement que je travaille dans l'entreprise désormais.

– Fu, le nouveau patron, veut paraît-il offrir un poste à votre mère.

– De quel genre ? Au bas de l'échelle sans doute. C'est une plaisanterie. Rien qu'un geste.

– Fu n'a pas l'air si mauvais avec ceux qui ont travaillé sous les ordres de votre père. Mi, par exemple, a obtenu une promotion.

– Ne me parlez pas d'elle, dit Wenliang avec un dégoût non dissimulé. C'est exactement comme dans l'opéra de Pékin *Fracturez le cercueil*. Quelle horreur !

– *Fracturez le cercueil*?

– Vous ne connaissez pas l'histoire de Zhuangzi qui subitement a eu la révélation de la vanité de la société humaine ?

– Zhuangzi, mais oui, bien sûr. Il rêvait d'être papillon, mais à son réveil il s'est demandé si ce n'était pas le papillon qui rêvait d'être lui. C'est aussi un grand philosophe et nous ne devons pas prendre ce genre d'histoire trop au sérieux.

– Vous ne savez peut-être pas qu'il en existe une version populaire d'opéra de Pékin. Une version complètement différente. Dans celle-là, Zhuangzi avait une épouse aimante, la seule chose à laquelle il ne pouvait pas renoncer dans ce monde de poussière rouge malgré toute sa philosophie. Un jour, il est tombé malade et elle a juré à son chevet qu'il n'y avait de place que pour lui dans son cœur. À l'instant où il a rendu son dernier soupir, elle s'est pourtant mise en quête d'un nouvel amant. Elle a eu la chance d'en trouver un le jour même, mais il est aussitôt tombé malade à son tour. Un médecin charlatan lui a assuré que le seul médicament qui pouvait sauver le malade était un cœur humain tout frais. Alors, elle a fracassé le cercueil, qui n'était pas encore en terre, afin d'extraire le cœur de Zhuangzi… Mais c'était un stratagème qu'il avait élaboré grâce à son pouvoir surnaturel. Prise de honte, l'épouse s'est suicidée, et Zhuangzi a eu la révélation de la vanité des passions humaines en ce monde. »

Chen se rappelait un conte populaire du même genre, mais beaucoup moins horrible que la version d'opéra de Pékin que Wenliang venait de lui raconter.

« Vous voulez dire que…

– Vous le savez. Mi n'est qu'une petite secrétaire entretenue par son patron Gros-Sous, répondit Wenliang avec mépris. Elle a donc toujours besoin d'un nouveau qui en fasse autant.

– Je…

– Un plus jeune attend déjà dans le noir des coulisses que le vieux sorte.

– Un peu comme dans *Hamlet*.

– Exactement. Nous avons vu un *Hamlet* en opéra de Pékin, il y a plusieurs mois, à l'université. Un chef-d'œuvre universel. Mi aussi avait une liaison avec quelqu'un d'autre. J'ai travaillé dans le bureau l'année dernière et j'ai vu quelque chose. Ce n'étaient pas mes affaires, bien entendu. Mon père ne lui faisait pas vraiment confiance, il n'était pas aussi naïf. »

Compte tenu de ses préjugés compréhensibles à l'encontre de Mi, Wenliang n'était pas forcément un *narrateur fiable* lui non plus, se dit Chen.

« Vous en êtes sûr, Wenliang ?

– Je l'ai vu de mes propres yeux. Je ne crois pas aux mirages, je peux vous l'assurer », dit le jeune homme, maussade. « Ce n'est pas un crime pour une petite secrétaire d'avoir une liaison avec le numéro deux derrière le dos du numéro un. Que pouvais-je faire ? Il m'était impossible d'en parler à mon père, qui ne m'aurait peut-être pas cru. En outre, cela aurait causé un énorme scandale. Avoir un père cocu n'est pas un motif de fierté. Pourquoi aurais-je inventé cette histoire ?

– C'est vrai... »

Le soleil entra soudain par la fenêtre et l'inspecteur principal pensa à toutes les choses qu'il avait entendues les derniers jours, surtout des bribes ici et là auxquelles il n'avait pas vraiment prêté attention, par exemple cet homme plus jeune aperçu dans la nuit en compagnie d'un esprit de renarde dans le récit des deux buveurs du bar, ou le mélodrame de l'hôtel de la rue de Nankin rapporté par l'inspecteur Yu peu avant...

Ces pièces s'emboîtaient peu à peu d'une façon qu'il n'avait pas imaginée.

« Merci beaucoup, Wenliang. Nous ferons de notre mieux pour que justice... »

Il s'interrompit quand Mme Liu ouvrit la porte et entra l'air mécontent.

« Vous revoilà, M. Chen.

– Oui. Je viens d'avoir une longue conversation avec Wenliang, Mme Liu. À présent j'ai une question à vous poser. Un soir du début du mois de mars, Liu est rentré tard d'un voyage d'affaires à Nankin. À cette heure tardive, il se peut qu'il vous ait réveillée. Vous souvenez-vous de quelque chose?

– Oui. Il avait une réunion à Nankin ce jour-là. Le soir, il a beaucoup plu. Il a pris un taxi pour rentrer. Pourquoi me demandez-vous cela?

– Vous rappelez-vous la date?

– En mars, début mars, il me semble. Il s'est excusé de m'avoir réveillée en disant qu'à cause d'un imprévu à Nankin il avait dû prendre le dernier train pour Wuxi, répondit-elle en réfléchissant. Ah, je m'en souviens, c'était la veille de la journée de la Femme, il m'avait acheté un cadeau pour la fête du lendemain.

– Merci beaucoup, Mme Liu. Vous nous avez été d'une aide précieuse. Et merci à vous aussi, Wenliang. » Chen se leva brusquement. « Mais je dois prendre congé. »

21

Ce que l'inspecteur principal Chen lui demanda par téléphone le lundi matin de bonne heure laissa le sergent Huang perplexe.

« Amenez-moi Mi au Centre. Immédiatement. Vous n'avez pas d'explications à lui donner. C'est moi qui parlerai. Vous interviendrez quand ce sera nécessaire. »

Ils avaient parlé avec Mi dans son bureau. Pourquoi recommencer au Centre? Chen l'avait mentionnée au cours de l'enquête, mais jamais en tant que suspecte. Huang supposa que c'était à cause de Mme Liu. Sauf qu'il ne pensait pas que Mi ait beaucoup plus à dire. Elle aurait été la dernière à couvrir la veuve.

Il ne croyait pas non plus que Chen puisse changer quoi que ce soit à la conclusion à présent. La Sécurité intérieure avait déjà reçu l'approbation de Pékin. Il était néanmoins impatient de voir si le légendaire inspecteur principal serait capable de réaliser l'impossible aussi tardivement… comme dans les romans policiers qu'il traduisait.

Huang se précipita à l'usine, où Mi sortait tout juste de son bureau pour se rendre à une réunion d'affaires en centre-ville. Elle fut surprise, mais obéit sans protester.

Le Centre de détente pour cadres n'était pas loin. Elle avait sans doute moins d'appréhension que s'ils allaient au commissariat.

Ils arrivèrent en moins de dix minutes. Le gardien examina la plaque de Huang et leur fit signe d'entrer.

La villa blanche s'élevait sur la hauteur, majestueuse, à l'écart des autres bâtiments, sa grille d'acier étincelait au soleil matinal, surveillée par un garde en armes. Huang avait beau être informé du statut exceptionnel de Chen, il fut extrêmement impressionné. La villa était le plus beau bâtiment du Centre.

« Sergent Huang ? dit le garde, le camarade inspecteur principal Chen vous attend.

– Le camarade inspecteur principal Chen ? murmura Mi mal à l'aise. Dans cette villa ? »

Huang en conclut que Chen était prêt à révéler sa véritable identité.

« C'est quelqu'un », dit-il, hésitant, faute d'être sûr de l'effet que Chen souhaitait produire sur elle.

En entrant dans le living spacieux, il vit un homme aux cheveux gris assis avec Chen sur le canapé en cuir, et devant eux un bouquet d'œillets dans un vase de cristal sur la table basse en marbre.

« Voici le camarade Qiao, le directeur du Centre », dit Chen sans même se lever.

Huang avait entendu parler de Qiao comme d'une sorte de célébrité locale et l'avait vu en photo dans les journaux. *Il faut s'attendre à tout de la part de l'inspecteur Chen,* il le savait. Mais Mi ne put cacher sa surprise à la vue des deux hommes ensemble. Elle avait certainement rencontré Qiao dans d'autres circonstances.

« Oh, Mi, dit Qiao en se levant avec un sourire d'une oreille à l'oreille. Permettez-moi de vous présenter l'inspecteur principal Chen Cao. Envoyé spécial de Pékin. Le camarade secrétaire Zhao, chef du Comité de discipline du Parti à la retraite, m'a téléphoné personnellement plusieurs fois à propos de son séjour ici. C'est pour nous un honneur de l'accueillir dans notre Centre. »

La manière de parler de Qiao n'était pas moins déroutante. Il était certainement d'un rang supérieur à celui de Chen. Une telle démonstration d'obséquiosité n'était pas nécessaire. Chen semblait néanmoins la trouver toute naturelle.

« C'est un honneur pour moi de travailler sous ses ordres », dit à son tour Huang en devinant qu'il s'agissait d'une mise scène, mais sans en comprendre la raison. Jusque-là, Chen avait tenu à rester dans l'ombre.

« Vous connaissez déjà le sergent Huang, Mi. Je ne pense pas que vous ayez besoin que je fasse les présentations, ajouta Chen sur un ton condescendant. Un jeune homme capable. Mon assistant local.

– Pourquoi… Mais pourquoi ? » Dans son agitation, le regard de Mi alla de l'un à l'autre avant qu'elle ne se tourne vers Qiao d'un air implorant.

Tout aussi troublé, Qiao changea gauchement de position sur le canapé et regarda Chen de côté sans savoir quoi ajouter.

« Vous pouvez nous laisser à présent, directeur Qiao, dit Chen sèchement. Veillez à ce que nous ne soyons pas dérangés, s'il vous plaît.

– Naturellement, je vais m'en assurer, inspecteur principal Chen. Si je peux faire quelque chose d'autre pour vous, dites-le-moi, répondit Qiao en s'inclinant. Le Centre est à votre service. »

Chen fit signe à Huang d'avancer un fauteuil à Mi et ne parla pas tout de suite. Il prit une cigarette dans un étui d'argent, l'alluma et secoua plusieurs fois l'allumette avant de la laisser tomber dans le cendrier de cristal. Huang restait debout à côté de lui, aussi raide qu'une perche de bambou.

Un silence oppressant s'installait dans la pièce.

« Asseyez-vous aussi », dit Chen en tapotant le canapé à l'intention de Huang.

Huang s'assit sur le bord du canapé comme un subordonné respectueux, sans dire un mot.

Finalement, Mi ne put plus le supporter et lança nerveusement :

« Que voulez-vous de moi ?

– Je suis aussi poète, dit Chen intentionnellement sans répondre à sa question et en lui tendant deux cartes de visite. Vous savez quoi ? La première fois que je vous ai vue à l'usine, j'ai pensé à un vers ancien : *Même moi je ne peux m'empêcher d'avoir pitié d'une telle beauté.* »

Huang comprit que sous l'apparence du compliment se cachait un sérieux avertissement.

«Je ne sais pas de quoi vous parlez, ins...

– Inspecteur principal Chen», compléta Huang en jetant un coup d'œil aux cartes de visite dans la main de Mi. La première était celle de la police, l'autre le présentait comme membre de l'Union des écrivains chinois et du Congrès du peuple de Shanghai.

«Mes vacances ici ne sont qu'un prétexte, dit Chen. Vous devriez donc pouvoir deviner pourquoi je souhaite vous parler aujourd'hui.

– S'il s'agit du meurtre de Liu, Jiang n'a pas déjà été arrêté?

– Vous êtes bien informée, Mi.

– Alors de quoi d'autre voulez-vous me parler?

– Eh bien, je ne veux pas qu'une belle jeune femme telle que vous ait des ennuis... à cause d'une chose qui n'est pas vraiment sa faute.

– Je n'y comprends rien, inspecteur principal Chen.

– Dans une enquête criminelle, les choses peuvent paraître très compliquées, mais ce qui se cache derrière peut être très simple si on le considère du point de vue du criminel, dit Chen en laissant un rond de fumée s'élever en spirale de ses doigts. Il s'agit le plus souvent d'une chose qu'il espère obtenir, argent, pouvoir ou autre. Or, qu'est-ce que Jiang aurait eu à gagner en tuant Liu? Rien. En revanche, quelqu'un d'autre avait une raison, et une très bonne.

– Que voulez-vous dire?»

Elle continuait à jouer l'ignorante, se dit Huang, et lui-même ne se sentait pas moins ignorant parce qu'il ne voyait toujours pas où Chen voulait en venir.

«Vous avez fait plusieurs déclarations à propos de la mort de Liu. Je veux vous rappeler une chose, Mi. Le faux témoignage est un crime grave», dit Chen en appuyant sur le bouton «start» d'un magnétophone de poche posé sur la table en marbre.

«Comment? J'ai fourni aux officiers de police, y compris à l'officier Huang, des informations exactes, j'ai dit tout ce que je savais.

– Je vous le répète, Mi. Vous êtes responsable de ce que vous avez fait, mais pas de ce qu'a fait quelqu'un d'autre. Vous devez vous demander si cela mérite que vous vous sacrifiez.»

Le dialogue intriguait Huang. L'inspecteur insistait comme s'il jouait un jeu de tai chi, en menaçant plutôt qu'en frappant. Huang se demanda comment cela pouvait fonctionner. Mi ne se laisserait pas prendre par un bluff aussi inconsistant.

«Pour beaucoup de gens les choses vont de soi, poursuivit Chen. Telle l'eau du lac. Je me rappelle encore une chanson qui parle de la limpidité et de la beauté de ses eaux.

– Liu a fait de son mieux pour limiter la pollution, répondit Mi. Je le sais, j'ai travaillé étroitement avec lui.

– Je sais que vous avez travaillé étroitement avec lui, dans le bureau de l'usine et aussi dans l'appartement-bureau. Je vais vous poser une question. Vous avez déclaré avoir vu Jiang se disputer avec Liu dans son bureau à l'usine. Et vous avez précisé la date. Début mars, la veille de la journée de la Femme.

– Oui, en effet.

– À l'usine, dans le bureau, exact?

– Exact. Fu l'a vu également.

– La police locale a considéré cela comme un fait acquis, notamment parce que votre déclaration a été confirmée par votre patron actuel Fu. Après avoir questionné Jiang, qui a nié avoir vu Liu à l'usine ce jour-là, l'officier Huang a revérifié avec Fu, mais celui-ci n'était plus très sûr de la date, dit Chen en se tournant vers Huang.

– Il n'en était pas sûr du tout», enchaîna Huang de plus en plus ahuri. Il n'avait rien vérifié avec Fu à propos de la date de l'entrevue. Il n'avait pas non plus décidé une telle manœuvre avec Chen.

«Mais je m'en souviens nettement, dit Mi en s'agitant malgré elle dans le fauteuil.

– Et nos recherches ont montré que Liu était à Nankin ce jour-là pour une réunion d'affaires, dit Chen en prenant un dossier sans l'ouvrir. Il n'est revenu que tard dans la nuit, pratiquement au petit matin. Nous avons vérifié l'agenda et le site Web de l'entreprise, ainsi que la facture de l'hôtel qui indique qu'il l'a quitté vers vingt et une heures. Nous avons aussi obtenu une copie du billet de train du soir qu'il s'est fait rembourser. Qui plus est, nous en avons parlé avec Mme Liu. Elle aussi se rappelle clairement la date parce qu'il est rentré très tard cette nuit-là. Il pleuvait beaucoup, et il s'est excusé de l'avoir réveillée. Il lui avait acheté un cadeau pour le lendemain, journée de la Femme.»

Pendant un moment Huang fut trop estomaqué pour continuer de jouer. Quand diable Chen avait-il réussi à abattre tout ce travail? Heureusement, Mi était tellement sidérée qu'elle ne remarqua pas l'embarras de Huang.

«Je ne me rappelais peut-être pas très exactement la date. C'était il y a deux mois environ, vous savez, répondit-elle sans beaucoup de conviction. Mais j'ai vu Jiang se disputer avec Liu dans son bureau.

– Non, vous mentez, mais quelqu'un voulait que vous fassiez une fausse déclaration, je le sais, et vous n'aviez pas d'autre choix que d'obéir. À ce moment-là, vous n'aviez pas conscience des complications que cela entraînerait. De foute façon, vous deviez appuyer vos supérieurs, n'est-ce pas ? La tension a dû vous empêcher de réfléchir posément.

– J'ai été très surmenée ces derniers temps. Oui, une grande tension. Je n'ai peut-être pas donné la bonne date. Quoi que Jiang ait fait, cela ne me regardait pas, et je n'y ai pas prêté beaucoup d'attention. Je regrette d'avoir peut-être fait une erreur, inspecteur principal Chen.

– Mais il s'agit d'une affaire de meurtre, Mi. Un innocent pourrait être condamné à cause de votre faux témoignage.

– Non, ce n'est pas vrai. Comment serait-ce un faux témoignage ? La mémoire n'est pas toujours très fidèle, vous le savez. Qu'est-ce que je dois faire ? Vous êtes là, vous et l'officier Huang, je peux faire une autre déclaration. L'entrevue entre Jiang et Liu s'est passée en mars, j'en suis certaine.

– Mettons cela de côté pour l'instant et parlons d'une autre déclaration que vous avez faite. À propos du soir du meurtre, vous avez dit que vous vous trouviez au bureau de l'usine et que vous avez travaillé tard sur le projet d'introduction en Bourse. C'était il y a une semaine. Votre mémoire vous aurait-elle trahie là aussi ? »

La menace était sans équivoque ; Mi la saisit, blêmit, regarda Chen puis Huang, et se tordit les mains, prise de panique, muette.

« Vous avez déclaré que vous étiez tellement occupée au bureau ce soir-là que vous n'êtes partie qu'après vingt-trois heures... vous étiez tellement débordée que vous n'avez même pas eu le temps d'aller à la cantine. Exact?

– Exact. Nous étions très pris par ce dossier. C'était dimanche, mais beaucoup de gens ont travaillé quand même, y compris Fu. Il m'a parlé ce soir-là. Il a travaillé très tard lui aussi. Nous avons discuté de l'avenir de l'entreprise.

– Je vous le rappelle encore une fois, Mi. Le faux témoignage est un crime grave. Demandez-vous si cela en vaut la peine. » Chen croisa les jambes, souffla sur sa tasse et prit tranquillement une gorgée de thé. « Confucius a dit: *Une femme est prête à s'embellir pour celui qui l'aime, un homme est prêt à donner sa vie pour celui qui l'apprécie.* Mais tout dépend de qui.

– Ce que vous dites me dépasse, inspecteur principal Chen.

– Bien, encore une question. Liu avait l'habitude de se rendre à son appartement-bureau en passant par la porte de derrière de l'usine, n'est-ce pas?

– Je crois. C'est un raccourci.

– Vous l'empruntiez aussi?

– Oui, quand je devais travailler avec lui. Aucune raison de passer par la grille de devant. On met au moins dix minutes de plus.

– Je parie que vous ignorez l'existence d'une caméra de surveillance perfectionnée au-dessus de la porte de derrière.

– Je l'ignorais...

– Celle-ci est fermée après vingt heures et l'agent de sécurité s'en va. Nous le savons tous. Toutefois la caméra enregistre les allées et venues par cette porte pendant toute la nuit, et je ne pense pas que vous le saviez.

– C'est vrai », fit Huang en écho. Il commençait à comprendre, tout en ne sachant rien de la caméra cachée. Il pouvait y en avoir une, bien entendu, et il était décidé à jouer le jeu. « La caméra fonctionne toute la nuit, Mi.

– Je n'en savais rien.

– Pourquoi ? Parce que Liu pensait qu'une petite secrétaire n'avait pas à savoir ces choses-là. C'était parfaitement compréhensible qu'il ne vous en ait même pas parlé. Mais nous avons obtenu la bande en question et nous l'avons étudiée soigneusement...

– Elle a enregistré toutes les entrées et sorties par cette porte ce soir-là », se hâta d'ajouter Huang.

Il était évident que Chen avait piégé Mi. Elle ouvrit désespérément la bouche, mais aucun mot n'en sortit.

« Votre mémoire s'est-elle rafraîchie, Mi ?

– Il s'est passé tellement de choses ces derniers temps, dit-elle enfin en répétant ce qu'elle avait déjà dit, j'étais épuisée et ma mémoire n'est peut-être pas très précise.

– Une jeune chef de bureau énergique est censée se rappeler beaucoup de choses, insista Chen implacable. De toute façon, l'enregistrement vidéo constitue une preuve recevable au tribunal, vous le savez. »

Huang intervint de nouveau : « Voulez-vous que nous vous la passions maintenant ?

– Vous... » Elle se leva d'un bond, comme galvanisée, puis elle tangua et s'affaissa dans le fauteuil.

Chen attendit, se versa une tasse de thé et en servit une autre à Huang sans regarder Mi.

Il ne fallut à Mi qu'une minute pour se ressaisir.

«J'ai beaucoup travaillé ce soir-là, inspecteur principal Chen. Il se peut que je sois allée prendre l'air un instant et que je n'y aie plus pensé. Je n'en suis pas sûre, mais c'est peut-être tout simplement sorti de ma mémoire.

– Mais vous avez fait plusieurs faux témoignages au cours d'une enquête criminelle.

– Non, j'ai seulement oublié.

– Vous avez signé des déclarations écrites et nous avons aussi votre nouveau témoignage enregistré ici, en présence du sergent Huang et de moi-même. Une petite défaillance de mémoire est possible, mais pas dans le cas de deux déclarations dans une affaire de meurtre. C'est impossible. Ce n'est pas à vous, mais à la police de décider s'il s'agit ou non de faux témoignage. N'est-ce pas, sergent Huang?

– Si ce n'est pas un faux témoignage, alors je ne sais pas ce que c'est.»

Au lieu de réagir immédiatement, elle les regarda fixement, comme un bonhomme de neige en train de fondre, les yeux comme deux boulets de charbon.

Elle était prise en flagrant délit de mensonge. Huang essaya d'envisager tous les scénarios possibles. Dans l'un d'eux, si elle décidait d'insister sur la défaillance de sa mémoire, elle pouvait encore s'en tirer. Après tout, qu'elle soit sortie par la porte de derrière ne signifiait pas nécessairement qu'elle soit allée à l'appartement-bureau de Liu ce soir-là. Il n'y avait pas de caméra de surveillance là-bas, ni de témoin, ni de preuve contre elle. Ni de mobile non plus.

En outre, les agents de la Sécurité intérieure pouvaient écarter l'hypothèse qu'elle ou quelqu'un d'autre soit le véritable suspect puisqu'ils avaient déjà tiré leurs conclusions concernant Jiang.

Une chape de silence pesait sur la pièce.

Qu'allait faire l'inspecteur principal ?

« Fu n'était pas à Wuxi le week-end dernier, n'est-ce pas ? » demanda Chen à l'improviste.

Encore un coup de Chen qui laissa Huang perplexe. Pourquoi amenait-il Fu dans la conversation à ce stade ?

« Non, il était à Shanghai pour une réunion d'affaires.

– Il était à Shanghai, cette partie est vraie, mais je ne suis pas du tout sûr de la partie réunion d'affaires. Il se trouve que je suis en possession de photos prises là-bas samedi, avant-hier. Pas par la caméra de surveillance, naturellement. »

Chen brandit une grande enveloppe et en sortit plusieurs agrandissements. Les deux ou trois premières images montraient Fu et une jeune femme sortant d'un hôtel dans une rue bondée. Sur d'autres, ils marchaient main dans la main et on reconnaissait l'hôtel dans le fond. Sur l'une, ils s'embrassaient passionnément sans se soucier des passants. Les photos n'étaient pas d'excellente qualité, mais il s'agissait indiscutablement de Fu, et la jeune femme était quelqu'un que Huang n'avait jamais vu. La dernière photo était celle d'une grande pancarte devant l'hôtel.

« Regardez cette pancarte. Un hôtel "à l'heure", dit Chen en insistant sur les derniers mots et en tendant les photos à Mi. Dans la rue de Nankin. Qui irait dans un tel hôtel avec lui ?

– Une prostituée ? » dit Huang. Comme dans un jeu télévisé, il se croyait tenu de dire quelque chose, tout en ne sachant pas très bien quelle réplique l'inspecteur principal attendait de lui.

Les photos se mirent à trembler dans les mains de Mi.

« Non, ce n'est pas une de ces filles qui racolent dans la rue de Nankin. Je vous assure, Mi. C'est sa fiancée. Le policier du quartier de Fu à Shanghai vient de le confirmer. Fu a gardé ici le secret sur sa liaison. Pourquoi ? Ne me le demandez pas, Mi. Vous connaissez la raison mieux que personne. Quoi qu'il en soit, samedi après-midi à Shanghai, Fu et sa fiancée se sont glissés dans cet hôtel minable, où ils sont restés plus de deux heures. Ce qu'ils y faisaient ? Vous pouvez l'imaginer sans effort. Voici une photo d'eux sortant de l'hôtel. Regardez le sourire heureux, radieux, de la femme. On voit aussi une jeune employée à la porte de l'hôtel qui crie : "Propre, commode, nous changeons les draps après chaque séjour. Douche chaude vingt-quatre heures sur vingt-quatre. Bain Canard mandarin... Vous en aurez pour votre argent. Un quart d'heure de printemps vaut tout l'or du monde." »

C'était ahurissant que Chen ait choisi ce moment pour se lancer dans un récit coloré, à la manière d'un chanteur d'opéra de Suzhou qui se laisse emporter par les détails de l'histoire qu'il raconte.

Huang improvisa à temps. « C'est très frappant.

– Il y a une raison à tout sous le soleil, sergent Huang. Une raison peut-être inexplicable pour les autres, mais très claire, transparente pour celui ou celle qu'elle anime. »

Cette fois, Chen n'insista pas et se contenta de disposer les photos en mosaïque sur la table.

« Regardez-les bien. Et réfléchissez très sérieusement, Mi. Personne d'autre n'est au courant de notre conversation. Pas encore. L'officier Huang est mon loyal assistant. Vous n'avez rien à craindre de lui.

– Que voulez-vous exactement, inspecteur principal Chen ?

– Je comprends que tout cela vous ait causé une immense surprise, dit Chen en regardant sa montre. Le sergent Huang et moi allons déjeuner à la cantine du Centre. Prenez tout votre temps pour réfléchir ici. Ce ne serait pas une bonne idée de partir. Si vous souhaitez manger quelque chose, je peux vous le rapporter.

– Notre inspecteur principal est un homme très attentionné, dit Huang.

– À mon retour, je pense que nous aurons une conversation fructueuse. Comme je vous l'ai dit, je suis peut-être en mesure de vous aider. Je détesterais voir une beauté telle que vous punie pour ce qu'elle n'a pas fait. »

Chen reprit sa carte de visite et y ajouta un numéro. « C'est le numéro de mon portable. Appelez-moi si quelque chose vous revient. »

Chen reposa la carte et se leva brusquement. Le jeune policier en fit autant, bien que très étonné par cette soudaine décision d'aller déjeuner.

Mi était visiblement très secouée, et elle aurait pu s'évanouir si Chen avait continué à faire monter la tension.

Incapable de réprimer un tressautement nerveux au coin de sa bouche, elle répéta : « Mais pourquoi, inspecteur principal Chen ?

– Vous êtes une femme intelligente, Mi, dit Chen pardessus l'épaule avant de franchir la porte avec Huang. Servez-vous de votre cervelle. Vous découvrirez toute seule si ce que je vous ai dit est vrai ou pas. »

22

Au lieu de se diriger vers la cantine du Centre ainsi qu'annoncé à Mi, Chen conduisit Huang derrière un massif de bambou près du pied de la colline boisée, d'où ils voyaient en partie la villa blanche, éclatante à travers la verdure. Ils s'assirent sur des pierres autour desquelles de nouvelles pousses tendres de bambou paraissaient dorées au soleil.

« Le Centre est un endroit agréable, n'est-ce pas ? dit Chen en devinant une question dans le regard de Huang. N'ayez pas d'inquiétude, Huang. Je doute qu'elle essaie de s'enfuir. Et le garde l'en empêcherait.

– Qu'est-ce qui vous a amené à la soupçonner, chef ?

– Vous vous rappelez notre discussion à propos de la scène de crime ? C'est la première fois que j'ai commencé à me poser des questions sur elle.

– Je m'en souviens, vous aviez fait plusieurs remarques judicieuses, mais vous n'aviez pas mentionné Mi.

– Je n'étais pas sûr de mes questions. Puis la Sécurité intérieure est arrivée avec son propre scénario et j'ai essayé d'y faire entrer Jiang, sans succès. J'étais dérouté par l'absence de traces de lutte sur les lieux. Liu semblait avoir été assassiné tranquillement dans son sommeil. Bien sûr on ne pouvait pas exclure la possibilité que Liu ait été endormi, compte tenu de l'heure. Mais dans l'hypothèse défendue par la Sécurité intérieure, Liu était censé avoir eu un affrontement sévère avec un maître chanteur. Comment se serait-il endormi ? Et si oui, comment Jiang serait-il entré ?

– Une supposition en l'air : et si Jiang s'était introduit parce que Liu avait laissé sa porte ouverte… » Huang n'acheva pas sa phrase, même pour lui, la coïncidence était invraisemblable.

« En admettant cette hypothèse, le meurtre aurait eu lieu après la conversation… après l'échec des pourparlers, pas avant.

– Non, pas avant.

– Un autre détail a attiré mon attention. Mi dit que Liu avait du mal à s'endormir et qu'il prenait des somnifères, ce qui a été confirmé par le rapport d'autopsie. J'ai vérifié auprès de Mme Liu, qui n'en était pas certaine. Alors j'ai cherché plus avant et une autre chose m'a paru incompréhensible. Si Liu était mort entre vingt et une heures trente et vingt-deux heures trente, il avait dû prendre les somnifères avant. Mais je ne peux pas imaginer qu'il les ait pris avant l'arrivée de Jiang ni pendant qu'il était là.

– Une déduction brillante, chef.

– Laissons maintenant ces questions de côté et revenons au scénario défendu par la Sécurité intérieure. Liu n'avait aucun moyen de prouver que Jiang l'avait fait chanter – il n'y a rien dans le dossier fourni par la Sécurité intérieure. C'était donc sa parole contre celle de Jiang. Par ailleurs, Jiang s'appuyait sur ses recherches et sur ses relations avec les médias. Liu allait-il prendre un tel risque ? C'était un moment critique pour Liu et son projet d'introduction en Bourse. Quand le bruit aurait couru que son entreprise provoquait une pollution désastreuse, les autorités locales, cédant sous la pression, auraient pu enquêter sur le bien-fondé des accusations contre l'usine de produits chimiques. Et c'en aurait été fini de ses ambitions commerciales.

– C'est vrai. Liu était un homme d'affaires trop averti.

– Mais reprenons les questions – je devrais plutôt dire les simples suppositions – que les lieux du crime m'ont inspirées la première fois, dit Chen en tripotant la pointe d'une nouvelle pousse de bambou à ses pieds. Après avoir pratiquement écarté le scénario de la Sécurité intérieure, j'ai commencé à en imaginer un autre tout à fait différent. Et si Liu était déjà endormi ou inconscient quand le meurtrier a frappé ? Cela expliquerait beaucoup de choses, mais entraînerait en même temps une autre question. Qui aurait pu entrer dans la pièce pendant que Liu dormait ? Ou bien, variante de la question, qui aurait pu endormir Liu avant de porter le coup ? Ou encore, variante du scénario, qui aurait pu sortir en laissant la porte ouverte pour que quelqu'un d'autre entre ? La violence du coup et la quantité de somnifères évaluée dans le rapport d'autopsie m'ont fait pencher pour le second scénario. Mais quelles qu'aient été les circonstances, elles désignaient la même personne. Quelqu'un de suffisamment proche de Liu, voire intime, et informé de son emploi du temps pour la soirée.

– Mi, la petite secrétaire. La seule qui pouvait avoir accès à son appartement le soir, et qu'on n'aurait sans doute jamais soupçonnée si elle avait donné à Liu des somnifères mélangés à une quelconque boisson.

– Et là nous avons un angle mort. Tout le monde savait que Mi était sa petite secrétaire. Sans lui, elle n'était rien, une prétendue masseuse dans un prétendu salon de coiffure. Matérialiste comme elle est, pourquoi aurait-elle voulu l'assassiner ? Elle était la dernière à être soupçonnée du meurtre. Un autre obstacle s'est présenté quand j'ai essayé de la faire entrer dans le scénario. L'alibi solide qu'elle avait pour ce soir-là, fourni par Fu; et bien entendu elle-même en fournissait un pour lui.

– Chef, je me sens vraiment aussi bête que le plus bête des sous-fifres dans vos traductions. Pendant tout ce temps, j'ai cru que vous visiez Mme Liu.

– Je l'ai fait, et même longtemps. Mme Liu répondait aux critères que je viens d'énoncer. C'était un suspect potentiel, possédant à la fois les moyens et un mobile, l'infidélité de Liu. En outre, ses fréquents voyages à Shanghai, deux en un week-end, ne pouvaient que paraître louches. La question était: pourquoi maintenant, tout à coup? Elle devait être au courant de la liaison de Liu depuis des lustres. Je me suis donc mis en rapport avec l'avocat, et j'ai appris de lui, ainsi que d'autres sources, que Liu n'avait pas l'intention de divorcer. Au contraire, avec le retour de leur fils à Wuxi, la famille semblait loin de la rupture, même si le comportement de Mme Liu était intrigant. J'ai décidé d'approfondir la question. Et c'est alors que j'ai remarqué autre chose.

– Quoi?

– Mme Liu avait été la "reine" du lycée. Pouvait-elle avoir conservé un ancien admirateur? Elle n'est plus jeune, c'est certain, mais j'ai connu le cas d'un Gros-Sous prospère qui courait encore après une "danseuse de l'idéogramme Loyal[1]" au bout de vingt ans, bien qu'elle ait déjà été brisée par la vie, une fille de paysans pauvres, quinquagénaire défaite, cireuse, complètement ravagée.

---

1. La « danse de l'idéogramme Loyal » était la seule forme de danse autorisée pendant la Révolution culturelle. Durant toute la chorégraphie, la danseuse tenait un découpage représentant le caractère chinois signifiant « Loyal » pour honorer le président Mao. Voir, du même auteur, *Visa pour Shanghai*, Liana Levi, 2002. [NdÉ]

Mais revenons au scénario concernant Mme Liu. Aussi peu probable qu'il puisse paraître après tant d'années, il expliquait qu'elle supporte la liaison de Liu et qu'elle se rende souvent à Shanghai. Grâce aux efforts de Yu et de sa femme Peiqin, j'ai constaté que j'étais sur une mauvaise piste.

– L'inspecteur Yu a travaillé avec vous ? » Huang n'avait pu s'empêcher de poser la question.

« Non. Je lui ai demandé de se renseigner sur Mme Liu à Shanghai. C'est tout. Les gens sont décidément compliqués et capables d'agir d'une façon totalement incompréhensible pour les autres, donc suspecte, mais quand vous parvenez à vous mettre à leur place, tout s'explique. C'est une autre histoire, naturellement. » Chen leva les yeux vers les fenêtres fermées de la villa. « Mais si un changement dans la situation de la famille Liu était exclu, Mi aurait pu rester indéfiniment une petite secrétaire.

– Je n'y avais pas pensé, chef. Mais une fille comme Mi ne se voyait peut-être pas forcément en nouvelle Mme Liu. Tant qu'il lui assurait un certain confort, elle aurait pu s'en contenter. Elle est encore très jeune, elle pouvait se retrouver avec de belles économies dans quelques années. Et commencer une nouvelle vie ailleurs, avec quelqu'un d'autre.

– Peut-être bien. Mais nous devons prendre certains éléments en considération. Tout d'abord, sa situation n'aurait peut-être plus été garantie si le fils de Liu rejoignait l'entreprise…

– Son fils dans l'entreprise ? Mais oui, il y a fait un stage l'été dernier, paraît-il.

– C'était dans les projets de Liu. L'entreprise devait revenir à son fils, et vous pouvez imaginer ce que cela représentait pour Mi. Il y a un autre facteur indirect, la future introduction en Bourse, qui impliquait Mi dans une chaîne complexe de liens en raison de sa relation secrète avec Fu. À propos, ce sont vos efforts pour identifier les victimes éventuelles de la restructuration qui m'ont inspiré.

– Je suis très impressionné, dit Huang. Mais comment avez-vous fait entrer Fu dans le puzzle ?

– Vous vous êtes concentré sur les rivaux de Liu qui avaient tout à gagner à ce qu'il meure. J'ai fait de même, mais en pensant à l'intérieur et non à l'extérieur de l'entreprise. Avec l'introduction en Bourse, le directeur général obtenait le plus grand nombre d'actions, et les hauts responsables en gagnaient aussi une quantité considérable. Ce qui compliquait la situation, c'était le plan de restructuration préalable. Liu était capable de tout au nom de cette restructuration. Ceux qui seraient licenciés avaient énormément à perdre, ils ne recevraient pas d'actions.

– Je commence à voir les choses sous un nouveau jour, chef.

– J'aurais dû m'en rendre compte beaucoup plus tôt, mais je n'ai été alerté qu'en tombant sur la date indiquée dans la déclaration de Mi, en m'apercevant qu'elle n'était confirmée que par Fu. Une personne peut voir sa mémoire lui jouer des tours, mais pas deux personnes en même temps. En outre, d'après ma source, Jiang n'est pas venu à l'usine en mars. Alors pourquoi le prétendre ?

– Ils ont tous les deux menti à propos de Jiang dans leurs déclarations !

– Exactement. Et ils ont également confirmé leur alibi respectif pour le soir du meurtre. Les différentes pièces ont commencé à s'emboîter : les alibis, les déclarations et, bien entendu, l'insistance de Fu pour garder secrète sa liaison à Shanghai. Il avait de bonnes raisons de le faire.

– On se croirait dans les histoires que vous avez traduites. Tous les indices sont là, mais il faut un maître pour les découvrir, dit Huang en se frottant les mains avec un enthousiasme non dissimulé. Pourquoi attendre davantage, chef ? C'est facile de faire avouer une femme comme elle.

– Attendons encore un peu. Pas de précipitation, Huang. Comme dit l'adage, *nous ferons sortir le serpent en tapant sur les herbes autour…* »

Le portable de Chen sonna. Il écouta sans interrompre son correspondant pendant un long moment.

Huang attendait à ses côtés en contemplant la villa blanche qui étincelait sur la hauteur comme dans un conte de fées et en se demandant s'il était lui-même devenu un personnage de roman. Les fenêtres restaient fermées, éclatantes au soleil.

« C'était à propos du coup de téléphone que Mi vient de passer à Fu depuis la villa, dit Chen en refermant son portable. Tout a été enregistré.

– Vous aviez mis son portable sur écoute ?

– Oui. Je n'ai pas eu le temps d'en discuter avec vous, excusez-moi, Huang. Je n'ai compris que hier après-midi et j'ai dû agir immédiatement. J'ai fait mettre son portable sur écoute grâce à une de mes relations, ou une relation de relation, si vous préférez. J'ai dû aussi faire développer les photos en urgence pour aujourd'hui.

– Vous avez agi très vite, chef. »

Il était vrai que Chen n'avait pas perdu son temps. Mais, ce qu'il ne dit pas, c'est qu'il ne savait pas comment réagirait la Sécurité intérieure si elle avait connaissance de sa manœuvre secrète.

«Pour vous résumer l'appel hystérique de Mi, elle a accusé Fu de l'avoir trompée, de l'avoir utilisée pour se débarrasser de Liu et de l'avoir laissée en mauvaise posture. Elle criait, jurait et pleurait en même temps. Comme je l'avais supposé.

– Et lui, qu'a-t-il dit?

– Pas grand-chose. Qu'elle était folle. Puis il lui a demandé de se calmer et de se taire.

– Cela devrait nous suffire à conclure. Cette conversation téléphonique plus le faux témoignage, c'est une preuve indéniable. Rien qu'une question: comment ces deux-là se sont-ils associés?

– Leur conversation prouve seulement leur relation, mais pas vraiment leur complicité dans le meurtre. Quant à leur liaison, je l'ai apprise de diverses sources et, il va sans dire, grâce à un peu de flair.»

Chen alluma une cigarette avant de poursuivre avec un geste de la main.

«Ils se sont alliés pour toutes sortes de raisons, chacun d'après ses propres calculs.

«Elle, parce que Liu l'avait déçue. Elle avait espéré tirer davantage de sa situation de petite secrétaire. Une autre à sa place aurait pu s'en contenter, comme vous l'avez dit, mais elle rêvait de devenir Mme Liu et de mener pour toujours une existence heureuse. Liu lui avait peut-être fait des promesses et elle s'est rendu compte qu'il n'avait pas l'intention de les tenir. La nouvelle que son fils allait entrer dans l'entreprise pour lui succéder a été la goutte d'eau qui a fait déborder le vase.

« Pour Fu, c'est une autre histoire. Tout d'abord, c'était un étranger dans l'entreprise. Affecté à son poste en tant que cadre de la Ligue de la Jeunesse, il n'a pas noué assez de relations pour se positionner en rival de Liu. Avec la réforme du système de propriété d'État, Liu s'est mis à envisager de transformer l'entreprise en entreprise privée, mais familiale, avec son fils pour successeur et non quelqu'un de l'extérieur comme Fu. Fu n'a pas tardé à le découvrir. La tension montait.

« Ainsi Fu et Mi ont fait cause commune. Pour elle, Fu n'était pas seulement plus jeune que Liu, mais il était aussi célibataire. Autrement dit, elle pouvait devenir Mme Fu, et en échange elle lui fournissait des informations capitales dans sa lutte pour le pouvoir. Une alliance aussi importante n'était pas gratuite. Il devait convaincre Mi qu'il souhaitait poursuivre sérieusement leur liaison. Il était donc hors de question qu'elle connaisse l'existence de sa fiancée à Shanghai. Ce qui explique son attitude à l'hôtel samedi dernier. Pour contrer le plan de restructuration à venir, le sien devait s'appliquer sans tarder...

– Vous parlez du meurtre ? demanda Huang. Mi était au courant ?

– Elle pouvait l'avoir deviné. Liu travaillait au plan de restructuration, mais sans y mêler Mi, ce qui prouvait son manque de confiance en elle. À en croire certains collaborateurs, Liu ne gardait pas le document confidentiel dans son bureau à l'usine mais dans son appartement, dans un coffre dont il était le seul à détenir la clé. Ce soir-là, cependant, Mi a appris qu'il allait travailler sur le document dans son bureau privé. Elle a dû le dire à Fu en pensant que c'était pour elle l'occasion d'y jeter un coup d'œil, mais cela ne suffisait pas à Fu. Il voulait être lui-même présent et connaître les détails du plan. Les deux conspirateurs n'allaient pas espionner par la fenêtre en papier, pour ainsi dire. Ils savaient ce qu'ils devaient faire. En tout cas, Mi était avec Liu ce soir-là et elle s'est assurée qu'il avait sorti le document du coffre avant de le droguer avec une poignée de somnifères. Quant à l'intention initiale de Fu, elle était peut-être telle qu'il avait dit, mais arrivé sur place, il a changé d'avis. Finalement, il avait tout intérêt à se débarrasser de Liu une fois pour toutes. Plus de Liu, plus de plan de restructuration. Alors, ce serait l'entreprise de Fu et son propre plan de restructuration.

« Quand Liu a été retrouvé mort le lendemain matin, Mi a compris ce qui s'était passé. Mais elle était déjà complice dans une affaire de meurtre et ne pouvait rien dire contre Fu. Pour se protéger, elle devait continuer à collaborer avec lui. Elle était piégée. Se fournir mutuellement un alibi était la seule issue pour tous les deux.

« C'est alors que Jiang est apparu comme une cible politiquement commode pour la Sécurité intérieure, et ils ont naturellement joué le jeu en fournissant "les informations" que celle-ci était impatiente de recueillir.

– Quel coup de maître, inspecteur principal Chen ! C'était fréquent que les gens travaillent tard le dimanche soir, y compris Fu et Mi. Mais je n'y ai pensé qu'en passant. Votre analyse remet tout à sa place.

– C'est plutôt un coup de chance si on considère toutes les fausses pistes que j'ai suivies. En outre, si Mi n'avait pas donné ce coup de téléphone, nous n'aurions probablement entre les mains qu'un faisceau de présomptions, insuffisant pour convaincre la Sécurité intérieure et la police.

– Encore une question, chef. Comment avez-vous obtenu ces photos de Shanghai ? Elles l'ont assommée.

– J'ai demandé à l'inspecteur Yu de se renseigner sur Mme Liu à Shanghai, et j'ai cité en passant le nom de Fu. Je n'avais pas de véritables soupçons. Pas à ce moment-là. Sauf inconsciemment, peut-être. J'étais seulement curieux parce qu'il allait souvent à Shanghai, comme Mme Liu. Vous vous rappelez ce qu'il a dit ce jour-là ? "J'étais à Shanghai samedi dernier et j'y retourne ce week-end." Pourquoi, alors que les dernières semaines étaient cruciales pour l'entreprise ? Ce matin-là, j'avais aussi eu l'impression que Fu avait tenté d'écourter notre conversation avec Mi. Quoi qu'il en soit, Yu et Peiqin se sont donné beaucoup de mal pour suivre Fu pendant des heures. Et leur découverte a été pur hasard. Sans leur aide, et la vôtre, bien sûr, je n'aurais jamais pu relier les différents éléments.

– Vous me faites trop d'honneur chef.

– Il est temps d'agir à présent, Huang, conclut Chen en se levant brusquement. Je retourne voir Mi, et vous, Fu. *Nous avons trop de rêves pour la nuit*, comme dit la vieille expression.

– Nous devons agir avant que la Sécurité intérieure ne nous mette des bâtons dans les roues et n'interfère au nom des intérêts du Parti. Je vais chercher des mandats de perquisition pour tous les deux…

– Allez-y, faites fouiller de fond en comble l'appartement de Fu, et vite, avant qu'il n'essaie de cacher quelque chose.

– Je sais ce que j'ai à faire, chef. Son appartement n'est pas grand et s'il le faut, je creuserai jusqu'à trois mètres de profondeur. » De plus en plus excité, Huang ajouta : « Vous avez parlé du plan de restructuration sur lequel Liu travaillait ce soir-là. Il ne pouvait pas être assis à son bureau sans qu'il y ait quelque chose devant lui. Mais nous n'avons rien trouvé. Mi n'a jamais dit non plus que quelque chose manquait. À présent, je comprends pourquoi.

– En effet, le plan de restructuration, entre autres choses… »

Le portable de Huang sonna soudain différemment. C'était un SMS du chef de l'équipe spéciale. Le jeune policier le montra à Chen.

Jiang sera incarcéré demain, accusé officiellement du meurtre de Liu. La Sécurité intérieure demande qui est l'homme qui a posé des questions avec vous à l'usine de produits chimiques.

« Juste au bon moment, dit Huang avec un sourire sarcastique sans essayer de taper une réponse. Ne vous en faites pas, chef. Nous les battrons cette fois. J'aurai mon calepin sur moi pour suivre toutes les questions que vous avez soulevées sur la scène de crime.

– Quand vous serez là-bas avec votre équipe, essayez de me laisser en dehors de l'histoire. C'est votre enquête, pas la mienne.

– Comment pourrais-je soutenir une chose pareille ? Ils se posent déjà la question.

– Faites de votre mieux, Huang. »

23

L'inspecteur principal Chen se réveilla avec une migraine tenace.

Il se redressa, les doigts sur les tempes, et regarda par la fenêtre. Le lac était encore enveloppé de brume. Un oiseau solitaire pépiait dans un arbre.

Au lieu d'attendre l'arrivée du petit déjeuner, il se leva et prépara lui-même une cafetière de café fort. En buvant lentement une gorgée il se rappela combien le jour précédent avait été agité.

Peu après leur conciliabule derrière les bambous, Huang était retourné à la villa pour remettre Mi à deux policiers locaux. Au lieu de filer tout droit à l'usine, il avait téléphoné à son équipe pour que Fu soit retenu dans son bureau. Ainsi il ne pourrait pas rentrer chez lui où Huang avait procédé à une fouille minutieuse avant même d'obtenir le mandat. L'initiative du jeune policier avait été d'une grande aide pour Chen car Mi gémissait, pleurait, et hurlait sans fin, le visage sali de larmes et de morve, sans rien dire d'utile à l'enquête. Chen avait poussé un soupir de soulagement quand elle avait été emmenée menottes aux poignets.

Mais bientôt l'inspecteur principal avait été submergé de coups de téléphone de la police de Wuxi, de la Sécurité intérieure, des autorités et des journalistes locaux. Ironiquement, tous ne semblaient pas satisfaits du tour que prenait l'enquête.

Ils n'avaient qu'une chose en commun : ils assuraient tous que l'inspecteur principal Chen aurait dû prendre contact avec eux plus tôt, bien qu'il ait affirmé vouloir seulement passer des vacances tranquilles à Wuxi.

Il n'avait guère été convaincant, même pas pour lui-même. Après tout, l'arrestation avait eu lieu dans sa villa, et il s'était senti obligé de donner quelques explications éparses.

À sa grande surprise, Wanyi, un des plus hauts cadres du Parti à Wuxi, qu'il n'avait jamais vu, lui avait téléphoné au Centre. Il s'était étendu sur ses relations avec le camarade secrétaire Zhao et ses intentions de recevoir Chen le lendemain au nom des autorités locales. Chen s'était dérobé en prétendant qu'il attendait des instructions du camarade secrétaire Zhao.

À peine avait-il fini de parler avec Wanyi que le directeur Qiao avait fait irruption. Il voulait absolument convaincre Chen de participer à un dîner pour fêter son succès, bien qu'il ne sache pas grand-chose des derniers événements. Chen avait accepté en se disant que ce serait un bon prétexte pour éteindre son portable. Les responsables du Centre avaient été très coopératifs et c'était la moindre des choses de leur témoigner sa gratitude sans être dérangé.

Par ailleurs, il n'avait rien d'autre à faire. La police de Wuxi avait pris le relais. Tout en étant inondé de coups de téléphone, il savait que celui qu'il attendait vraiment ne viendrait pas. Le portable de Shanshan restait éteint.

Finalement, le repas avait été agréable. Pour une fois, Chen s'était laissé aller, comme un touriste insouciant, il avait mangé, bu, profité de l'instant, et s'était rendu compte que ses vacances touchaient à leur fin. Qiao et ses collègues rivalisaient de toasts en son honneur autour de la grande table. Encore une fois, le Centre était au cœur de l'actualité, du moins locale, et ils s'en réjouissaient.

Il était donc rentré très tard, d'un pas hésitant, et avait senti venir un terrible mal de tête. Lorsqu'il avait consulté son portable pour la dernière fois dans l'obscurité, il n'y avait toujours pas de message de Shanshan…

À présent, mardi matin, avec une épouvantable gueule de bois, il se disait qu'il n'avait pas à se plaindre et plissait les yeux dans la lumière éblouissante. Il avala le café fort et se rappela qu'une grosse journée de travail l'attendait. Il ne pouvait pas se permettre de se détendre comme un véritable cadre de haut rang.

Il alluma son portable. Toujours pas de message de Shanshan, mais beaucoup de la part de cadres locaux et plusieurs de Huang. Mais il décida de ne pas le rappeler en plein travail avec ses collègues. L'inspecteur principal Chen avait tellement claironné qu'il était en vacances.

Il venait de finir sa première tasse de café quand il entendit la sonnette.

Le visiteur inattendu devant la porte était Tian Zhonghua, le chef de la police de Wuxi, un homme corpulent d'une cinquantaine d'années aux sourcils gris et à la mâchoire massive. Ils s'étaient déjà croisés dans des conférences.

« Vous auriez dû nous dire que vous étiez en vacances ici, Chen, dit Tian en entrant sans y être invité. Comment avez-vous pu venir et mener votre enquête avec le sergent Huang aussi secrètement ?

– Ne vous fâchez pas, commissaire Tian. Huang est un ami de l'inspecteur Yu. C'est ainsi que nous nous sommes rencontrés. Je n'ai pas choisi ces vacances et je n'avais rien à faire ici, vous comprenez. Je n'ai pas pu m'empêcher de lui parler de l'affaire. C'est à lui que vous devez cet heureux dénouement. »

Huang n'ayant peut-être pas pu s'attribuer le mérite, Chen décida de ne rien dire de superflu.

« Je comprends, inspecteur principal Chen, mais pas la Sécurité intérieure. Elle pense que je devais être au courant de vos investigations secrètes depuis le début.

– Je regrette, Tian. Toutes mes excuses. Mais parlez-moi, je vous prie, de la suite des événements.

– Nous les avons arrêtés. Ce n'est plus qu'une question de temps pour que Fu et Mi fassent des aveux complets.

– Et Jiang ?

– L'accusation de meurtre a été levée, mais celle de chantage est maintenue. La Sécurité intérieure l'exige. Il n'a pas été officiellement accusé de meurtre, mais beaucoup de gens savent qu'il est en garde à vue. Si nous le laissons libre, grâce à son accès aux médias occidentaux il va sûrement raconter partout qu'il est persécuté à cause de son combat pour l'environnement. » Tian ajouta : « Il a effectivement fait chanter quelques personnes et devrait être puni.

– Franchement, je ne pense pas que les déclarations faites contre lui par ces personnes soient très fiables. Elles veulent protéger leurs intérêts. Nous devrions en tenir compte.

– En tant que chef de la police de Wuxi, j'ai pris mes renseignements. C'est vrai, c'est sa parole contre la leur. Néanmoins, certains l'ont payé grassement comme consultant. Nous en avons la preuve, et il ne nie pas. Nous sommes en droit de conclure au chantage. Rappelez-vous, en dehors des articles qu'il a vendus aux médias occidentaux, il n'avait plus de revenus depuis plusieurs années. L'argent est souvent le mobile le plus ordinaire, le plus puissant.

« Par ailleurs, il est indiscutable que Jiang est un agitateur invétéré. Les Chinois devraient pouvoir distinguer l'intérieur de l'extérieur. Mais pas dans son cas. Sans qualifications réelles dans le domaine de l'environnement, tout ce qu'il fait c'est de la provocation irresponsable, dans l'intérêt des médias de l'Ouest et le sien. Après tout, pourquoi fouiller les poubelles ? Selon un journal américain, certains hommes politiques de là-bas l'ont même cité comme candidat possible pour le prix Nobel. À quel titre ? La réponse est évidente, voyez-vous. Et tout cela aux dépens de l'image de notre gouvernement. C'est une bonne leçon pour lui.

– Mais les questions qu'il pose sont néanmoins de celles que nous ne pouvons nous permettre d'ignorer, commissaire Tian.

– Nous nous occupons de ces questions, camarade inspecteur principal Chen. La réforme économique de la Chine est un succès sans précédent, mais il faudra peut-être un certain temps pour résoudre les problèmes. Demandez aux gens du coin si leur vie s'est améliorée au cours des vingt dernières années, et je ne pense pas que vous attendrez longtemps la réponse. »

Ce serait inutile de discuter davantage avec Tian. Celui-ci était un cadre d'un rang bien plus élevé que lui. Chen venait d'affirmer qu'il était en vacances ; par conséquent, il n'avait aucun droit de commenter la manière de procéder de la police locale dans cette affaire. Comme par un accord tacite, les deux hommes quittèrent le terrain politique. *Ce qui ne peut être dit doit être passé sous silence.*

Peu après le départ de Tian, le sergent Huang téléphona.

« Je vous ai appelé plusieurs fois hier, chef, mais votre portable était éteint.

– Désolé, j'étais submergé d'appels officiels, vous voyez de quoi je parle. Alors je l'ai éteint. En tout cas, l'enquête dépend de vous et de vos collègues désormais. » Il ajouta malgré lui : « Où en sont Fu et Mi ?

– Mi reste complètement hystérique, mais elle commence à céder. Ne vous inquiétez pas, dit Huang avec un petit rire rassurant. Mes collègues cuisinent Fu, et je suis de nouveau chez lui ce matin, avec le mandat de perquisition. J'ai déjà fouillé hier, mais sans trouver le plan de restructuration.

– Il a pu le détruire… Mais je pense qu'il pourrait y avoir quelque chose d'autre.

– Quoi ?

– Il y a deux scénarios possibles concernant les agissements de Fu chez Liu. Soit il préméditait le meurtre, soit il a changé d'avis une fois sur place. Dans le cas d'un meurtre sans préméditation, il aurait pu utiliser comme arme un objet se trouvant là et l'emporter ensuite.

– L'arme du crime que nous n'avons pas trouvée ? Vous m'avez parlé de certains objets sur les lieux. Je vérifie mon calepin…

– Après notre discussion, poursuivit Chen sans attendre, j'ai examiné la photo de Liu avec son fils prise l'été dernier, et j'ai compté neuf statuettes en arrière-plan. Une récompense de ce genre est remise en général à la fin de l'année, mais sur les photos prises par vos collègues la semaine dernière, il y a aussi neuf statuettes. Je me suis demandé si Liu n'en avait pas reçu l'année dernière. Ce n'était qu'une idée en l'air jusqu'à ce que je parle avec Wenliang avant-hier. Il m'a confirmé qu'il devait y avoir dix statuettes correspondant aux dix années de direction de Liu à l'usine. Plusieurs mois après que la photo eut été prise, Liu a précisé à Wenliang qu'il avait reçu une autre statuette à la fin de l'année.

– Voilà, c'est aussi dans mon calepin, chef, dit Huang. Donc il manque une statuette. C'est vrai qu'elle est lourde…

– Mais Liu aurait pu la mettre ailleurs. C'est une possibilité que nous ne devons pas écarter, Huang.

– Je vais reprendre les recherches. La statuette est plus haute qu'une bouteille de bière. Cette pièce n'est pas grande, c'est pratiquement une chambre de dortoir… » Huang changea brusquement de sujet. « Ah, j'allais oublier. Shanshan vient juste de me demander de l'aide. Elle voudrait avoir la permission de voir Jiang avant qu'il soit incarcéré aujourd'hui. Le règlement s'y oppose, mais elle dit qu'elle vous connaît.

– Vous pouvez l'aider, naturellement. Quel mal y a-t-il ? Vous ferez ce qu'il faut pour elle, n'est-ce pas ?

– Alors vous êtes d'accord ? demanda Huang sans essayer de dissimuler sa surprise.

– Cela ne me regarde pas. C'est à la police de Wuxi d'en décider. Mais je ne vois aucune raison de ne pas l'y autoriser.

– J'y ai réfléchi, chef. Devant le commissariat, je peux faire arrêter un moment la voiture de police et j'irai acheter un paquet de cigarettes dans le coin. Elle pourra aller à la voiture et lui parler une ou deux minutes. Je crois que c'est tout ce que je peux faire.

– Très bien. » Il savait pourquoi Huang lui demandait la permission et imaginait l'air perplexe du jeune policier. « Alors…

– Quand, Huang ?

– Quand quoi ?

– La rencontre.

– Vers midi, c'est l'heure où la voiture part.

– Aidez-la, Huang. Rendez-moi ce service… »

Son portable indiqua un appel en attente. « Excusez-moi, je vous rappellerai », dit-il avant de voir que le camarade Zhao essayait de le joindre depuis Pékin.

«Vous ne vous êtes pas vraiment reposé pendant vos vacances, camarade inspecteur principal Chen.

– Vous me connaissez, camarade secrétaire Zhao. Je suis peut-être taillé pour être policier, mais j'ai réellement apprécié mes vacances au Centre.

– Certains se sont plaints auprès de moi en disant que vous meniez une enquête secrète à Wuxi. Je leur ai répondu que vous n'étiez pas tenu de rendre compte à tout le monde de ce que vous y faisiez et qu'en réalité je vous avais chargé de certaines recherches.»

Encore une fois, Zhao prouvait qu'il le soutenait, ce dont Chen lui était reconnaissant. C'était peut-être aussi une bonne occasion de parler au dirigeant influent du Parti des problèmes d'environnement.

«J'ai suivi vos instructions et j'ai été attentif aux conséquences négatives de la grande réforme. Le Centre est situé au bord du célèbre lac Tai, qui est aussi gravement pollué. J'ai concentré mes recherches sur les problèmes d'environnement. Il me semble qu'il ne s'agit pas d'un lac en particulier, ni d'une entreprise précise. La pollution est générale dans le pays. Nous pouvons dire que, dans une certaine mesure, elle affecte le noyau central de notre développement en fondant la croissance économique sur le PIB aux dépens de l'environnement. Cela ne peut pas durer, camarade secrétaire Zhao. Notre économie devrait avoir un développement durable.»

Chen se lança ensuite dans un compte rendu détaillé de son travail sur le sujet en faisant bon usage de tout ce qu'il avait appris, grâce à Shanshan pour l'essentiel. Zhao l'écouta sans l'interrompre. Vers la fin de son exposé Chen ajouta prudemment: «Au cours de mes recherches je suis tombé sur une affaire liée aux questions d'environnement...

– Je savais que vous en viendriez là, camarade inspecteur principal Chen. Continuez, mais inutile de me donner tous les détails. Je ne suis pas policier. »

Chen informa alors Zhao de l'affaire avant de plaider la cause de Jiang : « Jiang n'est plus accusé de meurtre, mais il sera quand même jugé. Un écologiste activiste ne devrait pas être puni pour ses efforts. J'ai constaté moi-même, de mes propres yeux, les désastres provoqués par la pollution.

– Je suis heureux d'apprendre que vous êtes sensible aux questions d'environnement, camarade inspecteur principal Chen, dit Zhao d'une voix très claire malgré la distance. Nous ne léguerons pas un lac pollué à nos enfants. Et notre économie devrait sans aucun doute s'orienter vers un développement durable. Je ne saurais vous approuver davantage. Une réunion du Bureau politique va se tenir ici la semaine prochaine. Je suis retraité, mais j'assisterai quand même à la réunion et je soulèverai la question. Communiquez-moi votre rapport dès que possible. J'utiliserai peut-être quelques données chiffrées. Quant à Jiang, ce n'est pas à moi d'examiner son cas, vous le savez. Un cadre en pleine ascension tel que vous doit toujours considérer tous les aspects d'une situation, et pas seulement un cas ou un individu. Vous êtes un policier compétent et un membre consciencieux du Parti, mais vous devez penser aussi du point de vue des autorités locales. Leurs craintes ne sont peut-être pas totalement injustifiées.

– Mais…

– Il n'y a pas de mais, camarade inspecteur principal Chen. Beaucoup de travail vous attend à Shanghai. Et bien que vieux membre du Parti à la retraite, j'ai moi aussi mes responsabilités ici. »

C'était le signal sans équivoque de la fin de leur conversation. Chen aurait dû déjà considérer comme un privilège inouï le fait d'avoir parlé aussi longtemps avec le camarade secrétaire Zhao.

Le signal aussi de la fin de ses vacances à Wuxi.

Il entendit dans le lointain les cris d'une oie sauvage traversant le ciel au-dessus du lac dans son voyage solitaire.

Rien ne le retenait plus au Centre. Il avait fait ce qu'il pouvait en tant que policier et devait à présent terminer son rapport pour Zhao. En reposant le téléphone il se rendit compte qu'il lui restait toutefois quelques dernières choses à régler.

Il devait voir Shanshan avant de quitter Wuxi. Elle l'évitait depuis cette nuit-là. Mais il voulait lui dire au revoir, lui dire qu'il reviendrait à Wuxi. Il ne voyait pas ce qu'il pourrait ajouter. Il ne lui avait pas encore avoué qu'il était policier, quelqu'un qui travaillait dans et pour le système, mais peut-être l'avait-elle deviné.

Il retourna dans la chambre et posa la main sur le cadre de la fenêtre donnant sur le lac. Une voile dérivait devant un îlot entouré par une variété blanche de lentilles d'eau. Il regarda sa montre et prit sa décision.

Il n'avait pas grand-chose à emporter. Il fut prêt en moins d'un quart d'heure.

Il regarda encore la pièce vide, but la tisane qui restait dans le Thermos et sortit avec son petit sac de voyage.

Au moment où il rendait la clé à la réceptionniste, celle qui lui avait présenté le Centre le jour de son arrivée et qui lui souriait à présent, ses grands yeux emplis d'admiration, le directeur Qiao se précipita vers lui.

« Vous ne pouvez pas vous en aller si vite, inspecteur principal Chen, dit-il avec l'air le plus sincère. Vous êtes arrivé il y a seulement une semaine.

– J'apprécie vraiment tout ce que vous avez fait pour moi, directeur Qiao. Mais je dois partir. Et entre nous, je peux vous dire pourquoi. Je dois terminer un rapport pour le camarade secrétaire Zhao. En vue d'une importante réunion à Pékin. Le Centre est un endroit extraordinaire, mais avec tout le bruit fait autour de l'affaire, je ne peux plus me concentrer sur le rapport.

– Je comprends, mais faisons au moins un banquet d'adieu… »

Ils furent interrompus par un jeune garçon qui s'approchait nerveusement, une enveloppe à la main.

« Vous êtes M. Chen ?

– Oui.

– Une lettre pour vous. Confidentielle. Vous devez signer le reçu de livraison spéciale. »

C'était une nouvelle activité dans les villes chinoises. Il suffisait d'avoir une bicyclette ou une moto. Au lieu d'aller à la poste, on utilisait ce service pour les livraisons. On téléphonait et la course était effectuée dans les deux heures. Chen n'avait pas la moindre idée de qui avait fait appel à un coursier pour lui.

« Merci. » Il signa, prit la lettre sans l'ouvrir et se retourna vers Qiao. « Je reviendrai, directeur Qiao. Ce n'est que partie remise.

– Alors laissez la voiture du Centre vous emmener à la gare.

– J'accepte volontiers et je vous remercie, directeur Qiao. »

Il sortit. Une limousine noire étincelante l'attendait. Le chauffeur, un petit homme d'âge mûr au front dégarni, lui demanda respectueusement: «À la gare, monsieur?

– Non, à la police.»

24

Vingt minutes plus tard, la limousine arriva en vue du commissariat de Wuxi, situé au centre de la ville. Un vaste ensemble de béton signalé par un panneau vertical à côté d'une grille gardée par deux policiers armés.

– Vous voulez entrer en voiture? demanda le chauffeur avec un coup d'œil à la grille puis en se retournant vers Chen.

– Non, je vais descendre ici, mais pas devant, s'il vous plaît.

– Comme vous voudrez, répondit le chauffeur sans essayer de cacher sa perplexité.

– Vous pouvez retourner au Centre. Je prendrai un taxi pour aller à la gare.

– Il y a plusieurs trains pour Shanghai dans la journée, dit aimablement le chauffeur. Pour le billet, ne vous tracassez pas. Vous pouvez l'acheter sans difficulté, jusqu'à cinq minutes avant le départ du train.

– C'est parfait. Merci.»

Il n'était pas encore midi. Chen chercha un endroit où attendre. Il aperçut une maison de thé de l'autre côté de la rue, pas exactement en face du commissariat, mais d'où on le voyait bien. Sans doute un de ces nouveaux établissements à la mode dans le style de Hong Kong qui servaient du thé ainsi que d'autres boissons et des casse-croûte, avec plusieurs tables en plastique à l'extérieur et un grand parasol rose arborant la marque Budweiser. L'endroit ressemblait presque à un café. Il choisit une table derrière un saule.

Des policiers devaient fréquenter l'établissement. Il mit prudemment ses lunettes noires. Ainsi personne ne le reconnaîtrait à part Huang.

Pour changer, il prit du thé noir avec une tranche de citron sur le bord de la tasse. Tout en dégustant son thé, il remarqua une épicerie à proximité. Un magasin de taille moyenne apparemment ouvert vingt-quatre heures sur vingt-quatre, où des clients entraient et sortaient en permanence en contournant un poirier en fleur près de l'entrée. Il s'adossa et croisa les jambes.

Sa décision de venir ici avait été spontanée. Entre le camarade secrétaire Zhao qui le pressait d'achever son rapport et Shanshan qui refusait de répondre à ses appels, c'était probablement la seule occasion qu'il avait de la voir avant de rentrer à Shanghai.

Elle avait voulu dire au revoir à Jiang, un geste de compassion bien naturel chez elle. Chen pensa le comprendre et n'en eut que plus d'estime pour elle.

Il regarda autour de lui en espérant pouvoir lui parler avant sa rencontre avec Jiang. Elle ne devait pas être encore arrivée. L'inspecteur principal Chen n'allait rien faire pour empêcher la rencontre. Il voulait simplement lui dire qu'il devait partir et qu'il reviendrait.

Son portable vibra. Il le sortit avec précipitation. C'était le sergent Huang.

« Je vous ai appelé deux fois, chef, mais c'était toujours occupé.

– Désolé, j'ai eu un appel de Pékin », répondit-il en s'apercevant qu'il avait dû être trop absorbé par sa conversation avec Zhao pour remarquer l'appel en attente.

« Un très grand pas après notre conversation, chef, ou plutôt grâce à elle. Dès que j'ai reposé le téléphone, je me suis mis à fouiller de nouveau la pièce de Fu. Et vous savez quoi ? La statuette manquante était là, posée sur la dernière étagère parmi d'autres récompenses de Fu, toute brillante, et qui me regardait dans les yeux.

– Exactement comme dans "La Lettre volée". Il s'agit d'un esprit diabolique.

– Pardon ?

– C'est le titre d'une nouvelle de Poe.

– Alors je dois la lire, chef. En enquêtant une semaine avec vous j'apprends beaucoup plus qu'en lisant Conan Doyle ou Poe pendant dix ans, dit Huang en paraphrasant la vieille expression. En tout cas, après avoir emballé la statuette encore couverte d'empreintes et de quelques petites tâches noires – le sang de Liu, je parie – j'ai rejoint mon équipe à l'usine de produits chimiques. Ils cuisinaient encore Fu, qui niait tout sauf sa liaison clandestine avec Mi, en disant qu'il venait de rompre avec elle et que c'était sûrement ce qui lui avait fait perdre la tête. Alors que Mi était toujours hystérique et que Fu continuait à nier, la Sécurité intérieure est arrivée pour mettre en cause le changement de suspect. À ce moment-là, Fu avait peut-être encore une chance. Mais la vue de la statuette l'a achevé. Il s'est effondré et a tout avoué.

– Qu'est-ce qu'il a dit à propos du soir du meurtre ?

– Qu'il n'avait rien prémédité. Peu après le retour de Mi au bureau, il s'est introduit chez Liu. Évidemment, il a vu le projet de plan de restructuration sur la table et l'a copié avec un stylo scanner. Il dit avoir voulu en référer aux autorités supérieures en accusant Liu de comploter pour transformer une entreprise d'État en affaire familiale. Mais Liu a soudain remué et tendu le bras…

– Mi avait dépassé la dose de somnifères prescrite mais pas suffisamment pour lui faire perdre conscience.

– Pris de panique, Fu a saisi la statuette sur le bureau et a frappé le crâne de Liu avec le lourd socle en marbre…

– Un instant, Huang. La statuette était sur la table et non sur l'étagère ?

– C'est ce que dit Fu.

– C'est possible. Liu avait pu la mettre sur le bureau pour une raison quelconque, mais il se peut aussi que Fu l'ait dit pour rendre son geste moins prémédité.

– Ensuite, Fu a essuyé ses empreintes dans l'appartement et a emporté la statuette, ainsi que le plan de restructuration et la tasse qui était sur le bureau. Il a brûlé le document, cassé et jeté la tasse, mais il ne s'est pas débarrassé de la statuette. Il lui semblait que chez lui personne ne la remarquerait ou que même si quelqu'un la voyait il ne soupçonnerait pas que c'était l'arme du crime. Après tout, il était le nouveau directeur de l'entreprise et la statuette lui appartenait à présent.

– Quel cruel karma !

– Que voulez-vous dire, chef ?

– La récompense du succès de l'usine sous la direction de Liu est devenue l'arme qui l'a tué. Et quand Fu prend les rênes de l'entreprise elle est la preuve accablante qui le condamne. Pour l'accroissement de la production et des profits aux dépens de l'environnement, il s'agit bien de karma.

– On peut toujours voir les choses sous un angle philosophique, chef, karma ou pas.

– Et Mi ?

– Quand elle a su que Fu était passé aux aveux complets, elle a tout craché elle aussi. Elle a toutefois affirmé qu'elle ne connaissait pas les véritables intentions de Fu et n'a pas donné à Liu une dose mortelle, rien qu'une dose importante de somnifères pour qu'il dorme profondément. Ah, et elle a aussi avoué à propos des appels de menace qu'a reçus Shanshan. C'était l'idée de Liu, pour la faire taire en évoquant l'intervention d'une triade dans la phase critique précédant l'introduction en Bourse. Il a demandé à Mi de s'en occuper, alors elle a payé un voyou pour qu'il lui téléphone d'une cabine publique. Une fois Liu mort, il n'y avait plus de raison de continuer.

– Rien d'étonnant à ce que Shanshan n'ait plus reçu d'appels. C'est bien ce que je pensais.

– Mais vous l'avez pris comme un indice important. J'aurais dû m'y intéresser. »

Il était inutile que Chen lui explique. Il avait demandé à Huang de se renseigner sur ces appels simplement à cause de Shanshan. Mais pour le jeune policier, l'inspecteur principal était une sorte de Sherlock Holmes dont chaque geste dénotait la perspicacité.

« Je vous appelle de ma voiture et je suis près du commissariat. Pour emmener Jiang. Je dois vous laisser, mais je vous tiendrai au courant d'une manière ou d'une autre.

– Merci, Huang. Informez-moi si vous avez du nouveau. »

Quand Chen posa son portable sur la table et but une autre gorgée de thé, il se souvint de la lettre remise par un coursier qu'il avait glissée dans sa poche en se demandant qui l'avait envoyée. Il fit tomber lentement la cendre dans le cendrier noir en forme de coquille.

Il sortit la lettre, commença à lire, et la surprise le fit se redresser.

Cher Chen,

Je vous écris parce que je ne pense pas être capable de vous dire au revoir. C'est pourtant inévitable, une conclusion que vous et moi aurions dû prévoir.

Si je regarde en arrière, je crois que c'est pendant la nuit passée chez vous que j'ai commencé à prendre une décision, inconsciemment, diriez-vous. Dès notre première rencontre à la gargote d'Oncle Wang, j'étais consciente de quelque chose de différent en vous, vous étiez un homme de ressources et de relations, mais en même temps intègre et d'un idéalisme passionné. Non, je ne le dis pas pour la forme. Ce que vous avez fait pour moi, surtout après avoir appris ce qui s'était passé entre Jiang et moi, en dit long sur votre personnalité.

Vous n'avez jamais posé de questions à ce sujet. Il se passait tant de choses autour de nous, et si vite, que je n'ai même pas eu l'occasion de vous parler davantage de moi. Oui, je connais Jiang depuis longtemps. Nous avions beaucoup de centres d'intérêt communs, comme vous le savez, et notre relation s'est développée. Vous avez dû lire les dossiers constitués sur lui, un homme obsédé par sa vocation. À l'excès, ce qui m'a mise dans une situation difficile. J'étais tellement fâchée que j'ai rompu avec lui. C'était avant de vous connaître.

Puis Jiang a eu de graves ennuis, plus graves qu'il n'avait prévu. J'étais incapable de l'aider. Pourtant je ne l'ai pas soupçonné un seul instant d'avoir commis le crime dont on l'accusait.

J'ai beaucoup pensé à lui ces jours-ci. Je m'étais peut-être trompée sur son compte. Il devait connaître les risques, mais il avait fait son choix et il en accepte les conséquences au nom de ses convictions. Je les partage. Si je le lâchais, je ne pourrais jamais avoir la paix de l'esprit.

En outre, ce n'est pas un homme fort, pas comme vous. Il a besoin de moi, plus que jamais.

Vous pouvez comprendre pourquoi je prends cette décision. Croyez-moi, elle n'est pas facile. Voulez-vous m'aider en ne me la rendant pas plus difficile ?

Je ne sais pas encore quelle est votre véritable activité. Non, je ne me plains pas. Vous avez vos raisons. Mais loin d'être un professeur entouré de livres, vous êtes un homme qui a de grandes espérances dans notre société. Je suis sûre que vous ferez du chemin dans le système.

Moi, au contraire, je figure sur une liste noire politique à cause de ce que j'ai fait.

Vous croyez pouvoir me sortir des difficultés, et peut-être le pouvez-vous cette fois. Si nous étions ensemble, cependant, je risquerais de vous causer des ennuis sans fin, ce dont je ne pourrais jamais me pardonner. Vous êtes « en mesure », comme vous dites parfois, de peser dans la société actuelle, vous me l'avez démontré. Vous n'avez pas vraiment besoin de moi dans votre carrière, sauf pour vous accompagner un court moment, pendant des vacances.

Le souvenir de ce moment me restera pourtant longtemps. Un jour peut-être, je serai fière d'avoir été une fois aussi près de vous, presque celle qu'il vous faut, malgré une petite voix qui me disait le contraire.

Il y a un détail qui peut paraître idiot mais qui est important pour moi, alors je le dirai : même quand nous étions le plus proches, j'ai eu la sensation étrange que vous pensiez encore à quelque chose lié à votre travail, quelque chose d'essentiel pour vous, mais je ne sais pas quoi.

Tôt ce matin-là, j'ai lu ce que vous aviez écrit dans l'obscurité quand j'étais couchée à vos côtés. C'est magnifique, et vous devez l'achever, pour moi. Je ressens déjà de la fierté à figurer dans votre poème.

Il m'a fait penser à un de mes poèmes préférés. Ces vers vous diront ce que je ne peux pas dire, pas aussi bien. Finalement, vous avez votre destination et moi la mienne, comme dans ces lignes.

Nuage dans le ciel, étourdi, je jette
une ombre sur la vague de ton cœur.
Ne sois pas si surprise,
ne sois pas si transportée…
Tout disparaît en un instant.

Nous nous rencontrons sur la mer nocturne ;
tu as ta destination et moi la mienne,
si tu t'en souviens, très bien,
mais tu devrais oublier
la lumière allumée par la rencontre.

À cause de la lumière allumée par notre rencontre, aussi transitoire soit-elle, au-dessus du lac nocturne, pouvez-vous me pardonner et rester mon ami ?

Shanshan

Il avait reconnu le poème cité à la fin de la lettre, « Étourdi », de Xu Zhimo, un célèbre poète moderne. Elle aussi avait étudié et aimé la poésie à l'université.

Il s'étonna de ce que cette lettre ne le surprenne pas vraiment.

Elle expliquait, du moins en partie, sa visite inattendue ce soir-là, et sa décision soudaine de ce matin, bien que Chen ait été encore troublé par la succession rapide des événements.

Shanshan abordait aussi des questions auxquelles il avait pensé. Notamment la position qui lui permettait de peser dans la société actuelle. Il ne tenait pas énormément à cette « position » en soi, mais il s'apercevait qu'il y avait indéniablement une responsabilité à être inspecteur principal, du moment qu'il pouvait se battre pour un peu de justice et de sécurité, aussi limitée que soit son action.

Y avait-il encore un sens à vouloir la revoir ?

Mieux valait conserver son image dans le poème inachevé, dans le souvenir désordonné du nuage devenu pluie et de la pluie devenue nuage, tandis que l'eau du lac clapotait dans la nuit...

Il se dit qu'il était temps qu'il s'en aille. Il replia la lettre.

Tu pars, un nuage dérive
sur la rivière, les souvenirs
tombent tels des chatons de saule,
collés à terre après l'orage.

Une sirène retentit dans le lointain. Il se mit à pleuvoter, rien qu'un peu. Chen resta pourtant assis, sa tasse vide à côté de lui, les yeux fixés sur le portail gris.

Allait-il abandonner si facilement ? Il se leva d'un mouvement brusque.

Non, il ne pensait pas accorder autant d'importance à sa prétendue position ou à sa carrière s'il ne pouvait pas se permettre de changer sa vie en étant avec la femme qui comptait pour lui.

Il ne pensait pas non plus qu'elle avait pris cette décision simplement parce qu'elle tenait à Jiang davantage qu'à lui. Elle l'avait fait plutôt dans l'intérêt de l'inspecteur principal Chen, du moins le pensait-elle. Voilà pourquoi elle était venue chez lui ce soir-là, et voilà pourquoi, à présent, elle le laissait partir...

C'est alors que le portail s'ouvrit avec un raclement bruyant de l'autre côté de la rue. Elle apparut en robe blanche, ses cheveux noirs en désordre, sortant à grands pas de l'épicerie chargée d'un sac en plastique plein de nourriture.

Huang avait dû tout organiser. Chen ignorait depuis combien de temps elle était là. Elle ne l'avait sûrement pas vu, assis derrière l'arbre. Elle attendait quelqu'un, mais ce n'était pas lui.

Une voiture de police noire approchait. Elle venait à peine de tourner à droite quand elle s'arrêta soudain près de l'épicerie. Chen vit Huang descendre, faire un signe à son collègue qui conduisait, dire quelques mots inaudibles et entrer dans le magasin.

La vitre à l'arrière s'abaissa, Shanshan s'avança en chancelant.

De là où il se tenait, il ne voyait pas très bien. Mais elle se penchait à l'intérieur de la voiture, les traits tirés, infiniment émouvante, ses épaules nues d'un blanc lumineux sous l'éclat des fleurs transparentes du poirier...

L'espace d'une demi-seconde, Chen eut l'impression de regarder un film de loin, fasciné, puis il sut qu'elle aimait encore profondément Jiang, combattant d'une juste cause.

Cet instant leur appartenait.

C'était impensable que l'inspecteur principal Chen se montre. Il n'était que spectateur.

Il se demanda s'il était digne de cet instant. C'était Jiang, accompagné de Shanshan, qui luttait, souffrait et se sacrifiait pour que l'environnement soit protégé, pas lui. Il aurait pu profiter de la situation, même inconsciemment, alors qu'elle était seule et vulnérable, et la faire fondre.

Elle n'abandonnerait pas la bataille, aussi pénible et difficile soit-elle, dans laquelle Jiang aurait pu être le compagnon idéal. Si elle était arrivée à pardonner à Jiang de l'avoir blessée et lui tendait de nouveau la main dans la détresse, qu'était-il censé faire ?

Les questions s'enchaînaient comme autant de ruelles tortueuses qui le menaient à l'interrogation cruciale : serait-elle capable de vraiment oublier Jiang ?

Simple hypothèse d'école : et si finalement elle était conquise par l'inspecteur principal ? Alors elle devrait changer pour lui. Une étoile montante de la politique ne pouvait pas se permettre d'avoir une épouse dissidente. Quelle que soit sa « réussite » dans le système de parti unique, serait-ce juste pour elle d'être une bonne épouse qui ne pourrait plus mener son combat pour l'environnement ?

Bien entendu, l'inspecteur principal Chen pouvait changer lui aussi pour elle, et jeter aux orties toute considération concernant sa carrière ou sa position. Mais serait-il un bon compagnon ? Au début de son séjour à Wuxi, il avait écrit deux strophes en jouant avec l'idée que l'identité de quelqu'un est faite de l'interprétation d'autrui. Mais pas complètement. Pour le sergent Huang et d'autres, Chen était un bon policier en dépit de son tempérament et il avait une influence positive, comme dans le cas présent, même s'il la souhaitait plus grande.

Dans sa lettre, elle avait raison sur un point. L'inspecteur principal Chen était en mesure d'agir dans la Chine actuelle, mais probablement pas avec elle, il ne s'engagerait pas dans un domaine qui dépassait son expérience et ses connaissances.

Huang sortit la tête à la porte du magasin, mais seulement deux secondes.

« Encore une minute », cria-t-il au chauffeur avant de disparaître de nouveau, répugnant sans doute à séparer les deux amants si vite.

Chen avait pensé attendre jusqu'à la fin de leur rencontre, mais il était en train de changer d'avis.

Après tout, que pouvait-il dire après ce qui s'était passé entre eux ?

Que pouvait-il dire en regardant la voiture s'éloigner dans la poussière ?

Ainsi c'était la fin de ses vacances à Wuxi, commencées brusquement et finies de même. *Quand je rêve j'oublie que je suis en exil. / Doux réconfort tant attendu !*

Il essayait de laisser son séjour derrière lui en se rappelant des vers qu'il avait lus autrefois, comme s'il voulait repousser le gâchis présent avec ces fragments anciens, laisser le rideau tomber sur les « bruits confus de luttes et de débandades ».

Rien ne peut empêcher le rideau de tomber à la fin. Un autre vers surgit. Presque un écho lointain. Il se demanda s'il offrait une piste, ou une réplique aux actes qui se déroulaient autour de lui.

Puis il se ressaisit. Ce vers venait d'un poème russe à propos de Hamlet, seul en scène, priant pour ne plus faire partie de la distribution : *Tenir le rôle jusqu'au bout n'est pas un jeu d'enfant.*

La tragédie continuerait pour les autres, bien sûr, avec pour chacun les répliques prévues ou non.

Fu serait puni, ainsi que Mi.

Mme Liu continuerait à jouer au mah-jong, et Wenliang à étudier l'opéra de Pékin, grâce à l'argent laissé par Liu.

Mais le décor ? Le décor pollué ?

Quiconque succéderait à Liu déciderait de diriger et de produire comme auparavant, pour que l'entreprise reste compétitive, rentable, que sa position soit assurée, le tout aux dépens de l'environnement. L'usine de produits chimiques Numéro Un de Wuxi n'était pas la seule. Il y avait beaucoup d'autres usines autour du lac. Et beaucoup d'autres encore dans tout le pays.

Les officiels, à différents niveaux, tout en connaissant les conséquences catastrophiques, avaient dû donner leur aval dans l'intérêt du Parti.

En tant que cadre montant du Parti, l'inspecteur principal Chen avait beaucoup d'arguments pour sa défense, mais pour l'instant, la réalité indéniable était qu'il devait quitter la scène.

Il avança d'un pas pour essayer de l'apercevoir encore. Elle serrait Jiang dans ses bras dans la voiture de police, et cela lui rappela l'épilogue d'un film qu'il avait vu des années plus tôt. Quand le protagoniste, bien qu'il ait réussi à défendre une cause juste, laisse passer sa chance et voit son amour partir avec un autre homme.

Mais l'inspecteur principal Chen n'était pas le héros du film. Loin de là. Il n'avait pas exactement réussi, conclut-il, morose, avant de se diriger vers la gare toute proche. Sentant venir une terrible migraine, il se demanda s'il arriverait à faire un somme dans le train.

RÉFÉRENCES DES POÈMES CITÉS

p. 37 : Mong Kiao, « Chanson du fils qui part en voyage », traduction de Tchang Fou-jouei, revue par Yves Hervouet, in Paul Demiéville (dir.), *Anthologie de la poésie chinoise classique*, Paris, Gallimard, coll. Poésie/Gallimard, 1962.

p. 61 : Wei Yingwu, « Adressé une nuit d'automne au secrétaire auxilliaire Qiu », trad. P. Jacob, in *Vacances du pouvoir*, Paris, Gallimard, 1983.

pp. 76-77 : Wang Guan, « Au départ de Bao Haoran pour le Zhejiang de l'est », traduction de Yun Shi, adaptation de Jacques Chatain, in *Poèmes à chanter des époques Tang et Song*, Seyssel, Éditions Comp'act, coll. Morari, 1986.

p. 77 : Liu Yuxie, « Chanson des tiges de bambou », trad. P. Jacob, in *Vacances du pouvoir*, Paris, Gallimard, 1983.

p. 96 : Wei Zhuang, « Air de Kin-Ling », trad. Tchang Fou-jouei, rev. par Y. Hervouet, in Paul Demiéville (dir.), *Anthologie de la poésie chinoise classique, op. cit.*

p. 136 : Liu Yong, « Sur l'air "Le tintement de la pluie" », trad. Leang P'ei-tcheng, rev. par J.-P. Diény, in Paul Demiéville (dir.), *Anthologie de la poésie chinoise classique, op. cit.*

p. 201 : Li Yu, « Sur l'air court "Les vagues baignent le sable" », trad. Leang P'ei-tcheng, rev. par J.-P. Diény, in Paul Demiéville (dir.), *Anthologie de la poésie chinoise classique, op. cit.*

pp. 226-227 : Matthew Arnold, « La Plage de Douvres », trad. Pierre Leyris, in *Rencontres de poètes anglais*, Paris, José Corti, 2001.

p. 231 : Matthew Arnold, « La Plage de Douvres », trad. Pierre Leyris, in *Rencontres de poètes anglais, op. cit.*

Les poèmes dont les références ne figurent pas ci-dessus ont été traduits de l'anglais par Fanchita Gonzalez Batlle.

Au catalogue,
dans la collection « Policiers »

Christine Adamo, *Noir austral*
Christine Adamo, *Requiem pour un poisson*
Robert Daley, *Le Parfum du danger* (et piccolo n° 47)
Philippe Delepierre, *Sous les pavés l'orage*
Gérard Delteil, *Gombo*
Rod Duncan, *Couleur interdite*
Mignon G. Eberhart, *L'Éléphant de jade* (et piccolo n° 48)
Mignon G. Eberhart, *Qui va à la chasse*
Émile Gaboriau, *Monsieur Lecoq* (et piccolo n° 18)
Émile Gaboriau, *L'Affaire Lerouge* (et piccolo n° 8)
Émile Gaboriau, *Le Petit Vieux des Batignolles* (et piccolo n° 33)
Michel Grimaud, *Un cave dans le charbon* (et piccolo n° 39)
Sèrgios Gàkas, *La Piste de Salonique*
Carolyn G. Hart, *Meurtre en librairie* (et piccolo n° 25)
Carolyn G. Hart, *La Libraire mène l'enquête* (et piccolo n° 35)
Carolyn G. Hart, *Libraire cherche fantôme*
Lauren Henderson, *Y en a marre des blondes*
Lauren Henderson, *L'Indispensable Petite Robe noire*
Lauren Henderson, *Tatouage à la fraise*
Lauren Henderson, *Déchaînée*
Lauren Henderson, *Pretty Boy*
John McLaren, *Taxis noirs*
John McLaren, *Cartel en tête*
Valerio Manfredi, *Palladion* (et piccolo n° 49)
Thierry Maugenest, *Audimat circus*
Thierry Maugenest, *Venise.net* (et piccolo n° 31)
Thierry Maugenest, *La Poudre des rois*
Thierry Maugenest, *Manuscrit ms 408 Voynich* (et piccolo n° 54)
Naïri Nahapétian, *Qui a tué l'ayatollah Kanuni ?* (et piccolo n° 72)
Rebecca Pawell, *Madrid à mort* (et piccolo n° 40)
Michelle Spring, *Jeu de main, jeu de vilain*
Michelle Spring, *Nous n'irons plus au bal*
Qiu Xiaolong, *La Danseuse de Mao*
Qiu Xiaolong, *De soie et de sang*
Qiu Xiaolong, *Le Très Corruptible Mandarin*
Qiu Xiaolong, *Encres de Chine*

Qiu Xiaolong, *Visa pour Shanghai*
Qiu Xiaolong, *Mort d'une héroïne rouge*
Olen Steinhauer, *L'Issue*
Olen Steinhauer, *Le Touriste*
Olen Steinhauer, *La Variante Istanbul*
Olen Steinhauer, *Cher camarade*
Olen Steinhauer, *36, boulevard Yalta*
Olen Steinhauer, *Niet camarade*
Andrew Taylor, *Minuscule Caroline*
Andrew Taylor, *La Monnaie de sa pièce*
Anne-Laure Thiéblemont, *La Mouche d'Alexandrie*
Anne-Laure Thiéblemont, *Le Collectionneur* (et piccolo n° 59)
Mary Willis Walker, *Glacée jusqu'au zoo* (et piccolo n° 23)
Margaret Yorke, *Trouvez-moi un coupable* (et piccolo n° 29)
Margaret Yorke, *Pudding mortel*
Margaret Yorke, *Vieilles Dames en péril*
Margaret Yorke, *Meurtres en neige*
Margaret Yorke, *Le Disparu du Perséphone*
Margaret Yorke, *Emily Frost est revenue*

CET OUVRAGE A ÉTÉ ACHEVÉ D'IMPRIMER
SUR ROTO-PAGE
PAR L'IMPRIMERIE FLOCH À MAYENNE
EN MARS 2010

N° d'édition : 402 . N° d'impression : 76307.
Dépôt légal : mai 2010.
(Imprimé en France)